自分がオカズにされた回数が見える呪いと紳士な絶倫騎士団長

Royal Kiss more

第一章　女神の呪い

　大陸の端、ユグネシア王国の辺境に位置する都市、ローグ。深い森を挟んで他国に面しているこの地は、王国にとって国防の要《かなめ》である。……とはいうものの、過去百年を遡《さかのぼ》っても隣国の侵略があった事実はなく。先年、この国の王女が隣国の王太子へ輿《こし》入りした件も相まって、二国の関係は極めて良好であった。

　そんな平和な時勢といえど、守りを解くことはもちろん不可能。獰猛《どうもう》な魔物や竜の侵入を防ぎ、辺境伯の反乱を抑える意味からも、この地に駐屯する第七騎士団には王国中の精鋭騎士が集められていた。

「目が覚めたようだな」

　頭痛に悩まされながら仮眠室のベッドから身を起こした私に、ローグの周りに広がる深い森のような、落ち着いた声がかかった。

「団長……」

「今日はもう帰りなさい」

ぼんやりとしたまま頭を押さえ込んだ私を心配そうに見つめる偉丈夫。柔らかく波打つ黒髪と、夜が明ける前の空のような色の瞳をした紳士こそが、団長付きの事務官を務める私の直属上司、テオドリック・フォン・クラウゼヴィッツ第七騎士団団長閣下である。

優雅すぎるその名前をひとたび口にすれば、私のような庶民では舌を噛むこと請け合いだ。

騎士といえば、福利厚生良好、地位良し、印象良し、お給金も良しの人気職であるが、テオドリック団長――ディルク団長といえば、その騎士の長の肩書きに恥じないほどに完璧だ。

清廉潔白、品行方正、容姿端麗、質実剛健、温厚篤実《とくじつ》、四捨五入。

貴族出身で士官学校を首席でご卒業、新任早々近衛騎士団で王都の魔物討伐や治安維持でめざましい成果をあげ、最年少で要職である辺境警備の騎士団長に就任したという超絶エリートなご経歴の持ち主だ。

普通、少しぐらい傲慢になっても許される立場だろうに、団長はいつも謙虚で真面目で、庶民出の私にも分け隔《へだ》てなく優しい。

第七騎士団の構成は、七つの部隊に七人の部隊長。若干の文官の中に事務官が十四人、そして各部隊に適正な数の騎士が配備されている。十四人いる事務官は各々が部隊長と副部隊長に付いて事務作業を担当しており、分不相応にも団長付き専属事務官の座に収まっているのが私、ラウラ・クラインである。

第一部隊の部隊長は私の直属の上司であるディルク団長が兼任しているから、私の肩書きは正しくは第一部隊長付き事務官ということになる。

——それにしても、どうしてこうなってしまったのか。

「ラウラ君？」

思わず顔を覆った私に、団長が気遣わしげな声をかける。

ローグの森の第七騎士団、一度はおいでよ良いところ。今朝までは純粋にそう思っていた。

我が王国でも女性騎士の登用が始まり久しいが、辺境の騎士団ともなるといまだに男性の比率が女性のそれを遥かに上回る。入団試験を通るにはそれなりの訓練や教育が必要なことから、どちらかといえば家が裕福な人が多く、ローグ城下の女の子たちは第七騎士団のみなさんを見かけてはきゃあきゃあと黄色い声をあげて歓迎してくれる。

けれど、辺境の地。言ってしまえば、ど田舎である。

むくつけき筋肉たち……失礼、歳若《とし》く健康な成人男性がどっと押し寄せることで、男女比は崩壊。団内の世間話といえばやれモテない、それモテない、可愛い女の子とお近づきになりたーいが主である。

私含む、周辺の村出身の女の子は結婚相手を見つけたいならローグに行け、と言われているほどである。

だから、今まさに、目の前でこんな悲劇が起きているのだろう。

私はちらり、と団長の足元に視線を落とした。

「少し、ぼんやりしているようだが……」

私の淡い初恋を掻っ攫《かさら》っていった団長。いやいや、庶民の雑種に手が届くわけがないと諦めていた団長。今日の今日まで私の尊敬を一心に集めていた団長。くしゃみが可愛い団長。意外と几帳面な団長。完璧すぎて三日に一度は実在を疑う団長。

けれど、悲しいかな、今日の私は今までの私とは何もかもが全然違っていて、今まで通りの目で団長を見ることなどできないのである。

無類の紳士にちょっと天然が入っているのも相まって、私は今まで、団長にそういう、人間的生々しさがあるとは思っていなかった。

副団長と違って、城下町の女の人と遊んだりもしないし、ご飯も二の次、三の次。いつ寝ているのか？　と疑うほどの仕事中毒ぶりを間近で見ていて、三大欲求から一番遠い場所にいるのが団長なのだと、そう思っていた。

でも、違った。

「ごせんよんひゃくろくじゅうよんかい」

５４６４回。団長の股間のあたりにぼうっと浮かび上がっている数字である。

さらに言うと私が泡を吹いて倒れ、団長の胸に飛び込む前は５４６２だったと記憶する。

なぜ増えているのか。なにゆえか。

「ラウラ君？」

心配げに首を傾《かし》げる団長はむきむきなのに愛らしい。

だが５４６４回。

何が？

団長が私をオカズにして自慰をした回数が、である。

もう一度言おう。団長が、私をオカズに、自慰をした回数である。

「うわああああああ！」

「ラウラ君!?」

おめでとう四桁。新記録。すごいぞ！

物語の中の王子様のように清潔で、淡白だとばかり思い込んでいた団長の、恐ろしいまでの性豪ぶりにいっそ気が狂いそうだ。

仮眠室のベッドでじたばたとのたうちまわり出した私にどん引きもせず、団長はただ心配そうな視線だけをくれる。

だが絶倫。

だが、私をオカズにしていらっしゃるのである。

私はまるで穢《けが》れを知らないというような、古代の神々を象《かたど》った彫刻のように美しい団長のお顔と、とんでもない数字がずらりと並んでいる股間とをぶるぶると震えながら見比べた。

平和だと思っていた騎士団内で、自分がオカズにされた回数について信じられない数字を見せっけられ続け、一縷《いちる》の望みを抱いて逃げ込んだ先の敬愛する上司の股間に浮かぶ数字が、平均の百倍を遥かに超える新記録だった私の気持ちがわかるだろうか。

否、わかろうはずもない。

「すぐに医務官を呼ぼう」

「だ、大丈夫です！　大丈夫なので！」

「しかし……」

珍しく動揺を隠せない様子の団長の股間のあたりをもう一度見つめる。

５４６４。

見間違いではない。

見間違いであってほしかった。

数字の下に書き込まれた性癖の内容が、文字が小さすぎてもはや読めないことは、恐ろしすぎるので考えないことにする。

『自分がオカズにされた回数と性癖が見える祝福《のろい》』

私がなぜこんな特殊すぎる呪いをかけられる羽目になったのか、話は数時間前に遡る。

◇

第七騎士団の朝は早い。

森へと続く駐屯所の道を下ると、朝靄《あさもや》と森の木々の湿った、いい匂いがした。

「おはよう、ラウラちゃん」

「おはようございます。副団長さん」

どうやら朝帰りらしい、まだ眠そうな顔をした副団長に挨拶を返す。

金髪碧眼《へきがん》。王子様みたいなすらっとした体格に優しげな風貌をした副団長は、案の定というべきか、大層おモテになるらしく、毎晩のように街のお姉様方に引っ張りだこと、もっぱらの噂《うわさ》だ。

「どこ行くの？」

「泉に。ベロニカさんの代わりです」

神殿に供える花を摘みにいくのだと小ぶりの籐籠《とうかご》を見せると、そっかあ、とあくび交じりの声が返ってきた。

「ベロニカさんの腰、まだ良くならないんだ」

「はい、痛みは取れてきたらしいのですが」

ベロニカさんは第七騎士団で働くお手伝いさんの一人で、私のことを孫のように可愛がってくれるおばあさんだった。

ローグの森にある女神の泉に通うのはベロニカさんの長年の役割で生き甲斐だったのだが、

春先に持病の腰痛が悪化してしまってからは私がお手伝いをしている。

「森に行くなら一人じゃ危ないよ。俺がついていこうか？」

「いえ、ギルが付き合ってくれるそうなので」

騎士である幼馴染《おさななじみ》の名前を出す。

「ああ、ギルベルトくんか……。どうせ誰かに頼むなら、テオドリックに頼めばいいのに」

直属の上司である団長の名前を口にされて、私は慌てて首を振った。

「とんでもない」

激務をこなす団長に私なんかの付き添いをお願いするなんて畏《おそ》れ多い。副団長は団長と仲が良いからそんなことが言えるのだ。

そう思って否定したのに、副団長にはあーあ、というようにため息をつかれてしまった。

「これ、全然伝わってないよね……。賢いし抜け目がないのに、なんでラウラちゃんに関することだけはこうなのかな……」

「副団長？」

「ラウラちゃん」

両肩をがっしりと掴《つか》まれて、子供に言い聞かせるような顔をされた。心外である。

「くれぐれも、ギルベルトくんとは恋仲になったらいけないよ。万が一そうなる場合は、いや、相手が誰でも同じだけれど、新天地を探すことをおすすめする」

うんうん、と一人で頷《うなず》かれて疑問符が止まらない。

「ディルクはあれで相当厄介だからね。俺は痴情のもつれってやつがこの世で一番嫌いなんだ」

首筋にたくさんのキスマークを散らした副団長がそんなふうに言う。

副団長は冗談が好きなので、これも何かの冗談かと思ってとりあえずへらへらと笑い顔を返しておいた。

困った時はとりあえず笑っておけ。先祖代々伝わる我が家の家訓である。

「わかってないだろうなあ」

「ギルは大事な幼馴染ですから。恋人になるなんて一生ありえませんよ」

「……ありえない」

後ろから聞き馴染《なじ》みのある声がした。

「あ」

私の頭ごしに何かを見つけたらしい副団長。

つられて振り返ってみると、幼馴染のギルがいつの間にかすぐそばに立っていた。

何かショックなことがあったのだろうか、懐かしい故郷をそのまま映したような赤茶色の髪と緑の瞳が今は、どんよりとくすんでいる。

「ありえない……」

「うわー、ええっと、ギルベルトくん、あの、なんかごめんね？」

ぶつぶつと呟《つぶや》くギルに、副団長が気まずそうな顔をした。

「…………別に、俺とこいつはそういうんじゃないんで」

行くぞ、と籐籠を取り上げたギルが先を歩き出す。

さっさと進んでしまう幼馴染を追いかけるべく、私は副団長に頭を下げた。

「……これはこじれそうだ」

にこにこと手を振る副団長は、私たちを見送った後で何か、小さく呟いたようだった。


「――お前、いつまで団にいるんだよ」

ローグの森。緑の濃い匂いを胸いっぱいに吸い込んでいると、相変わらず不機嫌そうなギルがぶっきらぼうに言った。

「いつまでって、ずっとじゃない？」

厳しい登用試験に受かった甲斐もあり、第七騎士団はとても良い勤務先だ。

直属の上司であるテオドリック団長をはじめ、騎士のみなさんは優しいし、事務官の同僚も気さくで楽しい。三食付いてくるご飯は美味しいし宿舎だって広々、お給金ももちろん良い。

辞める理由が見当たらない。強いて生活の不満を挙げるとするならば、一向にできる気配がない恋人くらいのものである。

ない。


「ふーん、恋人ね……」

　そう言うと、ギルは面白くないとばかりに、ぶちぶちと道端の木苺《きいちご》を摘み出した。

　自分で聞いたくせに気のない態度にむっとする。

　地元の田舎で散々黄色い悲鳴を浴びていたギルには、恋人ができない私の気持ちなどわからない。のだ。

　騎士団の男女比は八対二を軽く割り、ローグ全体を見てもその比率は崩壊寸前なことは領主様の頭を悩ませるほどだが、摩訶《まか》不思議なことに、この私にはいまだに出会いの「で」の字もない
　持たざる、ならぬモテざる者。その理由を深く突き詰めれば傷心することは確実なので、最近では怪現象だと思い込むことにしている。

「ギルだって、ここが好きでしょう?」

　私と同じ庶民出身のギルは私が事務官に配属された次の年に騎士団にやって来て、厳しい登用試験にあっさりと受かってしまった。

　俺は一生田舎で暮らすんだと言って憚《はばか》らなかった幼馴染との再会に私は目を丸くした。そんな私にギルは、まあ、ここも田舎だからな、とだけ言った。羊の数が人間の数よりも多い僻地《へきち》の出身で大きく出たものである。

　だからてっきり、ギルだってこのローグ領が気に入っているとばかり思っていた。

「別に。俺は、ただお前が」

「私が？」

ぽいぽいと木苺を籠へ投げ込んでいたギルが、不意に私の方を仰ぎ見た。

「…………お前が、このくそ田舎でうっかり魔物に食われないように見張りにきてやったんだよ。それだけだ！」

手を出せ、と言われたので出すと、山ほどの木苺を載せられて慌てて両手で包み込む。

みずみずしく、つやつやとした見た目の木苺は頬張れば粒がぷちっと弾けて、甘酸っぱい味が口いっぱいに広がること請け合いだ。

けれど両手いっぱいに盛られていては食べようにも食べられない。豪快にかぶりつこうとしてもヘタが厄介である。

持て余した結果、怪しい踊りのような動きを繰り返してしまう。そんな私を残念そうな目つきで眺めていたギルは、やがて何かに気がついたように前方を見つめた。

「あれ、何だ？」

ギルにつられて首を向け、呟いた。

「黒い煙……？」

普段は澄んでいる泉から、燻《いぶ》したような黒い煙が立ち上っていた。

「……ギル、ちょっと持ってて！」

焦った私はギルに山ほどの木苺を押し付けるやいなや、泉の方に駆け出した。

「あ、おい！　馬鹿！」

背後からギルの声がかかるが、止まれなかった。

「止まれ！　お前は、ああ、くそ！」

ベロニカさんの大切な泉。燃えてしまえばどれだけ悲しむだろう。神殿の人だって困るし、ローグの森が燃えてしまえば大変なことになる。

そう思って木の切れ間に躍り出た私が見たものは、火に巻かれた花々でも、頬を舐める炎でもなかった。

「ひどい！　ひどいわ！　私の泉になんてことするのよ！」

泉といっても、ローグの泉は小舟を何艘《そう》も浮かべられるほどに大きい。鬱蒼《うっそう》とした森が途切れ、普段は見渡すばかりの鏡の水面と、色とりどりの花がぐるりと縁取るその場所には今、煙ではない、黒い靄が満ちていた。

「大丈夫ですか!?」

向こう岸さえ見えない風景の中、声をかける。

私よりもほんの少しだけ背の高い女の人が泉の縁《ふち》から中心に向かって噴き出している靄を見つめて、地団駄を踏んでいる。

不思議なのは、その女性が立っているのが地面ではなく水面であり、その体が霞《かすみ》のように薄水色に透けていたことだった。

「あなた！」

新式の魔法か、はたまた新種の魔法生物か。

彼女の正体を掴みかねて呆然とする私に、女性が声をかける。

「あなた、ちょうどいいわ！　全然魔力が無いものね」

「わ、私？」

「ラウラ！　そいつから離れろ」

風を切る鋭い音がして、背後からナイフが飛ぶ。

追いかけてきたギルが投げたらしいそれは、私の腕を掴もうとしていた女性の顔に突き刺さった。そのまま女性と私の間に立ち塞がったギルにぐいと首根っこを掴まれて尻餅をつく。

「お前、魔物か？」

警戒心を露《あら》わにしたギルは、腰元の剣を引き抜いて女性に向けて突きつけると、鋭い眼差しで誰何《すいか》した。

「やだ、なに？　この子、嫌い」

ナイフなど刺さらなかったかのように傷一つついていない女性は、子供っぽい口ぶりでそう言うと、ギルに向かって手を振り払うような仕草をした。

「いっ……」

「ギル！」

その途端、目に見えない力で吹き飛ばされたギルが、そばの木に叩きつけられた。

「あなた」

女性に呼びかけられると、体が軋《きし》むような感覚がして、ギルの方を見ていた私の首が何かに操られるように勝手にぐるりと回った。

「それ、取ってよ。お願い」

尖《とが》った耳に、両生類のような印象のある、けれど美しい顔。さらに水かきのある手が泉の岸、水面下に転がる大きな黒い石を指さしていて、私は生唾を飲み込んだ。

この人、人間じゃない。それから女性のさしているものの正体が、巨大な魔石だと気がついた。

全身の毛が逆立つ。

万物には魔力が宿る。古来から人はそれを法則に当てはめて使役する。起こす奇跡は魔法と呼ばれ、原始の魔法しかなかった古代ならいざ知らず、魔道具の発展した今の時代では、魔石は生活のあちらこちらに当たり前に存在していた。

自然、人工問わず、高出力の魔力をごく小さな範囲に集中させることで結晶化を起こしたもの。それが魔石である。魔道具には大抵の場合はめこまれているので、見慣れてこそいるが、こんなにも大きく、禍々《まがまが》しい色のものは初めて見た。

「ね、いいでしょ？　私、それに触れないの。取って、ぽいってあっちに投げ捨ててくれたら、なんでもお願い聞いてあげる」

装飾のついた長い爪が、誘惑するように私の頬を撫《な》でた。

「ラウラに触るな」

絞り出すようなギルの声が聞こえる。

「あなた、ベロニカの代わりに最近よくここに来る子よね？　このままじゃ、水が駄目になっちゃうの。ベロニカだって悲しむわ」

『泉には女神様がいらっしゃるのよ』

私は日頃ベロニカさんが口にしていた言葉を思い出し、それから目の前の女性を見つめた。

「女神様、ですか？」

「ご名答〜。ねえ、わかったでしょ？　わかったらぽいってしてよ。泉が汚れちゃう」

「ラウラ！」

「うるさいなあ」

強く咎《とが》め立てるギルに機嫌を急降下させた女神様の注意が向く。

「待ってください！　今、今拾いますから！」

このままではギルにまた何をされるかわからない。

「本当!?　あなたってやっぱり良い子ね！」

焦った私が声を絞り出すと、ころっと機嫌を良くした女神様が私の体にまとわりついた。

「ほら、はやく」

促されて、恐る恐る指先を水面にひたす。

世の中には魔力の多い人間がそうたくさんいるわけではないが、魔力の全く無い人間というのはそれ以上に珍しい。少なくとも、私は自分以外にそんな人間を見たことがない。ただ一つわかっているのは私に魔石は使えない、ということだ。

だから、これからどのようなことが起きるのかは見当もつかないけれど、女神様の言葉を信じるのなら現状を打破できるのはこの場で私だけなのだろう。

いつもと変わらないひんやりとした水温に胸を撫で下ろし、もう少しだけ手をのばすと、あっさりと指先が黒い魔石に触れた。

(あったかい……)

体温に近いぬくもりと、鼓動するような鳴動。

ぞっとする感触に怖気《おじけ》づきそうな心をどうにか押し殺し、深く息を吸い込んでから一気に引き上げた。

「……！」

水面から石が離れた瞬間、黒い靄は音もなく、私の目の前で魔石の中に収束していく。

放り出したくなる衝動をどうにかじっと耐えていると、やがて視界は明るくなって、何事もなかったかのような静かな泉が現れた。

「きゃーかっこいい！　素敵！　大好き！　愛してる！　あ、それはばっちいから早くどっかへやってよね」

はしゃぐ女神様がくるくるとあたりを飛び回る。

ひとまずほっとした私は、言われるがままに持ってきていた籠に魔石をしまい込んだ。

「ラウラ……無事、か？」

立ち上がったギルが、お腹を押さえてよろよろと近づいてくる。

それに頷いて慌てて肩を貸していると、女神様は無邪気な笑い声をあげながら、私たちの目の前で鹿や鳥、雲や花に次々姿を変えていった。

最後に熊のような獣に姿を変えた後で、女神様はようやく元の美しい女性へと変化した。

「約束は守るわ。さあ、大好きなお嬢さん。あなたの願い事はなあに？」

なんでも叶えてあげる、と泉の女神様は微笑《ほほえ》んだ。


――ローグの森の泉には女神がいる。

民の間でまことしやかに伝わる伝承によると、泉には全知全能なる古《いにしえ》の女神様がいて、供物を捧げ、毎日お祈りを続ければ、その真心に応じて、まあ、出る時は出るんじゃないんですか多分。という。我が王国の国民性を反映したような、いかにもゆるい言い伝えである。

「そうよ、なんでも叶えてあげるって言ったじゃない。こんな機会滅多にないんだから！　十日ぶりくらいよ」

割とある。

「願い事かぁ……」

「おい、ラウラ」

ちょいちょいと袖を引かれてギルの方を見上げる。

「まさか、本気で何か願うつもりじゃないだろうな」

「え？」

「え、じゃない。お前は、この……」

はーっとため息をつかれてほっぺたをぶにぶにとやられた。中々挑発的だ。

「どう見ても怪しすぎるだろ。断言してもいい。面倒なことになる。お前の周りはいつもそうだ」

「いやいや、だってなんでもだよ？」

なんでもといえばなんでもだ。王都で二時間待ちのケーキを一瞬で手に入れられるかもしれないし、王侯貴族が使うようなふかふかの羽根布団だってもらえるかもしれない。

（それに……）

「恋人だってできるかも」

やあ、と白い歯を見せて笑う恋人（仮）が頭の中に浮かび、私は思わず鼻息を荒くした。

白い砂浜。森の中のピクニック。街での食べ歩きに博物館巡り……と理想のデートがぽんぽんと頭に浮かぶ。

さらば、同僚の事務官に恋愛マウントを取られ続ける日々。

羨ましいデートの話を散々聞かされた後で、ラウラには恋人がいないものね、とにやにや笑われる屈辱と、ついにさよならできるかもしれないのだ。

悔しさからぎりぎりと歯軋《はぎし》りをする私を珍しい鑑賞物として楽しむお茶会も、二度と開かれることはないだろう。

同僚の事務官のみんなは楽しくて優しくて大好きだが、同時に揃《そろ》いも揃って大なり小なり意地が悪いのが難点だった。

「恋人って……。そ、そんなの、ここで願い事をしなくったって、俺が……」

ギルが？　まさか誰か良い人を紹介してくれるのだろうか。

期待をこめた目でじっと見上げると、ごくりと唾を飲み込んだ後で、ぷいっと視線を逸《そ》らされた。

「………俺が、お前がばあさんになっても、面倒見てやるよ。幼馴染だからな！」

「ギル」

私は片眉を上げて首を振った。

まるでわかっていない。ギルときたら幼馴染の関係がいつまでも続くと考えている。

全く、しょうがないお子ちゃまだ。

「なんっだよ！　その顔！　ラウラのくせに腹立つな！」

「あだだだだ、待って、絞まってる、絞まってるから！」

ふう、とため息をつき、ギルに向かって残念なものを見る顔をすると、それに腹を立てたギルが肩を貸していた私の首を絞め上げてきた。

恩を仇《あだ》で返すとはまさにこのこと。

許すまじ、ギルベルト・ミュラー。

必死に抜け出す私の様子を、泉の女神様は白けた表情で見つめていた。

「なによ、こそこそ話しちゃって」

そうしてつまらない、つまらないと両手足をばたばたし始める。

「私がお願い叶えてあげるんだから、もっと喜んでよ！　それにそっちの子は嫌いなんだからね！　人間のくせにこの私にナイフなんか投げて！」

気まぐれな女神様はそう言うとギルを指さし、危ない気配を出し始める。

ギルの言う通り、確かにお願いを叶えてもらうのは早計だったかもしれない。

「よ、喜んでます！　喜んでますとも！」

「本当？　ご機嫌取りの嘘じゃない？」

この女神様、子供っぽいくせに中々鋭いじゃないか。

ぎくりと身を強張らせた私をじとーっとした目で眺めた女神様は、むっと唇を尖らせた後で私とギルの顔を見比べ、それからにんまりと嫌な笑い方をした。

「そうだ！　うふふ！　いーこと考えついちゃった！」

ばしゃんばしゃんと音がして、魚に姿を変えた女神様が飛び跳ねる。

その波打った水面から再び女性の姿が立ち上るのを、跳ねた水のせいで濡れ鼠《ねずみ》になった私とギルが呆然と見上げていた。

違う。二人とも、動かしたくても、もはや指先一つ動かせなかったのだ。

「すごいすごい！　私ってばやっぱり天才ね！」

目に見えない力で縛り上げられた私たちの目の前でぐるぐると女神様が形を変えていく。

その周りで飛沫《しぶき》が舞い、人の背丈を超すほどの巨大な魔法陣が象《かたど》られていく。

ほっぺたがびりびりするくらいの魔力が収束し、風があたりを巻き上げる。燐光《りんこう》をまとった魔法陣は何度か激しい明滅を繰り返した後で、渦巻く空気を巻き込みながら猫の額ほどの大きさに凝縮されていった。

恐ろしい、嫌な予感がする。

「素敵な恋人！　いいじゃない！　でも、心を操って、なんて人間は嫌いなのよね？　二十回くらい怒られたことがあるから、私、もう、ちゃあんと知ってるのよ」

この瞬間の私には、既に女神様の言葉に反応する余裕はなかった。凝縮した小さな魔法陣がぶれて、二つに分かれて、私の目の前、まさしく瞳の前で眩《まぶ》しい光を放つ。

それがあんまり眩しいので、固く固く目をつむると今度は火傷《やけど》しそうなほどの熱さが両目の瞼《まぶた》を焼いた。

悲鳴をあげたくても声が出ないという恐怖の中、女神様のはしゃぎ回る音だけが頭の中で反響していた。

「ね？　だから、あなたに祝福をあげる！　あなたのことが好きな人がわかるような素敵な目にしてあげるわ。そしたら選びたい放題だものね？　ああ！　私ってなんて頭が良くて優しいのかしら！」

最後の声が響いて、頭の先から爪先までを盥《たらい》で水をかけられたような冷たさが通った。それから右手が熱くなって……

「あ」

(――あ？)

「あ、あー！　あ、えーっと。えへへ……」

待て待て待て待て、何をした。

完全に予定外ですと言わんばかりにこぼされた女神様の声に、私はカッと目を見開いた。

「女神様？」

「ま、まあ、おおむね成功したわ……」

あからさまに気まずそうな顔をした女神様が明後日《あさって》の方向を向いている。

なんかテンション下がっちゃったな……じゃない。さっきのサイコっぷりはどうしたのか。

サイコでいい。サイコでいいから。こっちを向いて。そんな顔しないで。

ヒューヒューと、下手くそな口笛を吹いている女神の前に回り込むと、すぐさまそっぽを向かれた。なんだろう。不安しかない。

「あの、私の両目、どうなってますか？」

「あ！　目は大丈夫よ！　ばっちり！　完璧！　問題なし！　目は完璧！」

「目は？」

「まあ、目はね……」

私は女神様の前に、先ほど意味不明に熱くなった右手をかざしてみせた。

「じゃあ、みぎて……？」

「ん！　おえっ、ふ！」

可憐な見た目の女神様が、おじさんのような声をあげて喉を詰まらせる。

しかもこの女神、信じられないことにぶるぶると肩を震わせて笑いをこらえ始めた。

「私の右手に何をしたんですか！」

「だ、大丈夫！　食べ物を金に変えたり、無闇矢鱈《むやみやたら》に何かを腐らせたりはしないわ！　ただちょっと」

「ちょっと!?　なんですか!?」

例えが怖すぎてちっとも安心できない。

「ちょっと、あは、あははは！」

げらげらひぃひぃと笑い出した女神様が泉の水面を転がり出した。酷《ひど》すぎる。

「……教えてくれないと、ベロニカさんに言いつけます！」

半泣きになった私がそう言うと、女神様はぴたりと動きを止めた。

「な、なによ……ベロニカがなんだって言うのよ！　いいことしたのに言いつけるなんて意味わかんない！」

思った以上に動揺した女神様は、怒られた子供のようにぷうっと頬を膨らませる。

「説明を！　求めます！」

また魔石を投げ込んだっていいのだ。そういう意志を込めて女神様をじっと見つめていると、ぶつぶつと口の中で不満を呟いていた女神様が、ギルの方を指さしてからその指先を一振りした。

「ラウラ！」

心配そうな顔をしたギルがこちらに駆け寄ってくる。

さすが我が幼馴染。永遠の友情を誓い合った仲である、と感慨にふける間もなく、私の視線はあらぬところに釘付《くぎづ》けになった。

まさか、そんな、いや、でもなんで？

「ギル」

「どうした？　何をされた!?」

ぱっと口を押さえた私を見て、ギルの表情がみるみるうちに強張っていく。

心配してくれてありがとう。大好きだ。だけどごめん、それどころじゃない。

「ギル、そ、それ何？」

「それ？」

震えそうな指先で様子のおかしい部分、花も恥じらう乙女としては視界に入れるのも憚られるその部分を指さすと、ギルは全くわからないという顔で自分の下半身に視線を移した。

「俺の足がどうした？」

どうもこうもない。完全にどうかしている。

いや、話の流れ的に私の目がどうかしている可能性の方が高いのだが、そう言わずにはいられなかった。

「――光ってる」

深い森の中、燦然《さんぜん》と輝く股間。

小さめのランプぐらいには眩しく光り輝く三桁の数字。その下に書かれた力強い文字。

花も恥じらう乙女だが、申し訳ない、ガン見せずにはいられない。

「534　可愛い幼馴染といちゃらぶ孕《はら》ませックス」

「え？　なに？」

読み上げると、どうやら自分に見えないものが見えているらしいと気がついたギルが、さっと股間を隠した。

「お前今、なんて言った？　せ……、はら……、え？」

手からはみ出した5と4の数字の先っぽがやっぱりぴかぴか光っている。

綺麗だね。

これが股間じゃなければよかったのにね。

「ラウラ、お前、なんか見えてるのか？」

状況が呑み込めていない私とギルがお互いを見つめ合う。

とはいえ、ギルの方には何か心当たりがあるのか、だらだらとありえない量の脂汗《あぶらあせ》を流し、一歩一歩と距離をつめてくる。

「幼馴染……534？」

ぶつぶつと呟くギルの様子は、こんなことを言うのはなんだが、少し怖い。

「やだ！　やっぱり片想いなんじゃないかわいそ〜！」

けらけらと笑い出した女神様が、ぺろりと舌を出す。その上には先ほど投げられたばかりのナイフが載っていて、宙に持ち上がったそれはギルのすぐそばの地面に突き刺さった。

「ねえねえ、それ、なんの数字かわかる？　わかる？」

正直わからない。年齢からはほど遠い、誕生日とも違う。

首を傾げる私に、含み笑いを抑えられない女神がくすくすと喉を鳴らす。

「534？」

「534！」

きゃーと耳元で大きな声を出した女神様が泉の中に飛び込んだ。

「幼馴染で片想いなのに意外と少ないのね！　本命には罪悪感があるタイプ？　だとすると、逆に多いのかしら！」

「待て、ちょっと待て！　お前、ラウラに何をした!?」

「言ったじゃない！　この子のことが好きな人が誰か、ちゃんとわかるような素敵な目にしてあげるって。大成功よね？　ね？」

「ギル、意外と私のこと好きだったんだね」

「は、はあ!?」
534、基準はわからないがこれは中々良い数値なのではないだろうか。何事も多いに越したことはない。

文字列のことは、孕ま……、など気になる単語があったが、まあ、記憶から抹消しよう。世の中見逃してあげた方がいいこともある。

故郷の村では同世代はみんな幼馴染のようなものだから、私も全員の顔を把握している。ギルが好きなのは一体どの子のことだろうな、と詮索するのはこの際やめて……いや、面白いのでやめないかもしれないが、私の心の中に留めておこう。

「この数字、相手の好感度が見えるってことですか？」

表示位置と、セッ……の単語こそ気にかかるが、予想よりもずっとマシな能力に私は胸を撫で下ろした。

「好感度？　賢い私がそんな基準もない、ふわふわしたものを使うわけないじゃない！」

だとすると、私のことを好きな人がわかると言うなら、これは一体なんの数字だろうか？

呑気に考え込んでいた私の思考は、女神の次の一言で真っ白に消し飛んだ。

「それは、相手があなたのことを思って射精、または絶頂した回数よ！」

「しゃせい？」

束《つか》の間の空白。

小鳥が一羽、チュンと鳴く。

そのまま、二人と一柱の間をてくてく歩いて飛び去っていった。

「しゃせい？」

ギルと一緒に川辺で楽しく写生をした子供時代の光景が思い浮かび、ああ、これは現実逃避だな、と思った。

「え？　射精？」

「そうよ！」

「射精……？」

「いい……それ以上言うな……」

どうにか聞き間違いであってくれないか、と呟いていると、首筋から耳の先までを自分の赤毛とおんなじ色にしたギルが顔を覆って片手を挙げた。

「違う、違うから。これは断じてそういうあれじゃないから」

「なによ、女神の力を疑うの」

弁明するギルに、一人だけ空気を読まない女神様が失礼しちゃう！　と、私の頭の上あたりを飛び回る。

「これは肉体の記憶を読み取るすっごい魔法なんだからね。人間ごときには絶対真似できないんだから」

すごいでしょーと鼻を高くする女神様だが、生憎《あいにく》、誰もその話を聞いていなかった。

「幼馴染と、孕ませ？」

ぼそりと呟くと、びくりと身を跳ね上げたギルが、倒れてしまうのではないかというほど赤い顔で私を見た。

「ち、違う。ご、誤解だ！」

「幼馴染？　え？　私？」

「違うから！」

チガクナイ、ワタシ、オサナナジミ。

（いやいやいやいや、ないないないない！）

心の中で叫んでみても状況証拠は既に十分であり、さすがの私でもなにかこう気づくものがある534回。

ギルが一歩出る。私が一歩下がる。出る。下がる。出る、下がる。

「……なぜ逃げる」

「いや、だって、ギル……ね？　嘘だよね？」

「…………」

「な、なんで、黙ってるの、かな？」

困った時はとりあえず笑っておけ。

我が家の家訓どおりへらっとした笑い顔を作ってみても、ギルは黙り込んだままだ。

「あなたが変な男に引っかからないように、趣味嗜好も見えるようにしたのよ。私ってばなんて優しいの！」

あなたの方はちょっと黙っていただきたい。

女神様に対してこんなことを考えるのはおこがましいが、ぺらぺらと自画自賛を繰り返すのを首をきゅっとやって静かにさせたい凶暴な気持ちが湧いてくる。

優しさの話なんかどうでもいいから、私を元の体に戻して……。知りたくない。他人の性癖なんて切実に知りたくないから。

「さ、さよなら！」

「ラウラ、待てって！」

状況に耐えきれず逃げ出そうとした私の右手をギルの手が掴んだ時だった。

『あんっ』

「えっ!?　なに!?」

瞬間、頭の中に響き渡る桃色の喘《あえ》ぎ声。奇天烈《きてれつ》な声をあげた私にぽかんとするギルの顔がジジッとぶれて、脳裏の光景が現実を遮って目前に現れた。

『んっ……ギル、好き、ぃ……』

昔馴染みのギルの家。何度も無断で寝転がったベッドの上で、現実よりもやや小ぶりな胸の私が裸で組み伏せられていた。

首筋からお腹まで花びらのような赤い痕をいくつもつけた私が、自分でも見たことのないようなとろけた顔をして、覆い被《かぶ》さるギルを熱っぽい目で見つめている。

『俺も』

聞いたことがないような甘ったるいギルの声。それがすぐ耳元でして、今まさに私の手を掴んでいる、農具と剣を握る骨張った両手が私のそれと絡んで、シーツの上にぎゅっと押しつけられた。

『ずっと、好きだった』

海の向こうに落ちる夕日みたいな赤毛が近づいてきて――。

「なっ、なっ、なっ」

突然宙を見つめ始めた私に完全に当惑しているギル。

そこからどうにか右手をもぎとると、もはや全泣きで女神様を見た。

頬が燃えるように熱い。初キッスすらまだの身に、一体、なんてものを見せてくれるのか。

「なんですか、これ!」

オーバーなギルにもほどがある。

「なんですかこれ!　なんですかこれ!」

「ラウラ?　お、落ち着け」

これが落ち着いていられるか。

「ギルの、ギルのすけべ!　えっち!　大変態!」

「すけべ……?」

両手をぶんぶんと振り回し、興奮した鶏のようになった私が食ってかかると、ギルはちょっと傷ついた顔をした。

「あー、えっとぉ、魔法陣をね」

自身の半透明の髪の毛（推定）の先をいじりながら、女神様が気まずそうに口にする。

「魔法陣を」

「面倒くさいから、ちょちょょって使いまわしたら」

「使いまわしたら」

「ちょっとやりすぎちゃった」

てへぺろり。

コツンとおでこを叩く女神に、どうしてくれようかと私は唇を震わせた。

私の友情を返せ。健康な精神を返せ。心の安寧を、朝のチュンチュン十五禁で収まるはずだった平和な人生紹介を返せ。

「戻してください」

「戻す？」

意味がわからないという顔の女神様。

「こんな能力要らないです！　今すぐ戻してください！　お願いします！」

一生のお願いを発動してもいい。本当に要らない。これ以上要らないものが思いつかないくらい要らない。

私の体を面白人間コンテスト用に勝手に改造するのはやめてほしい。

「なによ」

腕を組み、頰を膨らませた女神様の姿を見て、失敗したと悟っても後の祭り。

「なによなによ！　私が三百年ぶりにほんのちょっとだけ真面目に一番いい魔法を考えてあげたのに！　まあ、ちょっと面白い方に振ったけど……それがなによ！　いくつも重ねて祝福をあげるなんて本当にないんだからね」

やりすぎたって自分でも言ってたじゃないですか、とは口に出さないお約束である。

そして面白い方に振るとはなんだ。人を改造する時、少なくとも面白さだけは絶対必要ないだろう。

「帰る」

ぷん、とそっぽを向いた女神様が高く飛び上がった。

「つまんないから帰る！　私の偉大さってやつが、後になったらわかるんだから！」

「ま、待ってください！」

「い！　や！」

べーっと舌を出した女神様が頭と足を逆さにして最後に言い捨てた。

「お気に入りだから殺さないでおいてあげるけど、這《は》いつくばってありがとうございますって言わないと、ぜーったい許してあげないから！」

ちょっと怖いようなことを言って、ぐるぐるときりもみした体が最後には渦になって泉の底へと呑み込まれていった。

「…………」

しん、と静まり返った空気。鏡面のようになった泉が木々を映す。

後を追いかけて膝《ひざ》をついた私が未練がましく水面を掻いてみても、答える影はない。

「ど、どうしよう」

おろおろとみっともなく狼狽《うろた》える。

「どうしよう……そ、そうだ」

「ラウラ？」

籠をごそごそやり始めた私を、ギルが不審の目で見る。

「これを投げ込めば」

「ま、待て！　早まるな」

取り出した黒い魔石を頭上に持ち上げた私をギルが羽交い締めにする。

「はなして……」

「大事な証拠品だぞ⁉　それに、あれが脅されて簡単に言うことを聞くと思うか？　絶対に逆効果になる！　最終手段にしろ！」

「でも！」

『……や、ぁっ！』

もみ合いになった私たちの間に割り込む喘ぎ声があった。その声にはとても聞き覚えがある。なぜなら他ならない、私自身の声だったからだ。

私は自分の右手首を掴むギルの両手を見て、それから自分の視界がまたしてもぶれだしたのを絶望的な気持ちで眺めていた。

暗転。そして、またしても。

『んんっ、んっ、ん……』

画面の向こうでは、ほとんど泣き声みたいな声をあげる私にうっとりと唇を重ねたギルが、ぐりぐりと、怖いくらい執拗に腰を揺らしている。掴まれた足首が頭の横で押さえつけられていて、人間の体はこんなに曲がるものなのかと、私はどうでもいい現実逃避をした。

『ラウラ、かわいい……』

たぷたぷになった私のお腹を撫でて、幻の中のギルが熱に浮かされたように呟く。

それから真上を向いた私のお尻を押し潰すように再びの抽挿が始まって、媚《こ》びた声音をあげる私（幻覚）の様子を目の当たりにした私（現実）は力なく腕を下ろした。

それにしても胸こそ控えめだが幻のくせに現実より七割増しで肌艶がいいのが解せない。

そんな、どうでもいいことを考えて現実逃避をしていた私は、ギルの言葉でまた現実に引き戻された。

「とにかく、これは俺が預かっておくから」

今しがた目の前の幼馴染の頭の中でとんでもない映像が再生されたとは露とも知らないギルは、そう言うと黒い魔石を懐《ふところ》にしまい込んだ。

「ギル」

できることなら見なかったことにしたい。何も起きなかったことにして、今日の業務を始めたい。けれど確かめずにもいられない。

「どうした？」

やっぱり具合が悪いのか？　と心配そうに聞いてくれる。

「………私でえっちなこと、した？」

「ん？」

にっこりと、胡散《うさん》臭いくらいに穏やかな表情をしたギルからどっと汗が噴き出した。

「したんだ……」

「シテナイヨ」

口調を見失ったギルがくるみ割り人形みたいにカタカタとぎこちなく口を動かした。

「した！　ギルの部屋でえっちなことしてた！」

「おまっ、な、んで……それを」

半ば認めたような言葉を契機に、私は今度こそ一目散に騎士団の宿舎へ駆け出した。

ついてきてもらった立場で本当にごめん。多分心配をかけるし、申し訳ないと思うけれど、今は、今だけはそっとしておいてほしい。

慌てたようなギルの声を背に、私は心の中で呟いた。

（どうして……どうしてこうなった）

かくして、それまで騎士団の事務官としてささやかだが安穏とした生活を送っていた私、ラウラ・クラインは呪われの身の上となったのである。

第二章　性癖だけでも覚えて帰ってください

何度も言うが、第七騎士団の朝は早い。

ギルの前から逃げ出した私はどうにか駐屯所に辿《たど》り着くなり、朝の鍛錬を終えた第二部隊の面々と遭遇しそうになった。食堂に向かう彼らを物陰から遠巻きに見送る。

——たくさんいる。

内容こそ読み取れないが、みんなの股間が薄ぼんやりと光っているのがこの距離からでもわかる。

第七騎士団。その詳細は既にお話しした通りだが、団長付きの私がエリート事務官かというとそれは全く逆である。実際は事務官お仕事できるぞランキングの最下位中の最下位。自動筆記ペンすら使えない魔力無しの私を、なんでもできる団長が拾い上げてくれたにすぎない。

「おや、不審者発見ですね」

「わ！」

のほほんとした声がすぐそばでして、私は威勢の良いバッタみたいに飛び上がった。

「おはようございます。ラウラさん」

「お、おはようございます。モーリッツさん……」

挨拶を返すとうんうんと頷いてくれるモーリッツさんは、ちょっと眠そうな糸目が印象的な、騎士団駐屯所の門番さんだ。

丁寧で親切な人で、朝晩に挨拶をするとほのぼのとした気持ちになる。

知らず和んでしまった私は、視線を下に下ろして凍りついた。

『6　泣くまでイかせたのを土下座させてガン突き』

「おっふ」

「お……？」

股間と顔面で視線の高速反復縦跳びを始めた私に、モーリッツさんが首を傾げる。

土下座。極東に伝わる文化。それは謝罪と、貴人への敬意を示すために用いられる仕草であるという。もちろん夜の生活で使うものではない。辞書にはそんなこと一言も書いていない。

「どうしたんですか？」

ほけっとした顔のモーリッツさんがじっとこちらを見てくる。和む。

そっと視線を下にやる。和まない。

見間違いでもなんでもない。純度百パーヤント現実が、でかでかきらきらと光っている。

「へ、へへっ……」

指一本触らないよう慎重に右手を体の後ろに回した私は、愛想笑いをしながらぐるぐると頭の中で思考を巡らせた。

土《ど》の下座が出てくるあたり、マジのガチのその道の人感がすごい。

親睦会でサディストですか？　マゾヒストですか？　と楽しく会話をするのとはレベルが違う……ような気がする。

そして『6』の数字が何か絶妙に怖い。

「ラウラさん、何か後ろに隠してます？」

「えぇっ？」

声を裏返らせた私にモーリッツさんが目を細める。ほとんど瞼を閉じてしまいそうな癒し系の顔に、わあ……と心が柔らかくなってしまいそうになる。

「さては……」

「何もないです！　ないですよ！」

ぶんぶんと首を振った私にモーリッツさんがちょっと考えるような仕草をした。

後になって思えば、嗜虐《しぎゃく》趣味のある人に嫌がる様子を見せるのは悪手と言うより他にない、愚かな行為だった。

「さては、お菓子ですね！」

「わっ！」

事務官の私が身体能力に優れた騎士さんに勝てるはずもなく。隠していた右手は素早く掠《かす》めとられてしまった。

『も、むり、です……挿《い》れて、ください』

「いけませんよ。先月も大量のお菓子を持ち込んだせいで文官長殿に怒られていたじゃないですか、って、あれ？　空っぽですね」

のほほんとした会話を続けるモーリッツさんが、ぱっと私の手を放す。

「ラウラさん？」

一瞬、見覚えのないベッドの上でお饅頭《まんじゅう》みたいに全裸でうずくまった私と、いつもの糸目を見開いてそれを見下ろしているモーリッツさん（装備：革の鞭《むち》）という恐ろしい映像がよぎった気がしたが、多分、希望的観測でいうと幻だと思う。

「大丈夫ですか？」

「だいじょうぶです。とってもげんきです」

私の心のオアシスががらがらと音を立てて埋め立てられていくようだった。

ここに墓標を建てよう。穏やかだった私の日常へ捧げる墓標だ。

「おーっす、ラウラ！」

「ぐぇっ」

特攻隊長のアルベルトの丸太みたいな腕が首に回って、頭をぐりぐりと撫でられた。

「今日はおせーじゃん。んで、相変わらずちびだなー」

「アルベルトさん、また団長に叱られますよ」

モーリッツさんがアルベルトに注意を促す。

「おおっと、それはお断り」

呪われた右手のせいでいつもみたいに腕をタップすることもできず、ボロで作ったてるてる坊主みたいにアルベルトの腕にぶら下がった私をモーリッツさんが哀れみの表情で見ていた。

だがサディストである。

「ん？　こいつ、なんか今日、静かじゃね？」

「そうなんですよ。さっきからこの調子で」

いつものように放してと騒ぐこともせず、黙って地面に降ろされた私の前にアルベルトがしゃがみこんだ。

「具合悪《わり》ぃの？　休むなら団長に言っといてやろうか？」

見ない方がいい。人の性癖を覗《のぞ》き見るなんていけないことだ。

心と思想は自由である。みんな口に出さずに生活しているのだから、見えないものを見てなんだかんだと考える方が失礼だ。

『79　クリ舐め肥大化調教』

（あああああああ！）

あがる悲鳴を私はどうにか喉の奥へと押し込んだ。

「おい、本当に大丈夫かよ」

「……はい、……げんきです」

知りたくなかった。知りたくなかった。

モーリッツさんとは別の方向で知りたくなかった。

アルベルトだけはもっと普通だと思っていた。

調教なんていう物騒な言葉と結びつけたくなかった……。

「団長の部屋まで送ってってやろうか?」

本当に心配だ、という顔をしてくれるモーリッツさんとアルベルトに苦しい言い訳を重ねて、足早にその場を辞する。

耳年増を自認する私だが、男性の自慰に関してはお茶会の話題にも上がらないから各人の回数が多いのか少ないのかもわからない。

だから、もしかすると世の男性というものはものすごく気軽に自慰をするのではないかとさえ思えてくる。なぜそう思うか、理由は以下の通りである。

「やあ、ラウラ嬢」

『0 妻の足こき』

にこやかに。

「おはようございます」

『1　雄大な自然を見ながら羊ごっこ』

ひきつって。

「…………っす」

『17　うなじ』

早足に。

「おはようございます！　ラウラさん！」

『92　かわいい事務官ちゃんを同僚のみんなで愛《め》でまくる（比喩）』

駆け出して。


どうなっているんだ。第七騎士団。

追い詰められた私は新記録が出そうなほどの美しい姿勢で廊下を駆け抜ける。

その道中で見かける0以外の数字、数字、数字。

真っ白な労働環境だとばかり思っていた職場で、自分がガッツリとオカズにされていた。

第七騎士団食堂不動の人気メニュー、鶏の揚げ物にも匹敵する働き者っぷりである。

大人気。だけど全然、嬉しくない。

助けて。誰か助けて。丸い輪っかだけでいい。0の字だけ。他は何もいらないから。

「おーい！　ラウラちゃん！」

『0　カレー』

(え？　カレー？)

廊下を駆け抜けていた私は、食堂の見習い君が遠くで手を振っているのを思わず二度見した。

(……カレー、美味しいよね。)

0ならば、もはやなんでもいいか……と死んだ目で同意したその時だった。

「ぶっ！」

「……またあなたですか」

よそ見をしていたせいでぶつかった柔らかい壁の主が、うんざりだという声を出した。

「廊下を走ってはいけないと、一体何度注意したら覚えられるのでしょうね？」

「すみません……」

平たい鼻の無事を確かめて、第三部隊長のローデリヒさんを見上げた。

銀色の長い髪に氷みたいに綺麗な薄水色の瞳。女性騎士と間違われることもあるという繊細な美貌には、つい、気後れしてしまう。

「全く、テオドリック団長はあなたを甘やかしすぎです」

私がちゃんとしていないのが悪いのだが、会えば団長を絡めて注意をされてしまうのが中々辛い。しょんぼりとうなだれていく視界の端に光るものが入って、私は慌てて上を見上げた。目を逸らしたともいう。

「な、なんですか？」

至近距離で見つめ合うことになったローデリヒさんは、怒ったのか、顔を赤くしてきゅっと口を引き結んだ。

「いえっ！」

「大体、あなたは――」

ローデリヒさんは、多分、私のことがあんまり好きじゃない。だから大丈夫なはずだ。

だがしかし、好奇心は猫をも殺す。

可哀想な猫のことを思えば、そもそも見なければいい話だ。

「私付きの事務官になれば、将来困らないように教育をして差し上げられるのですが……」

見なければいいが。ものすごく気になる。

子供の頃、庭にある大きな石をひっくり返さずにはいられなかったような、ぐらぐらしていた乳歯を弄《いじ》らずにはいられなかったような、そんな気持ちが抑えきれなくなって、ぎゅっと両目をつむった後で、ついにちらりと片目を開けた。

……これは本当に私が悪かった。

『364　片想いのあの子に冷たい目で見られながらの自慰強要（罵倒軽蔑ビンタ付き）』

「ひんっ」

「聞いているのですか？」

長い足からどうにか目を引き剥《は》がすと、眉をつり上げた美しいお顔と相対した。

もう何もわからない初夏。364。

わっと顔を覆って、私は安住の地であるはずの職場へ、いつも私の味方でいてくれる尊敬すべきディルク団長が待つ執務室へと駆け出した。

今はとにかく、性癖というものから離れたい。私の中のトレンドは清廉潔白。この一択である。


（団長なら、絶対、大丈夫……！）

私の脳裏をよぎったのは、いつかの野営での出来事であった。


「――団長は、行かれないんですか？」

王都からもローグからも遠く離れた遠征中。訓練を終えた騎士のみなさんが肩を組み組み、近くの歓楽街へと繰り出していくのを見送って、私は団長に声をかけていた。

夜番と昼番が交代したので、羽目を外しすぎさえしなければ休憩時間に歓楽街へ出かけるのは問題ない。というのが海よりも心の広い団長の判断で、そうなると健康な成人男性の集まる第七騎士団の面々は休憩時間になると、何事かこそこそと小声で囁《ささや》き合ってはうきうきと野営地を離れていく。

小声ということは、一応、私の性別なぞにも気を使ってくださっているようだし、気づかないふりをするのが大人の対応というものだ、と、私はその辺の小枝で焚《た》き火を突き回していた。

「行く、というと？」

「その……」

聞き返されるとそれはそれで困るものがある。

「みなさんと一緒に、街の方にですね……。えっと、ずっと休憩されていらっしゃらないようなので」

満天の空、パチパチと音を立てる薪《たきぎ》。

邪念など一切ない、というような団長の顔を見ていて、なんだか話を持ちかけた私の方が恥ずかしくなってきた。

「お留守番くらいならできますから！　夜番の方たちもいらっしゃいますし」

さすがのへたれ、というべきか、えっちなお姉さんに関しては気がついていませんよ、というように私が両手を振ると、団長は穏やかに笑ってくれた。

「心配してくれてありがとう。だが、君とこうして火を囲んで、空を眺めている方が俺にとってはずっと楽しい」

こんなものもあるしね、と取り出されたマシュマロに私はぱっと顔を明るくした。

その夜は歓楽街にも大人のお姉さんにも興味がない様子の団長とおしゃべりをしながら、焚き火で炙《あぶ》ったそれを堪能したのだった。

（……団長なら大丈夫）

野営での話はほんの代表例で、三年余りの付き合いの中でも私は団長がそういう欲の欠片でも見せている場面に遭遇したことがない。

それは団長がそういうものに縁がない人だから、というわけではない。見目麗しく、人間として尊敬できる部分しかないので、団長はモテる。ひとたび街へ出かければ、それはもう右に左に引っ張りだこだ。

けれど、例えば見回りで街に出かけた時。狩人《かりゅうど》の目をした美人のお姉さんにどんなに素敵な言葉をかけられ、見事なおっぱいを押し付けられても、穏やかに引き離すだけで、でれっとした表情すら浮かべないのだ。まさに聖人君子という言葉がぴったりである。

団長は大丈夫。団長だけは大丈夫。

大人のお姉さんをスルーする団長が、私を美味しいオカズとしていただいているなど、ありえないだろう。そうだ、そうに決まっている！　だから大丈夫に違いない！

執務室の重厚な扉に手をかけた数秒後、この期待が完全に裏切られることを私はまだ知らなかった。

◇

テオドリック・フォン・クラウゼヴィッツは絶望していた。

（猿か、己は）

洗面台で清めた片手を形の良い額に当てて、深々とため息をついた。

鏡の中には懊悩《おうのう》する若く美しい騎士団長の姿が映し出されている。絵画として売りだせば十分に値がつきそうな光景だった。

そんなことに関心があるはずもない本人はというと、今しがた、というよりもこの三年間毎日のように繰り返している不道徳な行為、そしてそれに溺れる自分を省みて鏡に拳を置いていた。

辺境都市ローグの暮らしは性《しょう》に合っている。ここには王都にはないおおらかな生活がある。自然も多いこの場所をテオドリックは気に入っていた。周囲からは将軍職への出世の前準備だ、などと口さがないことを言われることもあるが、元来出世には興味のない身。この辺境の地で生涯を終えるのも悪くはないと考えていた。

業務も順調。ついてきてくれる部下もいる。

では何が問題か。

(――俺の事務官が可愛すぎる。)

それが問題だ。

語弊しかない言い方をすれば、とてつもなく、むらむらくる。

団長団長と慕ってくれ、ちまちまにこにこと作業をしているのを見ると、何かこう、ぱっくりと食べてしまいたいような、極めて獣《けだもの》じみた衝動に駆られる。

もちろん、年若い、恋仲でもない令嬢に対して日常的にそんなことを考えるのは下劣である。それに、表には出さないものの、一日に四回も五回も彼女を思って虚《むな》しい行為に耽《ふけ》るのはおそらく度がすぎている。それがたとえ、重すぎる片恋に悩んでいる身の上であったとしても、明らかに異常だ。

だというのにこうでもしなければ、すぐにでも彼女に襲いかかりそうな自分がいる。

額にかかった前髪をかき上げて、テオドリックはもう一度ため息をついた。

できることなら今すぐにでも求婚したい。

人里離れた長閑《のどか》な場所に屋敷を買って、庭をころころと転がる彼女と幸せな生活を築きたい。

昼夜問わず想いを伝えたいし、柔らかな体を抱きしめたい。触れたいし、閉じ込めたいし、愛《め》で倒したい。

想像の中でさえ愛らしいので本当にどうにかしてほしい。そのうち天使として教本に載るのではないか、などと最近では本気で考えている。

と、そこまで考えて、また鎌首をもたげてきた欲望を押し殺す。悪態をつきたいのを騎士の矜持《きょうじ》でどうにか堪《こら》え、冷えた水で顔をすすいだ。

求婚など許されない。

貴族と平民という身分差が問題なのではない。そんなもの彼女のためならいくらでも捨てられる。上官と部下という関係性が問題だ。

好きでもない上官から関係を迫られれば、部下には負担しか残らない。気に病んで仕事を辞めてしまうことさえあるという。彼女の悲しむ顔など見たくはないし、苦労などもってのほか。その原因になるものを今までテオドリック本人がどれだけ丁寧に除去してきたことか。

（……それに、最近なぜか）

扉を開けて、事務官用の机に座る小さい影を認める。

「あ、お、おはよう、ございます。団長」

（避けられているような気がする）

「おはよう。ラウラ君」

少し目を伏せた後で、さっと視線を逸らした彼女に対し、テオドリックは上辺だけは穏やかで冷静な上官の顔を取り繕いながら、酷く動揺していた。

◇

増えている。

三日後が締め切りの書類を穴が開くほど見つめながら、私はもう泣きたいような気持ちだった。

衝撃のオカズ事件から数日。前人未到、後人皆無の5464回を叩き出したディルク団長の数字は着実にその数を増やしていた。

5480。

一日に換算すると……と、つい計算してしまいそうになるのを慌ててとりやめる。

ちなみに私の心の健康のためにも、細かい字でみっしりと書き込まれた団長の性癖に目を凝らすのもやめにしている。モーリッツさんが証明したように、知ったとしてもろくな結果にならないからだ。

ちらっと目を上げて、団長の方を窺い見る。

ローグ周辺の村や、領主様関連の書類を読み込んでいる団長は今日もかっこいい。艶々とした黒髪が綺麗に撫でつけられていて、書類に目を落とした姿は賢そうにも強そうにも見える。

騎士の派遣計画や、巡回計画、間近に迫る夏至祭の式典準備などなど、煩雑な仕事を日々、あっという間にこなしていく団長。

その姿に感嘆しながら、私も頑張ろうと鼻息を荒くして自業務に取り組むのが今までの日課だったのだが、ここ数日はさすがにそうもいかなかった。

「ラウラ君」

「はい!!」

不意をつかれ、無駄に大きな声を出した私に団長が目を丸くした。

「あ、はい……すみません」

あたふたと席から立ち上がって、団長のそばに駆け寄っていく。

「作業中に申し訳ない」

「いえ、あの、急ぎの書類はありませんから」

四桁の数字が羽虫のようにぐるぐると回るのを、頭の中で一匹一匹叩き落としながら、私は団長の机のすみっこの方を見つめた。

とても目など合わせられない。

「……少し、踏み込んだ話かもしれないが。最近、元気がないような気がしてね」

動揺していたせいでペンを握ったまま駆けつけてしまった私の右手に、団長が視線を向けた。

「そんなことは……」

ありまくる。

日がな一日、団長団長とうるさく話しかけていた私がこうも静かでは、思うところがあったらしい。

さすが団長。上司の鑑《かがみ》。優しい。賢い。大好きだ。

……ある一点を除いては。

「それは、俺が原因、だったりするのだろうか」

どこん、と大太鼓を叩いたように胸が高鳴り、私はペンを取り落とした。

初手から核心を突いてくるところが団長である。鈍感な私とは違う。

「そうか……。君にはずっと俺のそばにいてもらいたいから、直せるところがあったら直したいと思っている。教えてはもらえないだろうか」

取り落としたペンと共に、私の言外の回答を拾い上げた団長が真摯に語りかけてくれる。

そして事もあろうに、いや、ご親切にも落としたばかりのペンを私の右手に握らせてくれた。

「あばばばば」

「ラウラ君？」

奇天烈な声をあげてしまっても、右手を握る団長の力は強かった。

本当に、全く、びくともしない。え？　岩かな？

『ラウラ』

案の定始まった私を呼び捨てる声に、背筋が撫でられたようなぞくぞくとした感触が走った。

――夜の執務室。団長の机。今まさに私が立っている場所に、いつもの文官服を着た私がスカートの腿《もも》のあたりをぎゅっと握って立ち尽くしていた。

『足を上げて』

優しい命令が下されて、映像の中の私がびくりと身を震わせた。

『で、でも……』

ちょっとぶりっ子が入ってないか？　という仕草で顔を赤らめ、涙目になった私が団長をじっと見上げる。

『上げなさい』

少し温度を下げた命令の言葉に、んっ、と唾を飲み込んだ私がそろそろと右足を上げて、執務机の天板にそれを置く。

『裾は自分で持って』

震える指先がスカートの裾を持ち上げる。現れ出た白いふくらはぎ、腿、それに続く場所は下着がなく剥《む》き出しで、少し離れた場所からでもわかるほどにしっとりと濡れていた。

『はずかしい、です』

『少し、赤くなっているね』

膝をついた団長がふっと息を吹きかける。柔らかい和毛《にこげ》が靡《なび》いたのを合図にしたように、ひくつくそこに熱い唇が吸いついた。

『あっ、だめ、です……んぁっ、あ……あ、ああ……』

唇を開きっぱなしになった私がびくびくし震えるのを、逞《たくま》しい腕が押さえつける。ずるずるびちゃびちゃと耳から犯されるような水音と、他でもないあの、何をするにも品行方正な団長が立てていることが信じられない。

『舐めちゃ、や、舌、やです……やぁっ……』

「ラウラ君?」

ギルの時と同じように、宙を見たまま動かなくなった私に、団長が訝《いぶか》しげな顔つきをする。そのちょうどよく厚い唇を、つい視線でなぞってしまって、ぼん、と爆発したように頭が熱くなった。

女神様に話を聞けなかったから、この右手の力がなんなのか実際のところはよくわからない。わからないけれどこないだのギルの反応から察するに、私が触った人がえっちなことをする時に考えた、えっちなごにょごにょがわかるのではないか、と仮説を立てている。

そう考えると、つまり団長は私のあれをそれする何かを考えたということで、いや、騎士のみんなの回数を見るに、それは男性にとっては普通のことなのかもしれないが、いや、でも、毎日考えている？

まとまらない思考に黙り込んだ私の様子をどう受け取ったのか、目の前の団長の顔が一層強張った。

「……俺の何かを、君が不快に思ったのなら、処分を受けることも検討する。君の担当も変えよう」

「ち、違います！」

団長はとても真面目で的確だ。やると言ったら本当にやる。

仕事でもなんでも自分に厳しすぎるきらいがあり、だからこそ私は団長の分も、団長はすごい人だとうるさく称《たた》えるようにしていた。

そんな私に、ありがとう、とちょっと照れ臭そうに返してくれる顔が好きだった。部下の皆のおかげだ、と口癖のように言うのが好きだった。

「団長は尊敬できる人です。不快に思うなんてありません」

ただ、そう、びっくりしただけだ。その数字の増え方に、絶倫、の二文字が頭の片隅から離れないだけだ。

事務官と医務官、ほんの少しの女性騎士。雑務を担当してくれる近くの村の女の人が一握り。それ以外に女性がほぼ皆無の第七騎士団にいるせいでオカズに事欠いた団長が、同じ部屋で働いている私をたまたま、しょうがなくそれに使っただけで、それはあくまで生理的な活動である。の、かもしれない。

騎士団全体での私の稼働率を見るにつけ、そんなにおかしな話ではないのでは？　と、私は自分のこの想像を採用することにした。

全ての元凶は見えなくていいものを見えるようにした女神様であり、騎士団のみんなも私も、同じように被害者だ。

許すまじ泉の女神様。ベロニカさんに泣きついてやる。

「団長は素敵です」

そんなかっこ悪い決意をした私は、わかりましたね？　とディルク団長に念押しした。

「かっこいい、最高の上司です。私は毎日の仕事が楽しくてたまりません」

だから処分なんてもってのほかだ。

「…………ありがとう」

お礼を言った団長はいつもと違って、すっと目を逸らしてしまった。

照れているのかもしれない。こういう時は触れずにおくのがいいだろう。

張り切って仕事に戻った私は、次の日、団長の数字がいつもより一個増しで増加しているのに気づき、また頭を抱えるのであった。

どうして……。

◇

不定期に行われる女性事務官のお茶会。

美味しいお菓子と、楽しいおしゃべり。ちょっと意地が悪いが楽しい仲間たち。

いつもはうきうきと弾んでいくそれに、今回ばかりは異様な緊張感を持って臨んでいた。

——いる。

もう既に何人か集まっている。

初夏のお茶会といえば、ガーデンパーティーと相場は決まっているらしい。

薔薇の咲き乱れる庭のはずれには、凝り性《こしょう》の事務官仲間が用意してくれたテーブルセットが出来上がっていた。

「何してるのよ」

「わっ！」

涼やかな声がして、恐る恐る振り返る。

「つ、ツェリ様」

挙動不審な私の様子に、目の前の人は柳眉《りゅうび》をつり上げた。

「なによその態度。さてはあんた……また何かやらかしたんじゃないでしょうね？」

私が半ば畏敬の念、半ばおふざけをこめて、『ツェリ様』の愛称を捧げている、第七部隊隊長付き事務官のツェツィーリア様。目の前のそのお方は腰に手を当てると、じとっとした目で私を見つめてきた。

長い金髪を頭の上の方で括《くく》り上げ、明るい空色の瞳にちょっとつり目がちの上品な猫のような顔。元からだって大変美しいのに綺麗にお化粧しているのでその美貌は天を貫くほどに冴え渡っている。

事務官としての腕前も一流なツェリ様は十四人いる事務官の頂点、筆頭事務官の役職もいただいており、ぽんこつな私の面倒も見てくれるすごい人だった。

そんなツェリ様でも、例によってお腹はぴかっと光っているのである。

『0 歳上のおじ様彼氏にめいっぱい甘やかされたい』

かわいい。

「ツェリ様……」

「な、なによ？　別に責めてるわけじゃないのよ。そんな顔しなくても、優秀な私がどうにかしてあげるから、何があったのかちゃんと言いなさいよ。ほんっとしょうがない子」

可愛い性癖を知ってしまい、ほっとしたような、申し訳ないような、萌《も》え転がるような気持ちでツェリ様を見ると、私が落ち込んでいると誤解したらしいツェリ様が優しい言葉（ツェリ様仕様）をかけてくれた。

「お茶が冷めてしまいますよ」

薔薇園の入り口で、まさか真実を口にするわけにもいかず、もごもごと口籠《くちごも》る私と疑いの眼差しを繰り出すツェリ様を、眼鏡をかけた女性事務官のアデーレさんが呼びに来た。

第五部隊副隊長付き事務官のアデーレさんは知的な美人さんだ。猪突猛進《ちょとつもうしん》、野獣っぽいところのある第五部隊副隊長、ウォルフさんから毎朝熱烈な求婚を受けているのを、きっぱりさっぱり華麗に受け流しているのでも有名である。第七騎士団名物、ウォルフさんの朝一の求婚を華麗にお断る様《さま》はまさに猛獣使い。見物のため、早起きを習慣とする団員も多い。

そんなアデーレさんは本を読むのが好きな人で、気がつくとみんなから離れて物静かに小さな本を開いている。その横顔は肖像画があれば買い取りたいほど静かでお美しい。

そんなアデーレさんのお腹の下もやはり光っているわけで。

『0　ヤンデレ気味なもふもふ系狼獣人に朝も夜も種付けされて愛されたい』

私は、細く長い息を吐き出した。

大丈夫。まだ慌てるほどじゃない。

ここに来るまで色々な性癖を見せられてきたけれど大丈夫だったじゃないか。卑猥《ひわい》な単語が頻出する男性陣よりは全然、断然、健康にいい。特に頭についている0。この丸い輪っかがいい。

「ラウラさん？　何か問題でもあるのですか？」

アデーレさんが優雅な仕草で眼鏡を直す。

「いいえ。整いました！　大丈夫です！　すぐ行きます！」

「ととのう？」

「この子、今日ちょっと変なのよ」

「そうみたいですね」

気合を入れて美しい薔薇のアーチをくぐる私を見て、ツェリ様とアデーレさんが噂話をする。

「遅いよもう！　お腹空いた！」

「まあまあ、いいじゃないか」

「よかった、これでみんな集まりましたね。レアさんは今日も欠席ですけれど」

右から順に二年先輩だけれど三つ年下で、ものすごく頭の良いジルケさん。ちょっと変わり者でいつも男装をしているウルリケさん。私と同期でしっかりもののサシャ。サシャが言うレアさんは、もう一人の女性事務官だが自室をこよなく愛しているためお茶会には滅多に顔を出さない。

そんな三人の性癖も見えてしまうのが、この呪いの呪いたる所以《ゆえん》である。

『0　すごいキス』

『0』

『0　真性ドS青年から人権剥奪《はくだつ》家畜扱い言いなりプレイ』

怒涛《どとう》の三連弾。ジルケさんの豪速球ど真ん中ストレート、ウルリケさんの空欄も気になるけれど、なんと言っても、サシャの攻撃力が高すぎる。

一緒に研修を受け、文官長に怒られる私をいつも慰めてくれるサシャ。お淑《しと》やかで清楚《せいそ》で、私にはちょっと手厳しい大好きな同期。

なんでも知っている親友だと思っていたのに、今まで見てきた中で間違いなく十本の指に入る出色《しゅっしょく》の性癖だ。人権とは。家畜とは。

「手元には気をつけないといけないよ」

「わっ、すみません……ありがとうございます」

みんなで食べようと持ってきていたお菓子の包みを取り落としたのを、身体能力の高いウルリケさんがすんでのところで捕まえてくれた。そのままお礼を言う私に微笑みかけながらそっと椅子をひいてくれる。

ウルリケさんはいつも王子様みたいにかっこよくて、そつがない。

「さあ、そちらのお嬢さん方も座ろうか。初夏の薔薇園、テーブルセットにもこだわったから楽しんでくれるといいな」

「あんたって本当凝り性よね」

薔薇の刺繍《ししゅう》の施されたナプキンを膝にかけて、ツェリ様が言う。

「ありがとう、ツェリ」

これをウルリケさんのツェリ様語翻訳にかけると『とっても綺麗で気に入りました。すごいですね』となるらしい。

「ニコラ、座らないの？」

余裕の表情でお礼を言ったウルリケさんに、つまらなそうな顔を返したツェリ様が、続けて声をかけた。

「いえ、ただ、なんだか申し訳なくって……！」

「ニコラさん！　お久しぶりです」

庭の隅っこの方で小さくなっているニコラさんを見つけた私は、束の間、呪いのことを忘れて駆け寄った。

ニコラさんは駐屯所周辺の村から通ってきているお手伝いさんの一人で、主に洗濯を担当してくれている。

とてもいい人で、以前、私が新品のインク壺《つぼ》を、あろうことか団長のシャツにひっくり返してしまった時も、泣きべそをかく私を宥めながら、根気よく清浄魔法をかけてくれたことがある。

「ラウラさん、お久しぶりです」

「ニコラはね、この前、私の裁縫道具を拾ってくれたんだよ。それでお茶会に招待したというわけさ」

ウルリケさんが麗しい笑みを向けると、ニコラさんは真っ赤になってしまった。

やっぱりいい人だ。

ぽっちゃりとしていて、アーモンド形の目をしたニコラさんはどこか人をほっとさせてくれる雰囲気がある。

「そんな……、私なんか、学もないし、ぱっとしないし……太っているし……。こんな村娘が、事務官様方のお茶会に参加するなんて申し訳なくって。……すみません、せっかく招待していただいたのに、卑屈なことを言って」

「そんなことありませんよ！」

ニコラさんがどこに気後れしているのか、正直うまく察することができないが、何を隠そうこの私こそ、村娘代表、村娘力天元突破《てんげんとっぱ》のプロ村娘の自覚がある。

カブを抜くスピードには自信があるし、野犬追いの腕前を自慢できる時を虎視眈々《こしたんたん》と狙っている。道を歩けば旅人に村の名前を尋ねられるが、その旅人は十歩も歩けば私の顔を忘れるだろう。村娘という理由で出席が不可になってしまうのであれば、真っ先に肩を叩かれるのは私に違いない。

それにニコラさんのふわふわボディ、特に形の良いお胸には前々から興味津々だし、アーモンド形の目には憧れている。自嘲するニコラさんに対し、ニコラさんの目がどんなに可愛いか力説しようとした時だった。

『０　顔の良い男性にブスだと罵《ののし》られながらえぐいほどいじめられたい』

えぐいほど。

悲しいかな、性癖の業《ごう》。一斉にニコラさんを褒めちぎり、フォローを始めるみんなの輪の中に私はうまく参加することができなかった。

世の中にはきっと、色々な性癖がある。

このところ人生経験というものを爆発的な速度で積まされている私は、やっと腰掛けてくれたニコラさんにぎこちない笑顔を返すのが精一杯だった。

ウルリケさんが全員分のお茶を注いでくれてようやく、楽しいお茶会が始まった。

木に遮られた初夏の日差しはきらきらと美しく、持ち寄ったお菓子はどれも美味しい。

ニコラさん手作りの大きなクッキーを三枚も四枚も食べた私に、クッキーが大好きだけれど少食で、お持ち帰りを狙っていたらしいサシャに、何度か釘を刺された。サシャは基本的には笑顔で穏やかだが時々、怖い時がある。

お茶会といえば仕事のこと、生活のこと、やはり恋愛についての噂話が話題に上がる。ウルリケさんやアデーレさんはあまり積極的に参加しないけれど、私をからかう時はそれなりに参戦するし、心の底から楽しそうなのでやはり敵だと思っている。

ツェリ様は近づく夏至祭に大きな関心を寄せているようだった。

「そういえばサシャ、恋人と別れたんでしょ？　夏至祭の前なのに残念ね」

「ええ、まあ……」

「え〜っ！　何が気に入らなかったの？」

言葉を濁すサシャに対して、恋愛話が大好きなジルケさんがすかさず食いついた。

「少し、思っていたのと違ったといいますか」

「あ〜、あの人、かっこいいけど意地悪そうだったもんね。ドS！　って感じで」

ドS、の単語にティーカップを持つ私の手が止まった。

「そうですね、でも彼、本当は優しくて」

『真性ドS青年から人権剥奪家畜扱い言いなりプレイ』

一見庇《かば》っているようにも聞こえるが、見なくてもいいものを見てしまった私の穢れた耳には『サドだと思っていたのに本当は優しくて残念だった。心底がっかりした』というふうに聞こえる。

「そうなんですね」

深く同情するニコラさん。何も問題のない、ごく一般的な相槌《あいづち》である。が、

『顔の良い男性にブスだと罵られながらえぐいほどいじめられたい』

この文章を目にした後では『それはさぞかしがっかりしたでしょうね』と、聞こえなくもない。

「じゃあ何が思ってたのと違ったのよ」

『歳上のおじ様彼氏にめいっぱい甘やかされたい』、ツェリ様が、優しいならいいじゃないかと疑問符を浮かべている。これは言葉通りだと思う。

「え？　あ……ええ、そうですね」

「わかった！　下手くそだったんでしょ～」

束の間、戸惑った表情を浮かべたサシャに、やはりそういうことなのか？　と、居心地の悪い思いをしていた私の左横で、『すごいキス』、ジルケさんがにやにやと笑う。

それにしても、いつも開けっ広《ぴろ》げに色々な話をしているジルケさんの性癖がキスとは意外である。経験値も振り切れるとあえて、ということなのだろうか？

「そういうわけでも……」

どんどん鈍くなるサシャの反応。

「まあ、人間、相性があるからね」

「それで言えば、私の部隊の新入りなんか、もう全然合わないのよ。おじさんのくせに今更辺境まで飛ばされてるんだから、まあ、たかが知れてるんだけど」

あまり追及するべきではない、と思ったらしいウルリケさんとツェリ様が話題を引き上げた。

ツェリ様は新しく来た人に相当おかんむりのようで、どんなに自分と相性が悪いのか様々なエピソード混じりに披露してくれた。

「まあ、頑張ってはいるんだけどね。うだつは全然上がんないけど！」

私は内心首を傾げていた。

歳上、おじさん、穏やかで、仕事は真面目にこなすし、やれ君は息抜きをした方がいい、やれ君は頑張りすぎるから、と口うるさい。この前は頼んでもないのに紅茶まで淹《い》れてきて余計なお世話だった、私のことを子供扱いして……などなど。

話を聞く限りでは、気遣い上手で優しい、ツェリ様好みの歳上男性そのままにも聞こえる。

「ふーん。その人、ツェリのお気に入りなんだ」

不思議に思っていると頬杖をついたウルリケさんが、ずばりと指摘した。

少し目を細めて、にこにこと笑うウルリケさんは見惚れるくらいに美しい。

「は……？　はあ!?　そんなこと、ひとつことも言ってないでしょ！　そもそもおじさんなんて眼中にないわよ」

みるみる真っ赤になったツェリ様が、ありえないでしょ、と言い、私はようやくここまでの悪口がツェリ様のいつものねじれ言葉であったことに気がついた。

なるほど、微笑ましい。ウルリケさんの微笑む気持ちもよくわかる。

「ラウラ、あんたなによその顔、生意気ね！」

「う、うーっ！　すみません、すみません！」

思わずにやにやっとしてしまった私の頭を、右隣に座っていたツェリ様がぐしゃぐしゃとかき混ぜる。横暴だ。

「私の話はいいの！　サシャ、あんた、本当はどんな人がいいのよ？　みんなで考えてあげるから、夏至祭までに恋人を作っちゃいましょ！」

「そうですね……」

考え始めたサシャを横目に私はそわそわし始めた。

「なによ、ラウラ。変な動きね」

「ツェリ様……あの、私も恋人がいないのですが……」

万年独り身である私には、今の今まで一度もこんな提案をされたことがない。

率直に言ってサシャが羨ましい。私にもやってほしい。

「あー……」

ツェリ様がさっと視線を逸らした。私は上半身をゆらゆらさせてなんとかその視線の先に入ろうとする。

「ラウラさん、目障りです」

ツェリ様のさらに右隣で本を読んでいたアデーレさんが迷惑そうな声を出した。

「あんたは、まあ、いいのよ。そのうちきっといいことあるわよ。ていうか下手なことしないでよね。面倒くさいことになるから」

なんという格差社会。サシャと私とになんの差があるというのか。

可愛げだろうか、有能さだろうか。正直、サシャにあって自分に足りないものが多すぎてこれというものがかえって思い浮かばない。

「いつもいつも、独り身だってからかってくるのはツェリ様じゃないですか！」

「だって……あんた、面白いんだもの」

残酷な一言に歯をぎりぎりさせた私が円卓を見回す。アデーレさんは本に夢中だし、ウルリケさんはそうだよねと頷いていて、ジルケさんはなぜか気まずそうに目を伏せている。

心配そうな顔をしてくれているのはニコラさんだけで、同僚の事務官のあまりの冷徹さにむくむくと反骨精神が湧いてきた。

結局、みんな私は生涯恋愛初心者で、恋人など到底できないと思っているのだろう。

「――サシャ。私、サシャが好きそうな人に心当たりがあります」

どうにかしてみんなを見返してやろうと、私は自分のこの厄介な能力を悪用することにした。

◇

「閣下。事務官のラウラ殿の件でお話ししたいことがあります」

テオドリックが日課である駐屯地内の見回りをしていると第六部隊の隊員、エルマーに声をかけられた。

「わかった。場所を変えるか？」

「いえ、こちらで結構です」

ぶらぶらと見回りをしていると、こうして団員が声をかけてくれることがある。

相談内容は書面で上げるほどでもない日常の困りごとや、微かな違和感だが、そういったものが事件の解決や団員のストレスの軽減に繋がることもある。

そのため、テオドリックは忙しい合間を縫い、貴重な休憩時間にもこうして積極的に執務室の外を歩き回ることにしていた。

「はじめに、自分は現在勤務時間外であること、それゆえ少しばかり業務には不向きな言葉遣いをさせていただく旨をお許しください」

往来を避け、すぐそばの適当な物陰に移動するとエルマーが切り出した。

「ああ、楽にしてくれて構わない。別に来客中以外なら勤務時間内でも好きに話してくれていい。俺は気にしないから」

「ありがとうございます」

役職がつくとこういう部分が厄介だ。柔らかい雰囲気を持つ副団長のクリストフとは違い、堅いところのある自分は普段から気をつけなくてはならないな、と自身を戒めていたテオドリックは、エルマーの口から飛び出してきた言葉に目を丸くした。

「それでは失礼して……、会員ナンバー七番、エルマー・マイヤーより、みんなの妹いきなりイエロー良い子代表ラウラたそについて、友の会を代表して会長閣下に御奏上申し上げます！」

…………………ん？

「すまない、もう一度言ってくれないか」

何かこう、新しい単語が聞こえたような気がする。

「はっ！　みんなの妹いきなりイエロー、元気の押し売り、無自覚可愛い良い子代表ラウラたそに関する御奏上であります！」

二回言われても意味がわからなかった。しかも若干長くなっている。

「ラウラたそ……」

「はっ！　ラウラたそであります！」

（ラウラ……たそ？）

はきはき返事をする様は実に規律が取れている。さっきまで「事務官の」というごく普通の肩書きを使っていたのに、唐突に独創性のあるそれを使い始めるのはやめてほしい。心の準備という者がある。

「いやあ、実は、自分はツェリ様推しであるのですが……」

訝しげな顔をするテオドリックに何を思ったのか、見破られましたか、と恥ずかしそうに頭を掻いている。見破るも何も視界に捉えられてすらいない。完全に置いていかれている。周回遅れも甚だしい。

「ツェリ様、とは第七部隊隊長付き事務官のツェツィーリア君のことか？」

どこから手をつけていいのかわからなすぎるので、一つ一つ疑問点を潰していくことにする。

「はっ！　その通りであります！　真紅に染まる赤の女王、哀れな奴隷を紅蓮《ぐれん》に沈める無敵のツェツィーリア様のことであります！」

下半身の問題を除けば、テオドリックは忍耐強い男だった。

赤すぎる。真紅と赤と紅蓮が渋滞している。

筆頭事務官の彼女とは業務で話すことがあるが、確かそんなに赤くなかった。金髪だった。

一個疑問が解けるたびに百個疑問が湧いてくる混沌《こんとん》とした状況に、司令官としてもそれなりに評価を受けてきたはずのテオドリックはついに頭を抱え始めた。

「友の、すまない、なんだったかな？」

「はっ！『事務官ちゃんたちの可愛さに悶《もだ》え苦しむ友の会』であります！」

「そうか。良い……名前だな」

そう絞り出すと、エルマーは嬉しそうな顔をした。

何を隠そうテオドリックは現在進行形で自分付きの事務官の愛らしさに悶え苦しんでいるため、この言葉に限っては半ば本心である。

「ありがとうございます。そして大変失礼いたしました。どうも気が急《せ》いておりまして。お話をしていると、どうやら閣下は友の会についてご存知でないとお見受けいたしますが？」

ご存知ないです。

「ああ、その通りだ。すまないが、軽く説明してくれないか？」

知らないのが少数派だ、と言わんばかりの口ぶりに、とてつもない不安に襲われる。

第七騎士団に腰を据えて三年。決して短い期間ではないというのに、自分のあずかり知らぬところでとんでもない組織が出来上がっていた。

「友の会、正式名称『事務官ちゃんたちの可愛さに悶え苦しむ友の会』はその名の通り、十四名の事務官ちゃんたちを見守り、その愛らしさに悶え苦しみ、感動を分け合うための組織であります」

「なるほど」

わからん。

「ファンクラブのようなものか？」

学生時代、友人であり副団長であるクリストフのために組織されていた集団を思い出す。ちなみにそれは今もあるし、テオドリック自身は知らぬことだが、彼のためのファンクラブも彼が十三の頃から存在しており、王都に点在するファンクラブの中でも異常なほど統制が取れていることで有名である。

「その通りであります。まあ、我々の活動はもう少し進歩的なものではありますが」

何かプライドがあるらしいエルマーは、ノファンクラブを鼻で笑うと、全方位に喧嘩を売るようなことを言い出した。

(聞かなかったことにしておこう……)

テオドリックは副団長のファンクラブの件で過去、アグレッシブな御令嬢たちによる数多《あまた》の騒動に巻き込まれた苦い経験を思い出して、余計な口はきくまいと決めた。

「それで、ラウラ君について話したいことがある、と？」

「実は――」

エルマーが口を開きかけた時、遠くから慌ただしい足音が駆け寄ってきた。

「エルマー殿！　ややっ、名誉会長殿もおられましたか！　これは大変失礼いたしました！」

若い騎士団員はテオドリックの姿を認めると、恐縮したように敬礼をとった。

「名誉会長……？」

飛び込んできた青年の言葉に、周囲に自分とエルマーしかいないことを念入りに確認したテオドリックは、渋々自分を指さした。

「俺のことか？」

エルマーもまた敬礼を返す。

「はっ！　敬愛すべきテオドリック団長閣下は、我々『事務官ちゃんたちの可愛さに悶え苦しむ友の会』の初代名誉会長であります。これは第一回全体集会での満場一致の決定事項であります！」

「……そうか」

そうだったんだ。

知らなかった。そして今更断ることもできない勢いだ。

知らない間に自分についていた大層な肩書きに、テオドリックは内心動揺していた。騎士学校卒業以来様々な役職をいただいてきたが、名誉会長になったのは初めてだった。

気持ちとしては率直に言って、全然嬉しくない。

「エルマー殿、ラウラたそ担の某《それがし》としても、会長殿とお話ししたい気持ちは山々ではありますが……」

たそ。

「おっと、そうでした。こうしてはいられません。集会が始まりますぞ！」

もう一点気になることといえば、先ほどから続いている妙な口調はなんなのか。

エルマーも青年も普段はもっと、なんというか、ごく普通の話し方をしていたはずだ。

「会長殿！」

団長である。

「不躾《ぶしつけ》なお願いではありますが、集会の方にご出席してはいただけませんでしょうか？　ラウラたその件も議題に挙がるでしょうし、神殿支部との話し合いもあります。会長がいらっしゃれば心強いのですが」

「おのれ、神殿支部！」

ぐぬぬ、と歯噛みする青年。どうしたのか。落ち着いてほしい。

「神殿との関係は良好だと報告を受けていたが？」

「もちろん、平時は非常に良好であります。ですが、こと『事務官ちゃんたちの可愛さに悶え苦しむ友の会』において、我々騎士団支部と神殿支部は創設以来反目し合う仇《かたき》同士なのであります」

「……そうか」

話がややこしくなってきたので、テオドリックはもう完全に諦めて、ただ流れに身を任せることにした。

勤務時間外の活動は自由である。あとでいくつか釘を刺しておこうとは思うが、可愛い部下たちが楽しそうで結構だ。それより他に重要なものはない。

そういうことにしてほしい。

小さめの村であればすっぽりと収まってしまうほどの広さを誇る第七騎士団駐屯所。森を背にした平地のその中にはいくつもの石造の建物と、中心に巨大な要塞が鎮座しており、訓練所や宿舎はもちろん、食堂、売店、遊戯場と様々な施設も内包している。有事には駐屯所をぐるりと囲う長い石壁の中に付近の村人を収容する、国防の要だ。

その端にある集会所は、数多いる第七騎士団団員の四分の一を一度に収容できるほど巨大で、すり鉢状になった底には、今日、簡素な長机が用意されていた。

驚いたのは集会所の席に座る出席者の人数で、四分の一、とまではさすがに言わないものの、団全体から見てもかなりの割合の人数が集会所の席を埋め尽くしていた。

「会長だ……」

「会長」

「まさか、名誉会長が集会に来るとは……」

「……おのれ、会長」

「ばか！　ラウラたその生肖像画だけはしまっとけ！　見つかったらぶっ殺されるぞ！」

長机につくテオドリックは、こそこそとした囁きに耳を傾けながら居心地の悪い思いで座り直した。

ぶっ殺したりは……しない。

取り上げて、悪質であれば丁寧に、納得するまで話を聞くだけだ。

念のため、あわあわとものを隠す団員の顔と名前を頭に入れておく。

「会長のご出席に皆も喜んでおりますな」

聞けば友の会の総取締役という立場らしいエルマーが、にこやかに言った。

騎士服の胸元には真っ赤なハンカチーフをさしており、普段の訓練の時よりも堂々とした佇《たたず》まいである。

もう少し昇進させてみてもよいのかもしれない。集団を率いるものとして中々才能がありそうな様子に、そんなことを考える。

あと、別に喜んではいないと思う。

「ラウラたそ担特攻隊長の吾輩《わがはい》より報告させていただきます！」

静かになった集会所の中で、第四部隊所属の騎士が立ち上がって前に進み出た。

「まずは名誉会長、会長にこのような姿をお見せすることになるとは……」

団長である。

頭の先から爪先まで謎の黄色い衣装に身を包んだ騎士は、テオドリックに相対すると、考えに耽ったように自身の体を見下ろした。

騎士服を身につけていないことを心苦しく思っているのか、と考え、テオドリックは口を開いた。

「いや、気にせずとも、」

「吾輩、光栄であります！」

美しい敬礼。礼法の指導職に採用しても恥ずかしくない。

気圧《けお》されつつもとりあえず敬礼を返すと、目をきらきらさせて感じ入った様子だった。喜んでいるのならば、まあいい。これは思考の放棄ではない。

「ラウラたそをご指導、そしてご採用いただき、心身の健康を陰に日向にお守りいただいている会長には我らラウラたそ親衛隊一同、日頃より深く感謝の念を抱いております！」

「うおおお！　会長！」

「あんた最高だぜ！」

「俺は会長とラウラたそのために毎朝神殿に祈ってる！」

「率直に推しカプ！」

「俺は死ぬほど妬《ねた》んでる！」

「落ちぶれてしまえ！」

「呪われろ！」

「ギルベルト派もいるぞ！」

「テオドリック会長～！」

「俺はほんとは会長が一番好き！」

団長だ。轟々《ごうごう》と続く黄色い集団の声援。その声援だけは全く黄色くない。よくて黄土色、悪くて茶褐色である。

「本来であればラウラたその魅力について語り合いたいところですが、何分火急の件、かかる無礼をお許しください」

「構わない。勤務時間外だ。自由にやってくれ」

本当のところ、その語り合いとやらには少し興味がある。

大体、彼女のテーマカラーなるものが黄色であることからあまり納得がいっていない。テオドリックは彼女に似合う色として菫《すみれ》色を強く推していたし、彼女本人の好きな色は現状八色確認しているが、その中にも黄色は含まれていない。

わかっていないな、と考えてみたりする。

テオドリックは同担を拒否しない人種であった。

そもそも彼女が愛らしく、魅力的すぎるのだ。それは花に惹かれる蜜蜂のようなもので、自然の摂理である。

「会長より直々にお守りいただいているラウラたその最近の動向についてです」

「別に守っているというわけではないが」

エルマーをはじめ、話が無闇に大きくなっている気がする。

「あれで？　自覚が薄いのか？」

「あんなに過保護なのに……？」

「俺、ラウラたそに絡んだ街のチンピラが会長にガン詰めされてるの見たことあるぜ」

「俺も」

「俺はもっとひどいのを見た」

「モンぺだ」「監視員」「やりすぎ」「ちょっと引く」「このむっつり」

　ここぞと囁かれる言葉。

　それはそれ、これはこれ。邪な気持ちを持つ蜜蜂、否、害虫相手であれば、丁寧に羽をもいで巣ごと始末するのは道理である。それの何が悪いのか。

　付け加えて言うなら、先ほどからどさくさに紛れて不満をぶちまけている団員が見受けられるが、むっつりは普通に悪口だ。

「まずはこちらをご覧ください」

　黄色い騎士が指を鳴らすと、集会所の真ん中に高度光魔法を用いた魔道具による巨大な画面が現れた。

『衝撃！　ラウラたそがデザートを断る日！』

　画面上にでかでかと書かれた文字に、会場がどよめく。

「大事件じゃないか……」

テオドリックもまた呆然と呟いた。

この場における唯一の常識人。その頭がおかしくなった瞬間だった。

◇

薔薇園でのお茶会以来、サシャには一つ日課ができた。

「おはようございます。モーリッツさん」

駐屯所の門をくぐり抜ける時に、今まではなんとなくしてしまっていた挨拶を、顔を見て名前を呼んで、笑顔でする。

「おはようございます。サシャさん」

丁寧に挨拶を返してくれる門番さんを見て、サシャは内心で肩を落としていた。

ラウラには申し訳ないけれど、とんだ見立て違いだ。

別にラウラは悪くない。モーリッツさんはとても誠実で優しそうな人だし、若いのに騎士団にとって重要な役職である門番の役目を任されているということは、それなりに優秀な人なのだろう。

(でも違う)

つまるところ、恥ずかしくて仲間内にすら性癖を晒《さら》せない自分が悪いのだが、胸がときめくようなものはないと思う。

一人の人間として尊重してくれそうだし、そういうことをする時も痛いところはないかなど、逐一気遣ってくれそうで、休日には街の喫茶店に行くなど癒し系のデートをしてくれそうだ。

（でも、そういうのは違うの！）

サシャは、尊厳を奪われて玩具《おもちゃ》扱いされたいし、浅ましいお尻を鞭で容赦なく叩いてほしいし、休日は張り型などを入れられて卑しい系のデートをしてほしい。

（それから――）

第三部隊隊長付き事務官、サシャ・ルドミラ。

彼女は生粋の被虐趣味者、いわゆるドMだった。かなりハードなのもいける口だし、むしろ進んでお尻……尻尾を振る。恥ずかしいのは大好物だし、人間として扱われたくない。

にもかかわらず、この大人しそうな見た目のせいだろうか。今までの恋人はみんな彼女に優しくしてくれた。

それは全く悪いことではない。相手がサシャでさえなければきっと感激しただろうし、なんの問題もなくうまくいったはずだ。どの恋人も人としては大変尊敬できたし、別れ話を切り出す時、サシャはいつも罪悪感に押しつぶされそうだった。

これは特殊性癖の業を背負って生まれてきた者にとって、切っても切り離せない問題だった。

愛か欲望か。叶うことならサシャはどちらも欲しかった。

でも違うのだ。


「サシャさん、ちょっといいですか?」

「あ……はい」

楽しい妄想に耽っていたところに声をかけられて、サシャは慌てて返事をする。

彼女を呼び止めたモーリッツは同僚の門番に手を挙げて合図をした後で、すぐそばの建物の物陰に彼女を連れていった。

「ラウラさんから、面白いお話がありまして」

聞きました? と尋ねられて頷く。

それから、まさか告白でもされてしまうのだろうかと不安になる。

タイプではないが、優しそうなモーリッツの好意を断るのはサシャとしても心が苦しい。

こういう時、「苦しいことならなんでも好きでしょ?」とわからないことを言い出す素人もいるが、マゾヒストはそう単純ではないのだ。素人は黙っていてくれ。

「はじめはお断りしようと思っていたのですが」

(――来た)

本心半分、お愛想半分、申し訳なさそうな顔を作ったサシャは、続くモーリッツの言葉に固まった。

「毎朝の貴女《あなた》の視線が本当に鬱陶しくて。色狂いの雌犬にがっかりした顔をされるのって、こんなに苛々《いらいら》させられるんですね。勉強になりました」

壁際に追い詰められたその頭の横に大きな手がついて、ぐっと足の間に膝を差し込まれた。

「い、色ぐるい……？　めす？　あっ、んぅ……」

違いますか？　とサシャの疑問を拒絶したモーリッツがぐりぐりと容赦のない力で、敏感な花芽を押し上げる。びりびりした即物的な快感が体の真ん中に抜けて、頭があっという間にぼんやりしてきた。

（これは）

「ほら。やっぱりいやらしい雌じゃないですか。朝から自分が咥《くわ》え込む男のことしか考えていないでしょう？　酷くされるのが好きなんですかね。品定めばかりして、あなた、職場に一体何をしに来てるんですか？」

（これはすごく）

「あっ、ああっ、ごめ、ごめんなさい」

ぐりぐり、ぐりぐりと、そんな擬音で頭がいっぱいになる。真っ赤に膨らんだ神経の塊を、指でもなんでもない布越しの硬い膝が、適当になぶっている。

その事実を思うだけで快楽が何十倍にもなる。

「駄目です。許しません」

「ふ、あっ、そんなぁっ」

柔和なつくりの顔が、優しく謝罪を拒絶した。いつも笑っているような顔が今日は本当に楽しそうに形を変えている。

「ですから今晩、空けておいてくださいね。少し、お話をしましょう」

口の中に指を捻《ね》じ込まれて、上顎《うわあご》をくすぐられる。

いつしか膝は止まっていて、なのにぐちゃぐちゃと粘膜をかき混ぜる指に、上り詰めてしまいそうなほどたまらなく興奮する。

(何をされてしまうんだろうか。なにを、してくれるんだろうか)

きゅんきゅんするお腹と胸を押さえつけて、サシャはこくこくと頷いた。

(いい……)

理性のタガのゆるんできたサシャが、自分から硬い膝にゆらゆらと腰を擦《こす》り付けるのを、一転、モーリッツは冷たい眼差しで見下ろしていた。

「誰が、勝手に使っていいと言いましたか？」

「んんっ……！　っ！」

舌をつねられて、軽く気をやったサシャがずるずると地面にへたり込む。

「主人の許しもなく自慰をしてイくなんて、発情期の雌猿にも劣りますね。今までどういう躾を受けてきたのでしょうか？」

「あ……っ、ご、ごめんな、さい」

『主人』、『雌猿』という単語に背筋がゾクゾクして、唇から勝手に謝罪がこぼれる。

地面に手をついて見上げた彼の顔はいつもと全然違っている。薄い唇がつり上がり、優しげな目が開いて本来は切長だったらしいそれが酷薄な印象を醸《かも》し出していた。かっこいい。ものすごくタイプだ。サシャはこういう顔に弱かった。

「ごめんなさい？」

聞き間違えでしょうか、と言わんばかりに首を傾げられる。

ほうっと息をついたサシャは触れていた地面の土を握りしめて、震える唇を開いた。そうして、頭を下げるといつも我慢していた言葉を、初めて舌の上に乗せた。

「申し訳ありません。――ご主人様」

柔らかい含み笑いの音がして、ぎゅっと目をつむったサシャの頭の上に優しい手のひらが乗せられた。

「よく言えましたね。仕方ありません。今夜は『待て』の練習から始めましょうか。大丈夫ですよ。俺がちゃんと貴女を躾《しつ》けて差し上げますから」

（――モーリッツさん。どうしよう……、だいすきだ）

仕事に戻りますので、と放置されたサシャはとくとくと高鳴る胸を抱えて、偶然とはいえ自分の性癖にぴったりくる運命の人を紹介してくれた親友に深く感謝した。

なお、言うまでもないことだが、これは断じて偶然ではない。

◇

集会所では友の会の議論が続いていた。

「最近のラウラたその様子がおかしいことについては、黄色組のみなさんも知るところだと思いますが、我々の調査によると八日前の昼食の時間！」

ばん！　と大袈裟な効果音をつけて画面が切り替わる。その様子をテオドリックは固唾《かたず》を呑んで見つめていた。

「サシャ嬢から与えられたデザートを！　断っていました！」

でかでかと映るパンナコッタ。なんという意味のない映像。意味のないプレゼンテーション。パンナコッタが美味しそうなだけの画像。エリート揃いとはいえ文官に比べれば頭脳労働より肉体労働が好み。騎士団の脳筋ぶりよ、ここにあり。

実のところ、これは友の会なりに事務官たちの肖像権へ配慮した結果なのであるが、残念なことについさっきつっこみ役が消滅した会場にはただひたすらに動揺が走っていた。

「パンナコッタを……？」

なんということだ、とテオドリックが口元を押さえる。

以前食堂でそれが出た際、わーい、と背後に擬音をつけてもいいくらいに両手を挙げて喜んでいた彼女の姿が思い浮かぶ。あれは愛らしかった。

日頃からデザートの摂取に並々ならぬ情熱を注ぐ彼女が、まさか断ったとは……。

「それだけではありません。証言者！」

「はいっ！」

一矢乱れぬ返事があって、三人の騎士が演説台に進み出る。

「報告を」

「はっ、先日自分がラウラ殿と廊下で遭遇した際の話なのですが」

緑のスカーフをした騎士が証言を始める。たそ、なる摩訶不思議な敬称がつかなかったことに、理由は不明だが、テオドリックは自分でも驚くほどほっとした。

「その、なんと言いますか、自分の足元、正確には股間のあたりをじっくりと眺められまして」

「すまないが、発言には気をつけてくれないか」

聞きようによっては彼女が痴女扱いされかねない内容に、それまで穏やかだったテオドリックの顔つきが途端に厳しくなる。

場数を踏んだもの特有の威圧感に、証言をしていた騎士は途端に震え上がった。

「出たぞ……会長の過保護が」

「いや、あれは言ったやつの配慮がない」

ざわつき始めた会場。

とんとんと、長机を指で弾き始めた名誉会長から発せられる異様な空気に、エルマーを含むすり鉢の底側の人間は顔色を青くしていた。

「それで？　続けなさい」

最後の審判さながら。促された哀れな子羊は証言を続ける。

「は、はい。何やら動揺した様子のラウリ殿は、あたふたと廊下を引き返していかれました！」

「それは貴君が破廉恥《はれんち》をしていたからではないのかね」

冷静さを取り戻したらしいエルマーが、組んだ指の上に顎を乗せる。破廉恥？

「いいえ！　自分はウルリケ殿下一筋！　騎士道に則《のっと》りましても断じて破廉恥などしておりません！」

第六部隊隊長付き事務官のウルリケが複雑な出自であることはテオドリックも知るところであるが、殿下と呼ばれる身分ではないので、『ウルリケ殿下』というのは愛称だろう。

「本当か？」

「信用できない。本当は破廉恥をしていたのではないか？」

「あのラウラたそが逃げ出したんだぞ、破廉恥以外考えられない」

「それはウルリケ殿下親衛隊全体への侮辱ととっても構わないか？　我々の仲間は破廉恥などしない！」

喧喧囂囂《けんけんごうごう》。始まる議論。

（……破廉恥、とは？）

破廉恥は名詞であって動詞ではない。

破廉恥をする、という活用は果たして言語学の観点から成り立つものだろうか。

またしても一人置いていかれたテオドリックは、真面目くさった表情の裏で一人、懸命に解読を試みていた。

騎士学校を首席で卒業したテオドリックだが、友の会独特の語彙《ごい》についていける自信は一生かかっても湧いてこないだろう。

とりあえずこの場合の破廉恥の意味するところは後でエルマーに尋ねることにして、不毛な議論を遮ろうと片手を挙げた。

「本人が破廉恥をしていないと言うのなら、信じよう。彼は誠実な人間だ。私が保証する」

破廉恥が何かは全くわからないけれど。

緑のスカーフをした彼とは騎馬訓練で共に行動したことがある。その時の印象では信用のおける人間だったと記憶していた。

合理的に考えても証言の真偽を尋ねるのはこの場、この段階ではする必要がないだろう。

「だ、団長!」

嫌われた、とばかり思っていた上司からの援護に緑の騎士が感激の表情を浮かべた。

エルマーもまた、破廉恥の事実に関する議論は不要だと判断したらしい。

「――このような目撃例は多数ありまして、原因がどうしてもわからず、今回会長にご相談した次第であります」

後を引き取った彼に、同意するように演説台に上がっていた他の二名の騎士も頷いた。

「そうか……」

てっきり自分ばかりが避けられているのでは、と軽く人生を儚《はかな》んでいたテオドリックは内心で胸を撫で下ろしていた。

(しかし……、股間を見て、逃げ出す?)

我ながら何を言っているのか、という字面《じづら》だが、これだけ証言が出ているのは尋常ではない。先日、執務室に飛び込んでくるなり泡を吹いて倒れた件といい、もしかすると何か、とてつもなく厄介なことが彼女に降りかかっているのではないだろうか。

そこまで考えて、これは悠長にしている場合ではないなと頭を切り替えた。

「この件は俺の方で対応しておこう。申し訳ないが、君たちは協力を仰ぐまで今しばらく静観していてくれないか？」

「承知しました。会長が動いてくださるなら我々も安心です」

「ラウラたそ〜！」

話がまとまったのを見てとったのか、うおお！　っと悲哀の声が響く。野太い。非常にむさ苦しい。

「デザートも食べられずに……なんて可哀想なんだ……。それをアルベルトのやつ」

「アルベルト？」

突然要注意人物の一人の名前が挙がり、テオドリックは思わず聞き返した。

落ち込んだラウラに対し、ぐりぐりと頭を撫でたり、ピントの外れた贈り物攻撃をしたりと彼女を煩《わずら》わせている、というのが発言者の主張だった。

そんなことはないのでは、と考える。恐らく彼女本人は気にしていないだろう。なんといっても心が広いので。

それは世間では単純、あるいは単細胞とも言い換えられるのだが、テオドリックがラウラを表現する際の語彙には存在しないので関係のない話である。

「俺は……っ、俺は、本当はアルベルトの気安さが心底羨ましい！」

わかる。

テオドリックは深く同意し、内心で大きく頷いた。

あれは本気で妬ましい時がある。自分だって頭を撫でたいし、抱きしめたい。理由もなく贈り物だってしたい。本音を言えば死ぬほど羨ましい。

べたべたするな、と何度口から出かかったことかわからない。

だが、皆に平等な団長として、え？　そうなの？　という顔を作っておく。慣れたものだった。

「いや！　危険度で言えばモーリッツ殿の方が高い」

老若男女問わずなぜか呼び捨てを避けられている門番の話が出て、数人がさっと視線を逸らした。

「モーリッツ殿は、別によいのではありませんか……」

「な。モーリッツさんは、別に……な？」

まあ、モーリッツさんはね？　と不思議な空気になり、なかったことになった。

不可思議である。

「いつまで待たせるつもりですか！」

バン、と叩きつけるような音がして、集会所の扉が開き、開いた扉から神官服に身を包んだ集団がぞろぞろと雪崩《なだ》れ込んでくる。

「これだから騎士団支部の連中は躾がなっていないのです！」

「おやおや、これはこれは、神殿支部のみなさんではありませんか」

先ほどの声の主らしい高位神官に、エルマーが慇懃無礼《いんぎんぶれい》な態度で対応する。

一気に張り詰める集会所の空気。漂う更なる混沌の予感。

（残っていた仕事はなんだっただろうか……）

エルマーに声をかけられて以来の怒涛の展開に、優秀だったはずの情報処理能力がそろそろ悲鳴をあげてきたテオドリックは、懐かしい執務室とまだそこにいるかもしれない彼女のことを思い浮かべて、速やかに現実逃避をした。

「団長、お話が……って、うっわ、何かと思えばお前らか……」

神官たちの最後尾に続いて入ってきた男が、心の底から嫌そうな声を出した。

「ギルベルトか」

そう声をかけると、人波をかき分けてきた赤毛の男は信じられないものを見るような目でテオドリックを見た。

その日は言っている。お前もそちら側の人間か、と。心外である。

「隊長殿ではありませんか！」

「ギルベルト隊長！」

「黙れ！　俺は隊長じゃない！」

黄色い団員から親しげにかけられた言葉に、ギルベルトが即座に噛み付いた。

「そんな冷たいことをおっしゃらず。ラウラたそに敬愛の念を寄せる同志ではありませんか。

我々は隊長にはギルベルト氏こそが相応《ふさわ》しいと考えております」

「うるさい！　俺を貴様ら変態と一緒にするな！　くそっ、こんな巣窟を抜け出して、絶対にあいつと田舎に帰ってやるからな！　これから前々から言っているが、たそはやめろ。たそは。虫唾《むしず》が走る！」

ばっちいものを見るような流し目を送るギルベルトに、黄色い集団はしょんぼりとうなだれた。

「――ラウラ君が故郷に帰るという話は聞いていないが？」

穏やかな笑みのまま、冷え切った声を出すテオドリック。それに気後れすることもなく、ギルベルトはふてぶてしい表情を返した。

「ええ。今は、そうかもしれませんね。今は」

二人の間にばちばちと、火花が散りそうな緊張感が漂う。

そしてそれを見守る黄色い集団。あるものは悶え、あるものはおもしろーい！　とばかりに乙女のように両手を組み、またあるものは参戦したそうにするのを仲間に羽交い締めにされて止められていた。

先ほどまでざわついていた神官たちはというと、存在を無視されたことに傷ついたのか気まずそうに集会所の椅子に腰掛けだした。彼らは団体行動のできる人種だった。

「とにかく、お話があります」

一秒でも早くこの場を離れたいという態度を隠そうともしないギルベルトが、魔封じの紋章が描かれた天鵞絨《ビロード》の包みを差し出した。

「これをどこで？」

中を覗き、表情を変えたテオドリックにギルベルトが頷き返す。

「それについては、場所を変えた後で」

「わかった。エルマー、すまないが失礼する」

今度こそ、妙な集会に連れていかれませんように。

きりっとした顔で恋敵の後に続くテオドリックが、内心かなり本気でそう祈っていたことは本人以外誰も知らないことだった。

◇

「ラウラ、何してるのよ」

花束をぶら下げ、とぼとぼと宿舎に帰ってきた私にツェリ様が声をかけてきた。

休日ということもあり華やかなワンピースに身を包んだツェリ様は一段と、輝くばかりに美しい。

「ベロニカさんのところにお見舞いに行ってきたのですが、どうやら温泉旅行に出かけたらしくて」

　さあ、泣きついてやるぞ！　と勇んで出かけたが当てが外れてしまった。

　ご家族に聞いても、良くなったら帰ってくる、くらいののんびりした長期旅行の予定だという。残念だが、ベロニカさんの健康は私にとっても心配事の一つであったし、それを治しに出かけたというなら仕方ない。ただ、一日でも早い快癒を祈るばかりである。

「腰、ずっと悪いって言ってたものね。治るといいわね」

　同情をしてくれたらしいツェリ様がしゅん、と眉を下げる。

　その様子を見た私は花束から一輪、一番人きくて綺麗な赤い花を引き抜いた。

「ツェリ様」

「なによ？」

「ちょっと屈んでください。おすそ分けです」

　金細工みたいにぴかぴか光る髪の、耳元のところに大輪の赤い花を挿すと、茎が肌に触れたのだろうか、ツェリ様は少しくすぐったそうに笑ってくれた。

「あら、ありがと」

「これは……。さてはかなりのイケメン行為でしたね」

　鮮やかな色のふんわりとした花弁は、ツェリ様のゴージャスな美貌を過不足なく引き立てている。

我ながらいい仕事をした。満足感からそんなふうにおちゃらけてみた。

「それを言わなければ、そうだったかもね」

呆れた顔をしたツェリ様は、あんたにも挿してあげる、と紫と白の花を選んで私の左耳を飾ってくれた。くるくると捻《ひね》った花が挿し込まれるとくすぐったくて、これは確かに少し笑ってしまうなと思った。

二色の花を使うなんてツェリ様はやはり器用である。

「まあ、悪くないんじゃない？　なんだか夏至祭みたいね」

夏至祭。ローグだけでなく王国中で開催されるそのお祭りは、秋の収穫祭と並び一年の内で最も大きなお祭りの一つと言っても過言ではない。

つまりどういうことか。

お祭りにかこつけて恋人たちがいちゃいちゃする日、ということだ。

世の男性諸君はこの日、お目当ての女性に贈るための花の選定に血眼《ちまなこ》になる。

愛の言葉を添えて、無事に花を受け取って右耳につけてもらえればカップル成立。ローグでは、街外れの湖にボートで漕《こ》ぎ出して昼の長さと夜の短さに浮かれる妖精を見物しにいくのが定番である。

悲しいのが左耳につけられてしまった場合である。これはお友達でいましょうという意味で、実質的に振られることを意味する。中々残酷な風習だ。

その他、胸元など、身につける場所によって意味が違ってくるので、家族や友人同士でも花を贈り合う習慣があるのがこの夏至祭の花贈りだった。

例年の私はというと、独り身を憐《あわ》れみ、何より面白がった事務官のみんなからこれでもかというほど花を与えられ、なのに右耳だけがぽっかりがらんどうの花のお化けになって、同じく独り身のギルや年によってはサシャと街の出店を練り歩くのが恒例だった。

楽しいことは楽しいのだが、道中、みんなが散々からかうので私はこれを屈辱として捉えている。

昨年はついに団長までもが瓶いっぱいのスミレの砂糖菓子を与えてくれる始末で、出店巡りも含め美味しくやけ食いをした私はお祭りの後、二日ほど腹痛に苦しんだ。みんなの優しさが苦しかった。

「ねえ、ラウラ」

そんな夏至祭の話が出たから、これはまたいいようにからかわれるのではと身構えた私をよそに、ツェリ様は辺りをきょろきょろと見回した。

そのまま、肩を組んで声をひそめてくる。

「サシャのことなんだけど。あれ、どうやったのよ」

「な、なんのことですか？」

「ちょっと、とぼける気？　最近のあの子の浮かれっぷりったらないじゃない」

どうにかごまかそうとする私にツェリ様が詰め寄る。

思い出したくないことを聞かれて、だらだらと冷や汗が滲《にじ》み出してくる。

モーリッツさんをサシャに紹介して、私だって恋愛のなんたるかくらいわかっているのだぞと示し、事務官のみんなを見返してやろうという作戦は確かにうまくいった。

あまりにもうまくいきすぎて、我ながら自分の中に封じられたこの邪の力が恐ろしかったくらいだ。右手と両目が疼《うず》きっぱなしである。

最初は極めて微妙な顔をしていた二人だったが、紹介して数日後、ふわふわした様子のサシャから『モーリッツ様のペッ……恋人にしていただけることになったの』と報告をもらった。

唐突な様付けと恋人の『こ』とはかけ離れた『ペ』の音に動揺したのも束の間、そんなものとは比べ物にならない衝撃が私を襲った。

『ラウラ、本当にありがとう』

サシャのぽやぽやっとした笑顔はいい。誰かが幸せなのは理由もなく嬉しくなることだし、それが友人ならおすそ分けされる幸せも百倍である。

問題はそのサシャに浮かび上がっている文言だ。

『0　首輪拘束玩具を使って一晩中泣くまで寸止め焦《じ》らしプレイ（雌犬編）』

めすいぬへん。

なんということでしょう。性癖が。性癖が変わっている。

あまりの衝撃から青ざめた両頰を押さえ、森のお化けさながら、真っ黒なぐるぐる目玉になって燃え尽きた私に、当の本人のサシャはちょっと引いた表情をしていた。

女神様曰《いわ》く、この憎き他人の性癖が見える能力の源は、私の目に刻まれた魔法陣——目の前の人物が今までの人生で、一体どういうシチュエーションに最も性的興奮を覚えたかを判別する魔法であるという。

つまり、文字の内容が変わるということは、性的興奮を覚えた経験が更新されたということだ。

オカズ用の妄想の可能性もあるが、順当に考えれば心当たりは一つしか思い浮かばない。

知りたくない。友人と知り合いの床事情など切実に知りたくない。

というより、他人の性事情に関してのみ異様に万能すぎる能力が申し訳なくてたまらない。

雌犬編があるということは違うバージョンもあるんでしょうかね？　などと考えている場合ではない。

発覚した能力の暗黒面に、私は人目を気にせずじたばたと地面を暴れ回りたくてたまらなかった。

無駄にスペックの高い能力のくせに、こと私が恋人を作るに当たっては不利にしか働かないのもまた忌々《いまいま》しい。自分をオカズにしている人に馴れ馴れしく話しかけるのは難しいし、0なら0で私に興味がないのではないのかと思ってしまう。

つまり、自慰の回数など知らなくていいことなのだ。

おのれ、おのれ女神様。よくもこんな祝福を、それも三つも、出血大サービスでくれたものだ。

そういうわけで事務官のみんなを見返すための仲人計画の第一弾は、サシャはともかく私にとっては苦い結果に終わり、一刻も早くこの厄介な能力を返上するためにベロニカさんを訪ねていたというわけだった。

「ほら、あの、相性占い的なあれです」

「相性占い？」

ツェリ様が語尾を上げた、いかにも信用していませんという言い方をする。

ちょっと嘘をついたがまるきり嘘というわけではない。

性格ではなく性癖を、鑑《み》るのではなく見ているだけだ。

「ふーん。相性占い、ねぇ」

つん、と唇を尖らせたツェリ様が左耳の花を触る。それから、えへへ、と笑う私を冷めた目で見て、何回か口元をもごもごさせた後で、小さな声で言った。

「……それ、ちょっとやってみてよ」

「え？」

「別にそういうんじゃないわよ！　ただ、夏至祭も近いし？　暇だし？　ちょうど、たまたま、珍しく、恋人もいないし？　ちょっとした遊びくらいにはなるでしょ」

ツェリ様の顔がみるみる赤くなる。眼福である。

「えー、えーっと、でも、どうかなあ……」

「先月の契約書」

「うっ……」

「誰が手伝ってあげたのかしらね？　残業もしてあげた、いいえ、させられたんじゃなかったかしら？」

ちょっとした遊びにしては本気の脅しをしてくる。

先月、ひいひい言いながら某土地所有者と騎士団間の契約書作成業務に挑んだ私は、じったんばったんああでもないこうでもないと努力した挙句、無事挫折。例によって例の如くツェリ様に泣きついたのだった。

「……別に。外れても文句なんか言わないわよ。遊びなんだから」

脅しはしてみたものの悪いと思ったらしいツェリ様が、気まずそうに結い上げた自分の髪をくるくると弄《もてあそ》んでいる。優しい人なのだ。

こうなると負けである。私は先日のお茶会のことを思い出し、以前と同じままのツェリ様の文字を心の中で再読した。

『歳上のおじ様彼氏にめいっぱい甘やかされたい』

「ツェリ様には、ずばり！」

「ず、ずばり？」

ツェリ様は私の恩人である。その彼女にここまで言わせたのならば、一肌脱ぐしかあるまい。

「ずばり！　かなり歳の離れた男性がいいと思います。それも、優しくて包容力のある方です！　そしてそれは多分、身近にいます！」

びしり、と行儀悪く指をさす。

私の明晰な頭脳。そして無理矢理に摂取させられている、全く実体験に基づかない恋愛と性に関する経験値。

あと何よりとても大事なウルリケさんのご慧眼《けいがん》からすれば間違いない。

ツェリ様はおそらく、件《くだん》の騎士の方に恋をしているのだ。

「……なにそれ」

ツェリ様の指先の動きが止まった。

「なにそれ、ちょっと適当なんじゃない？　私が、歳上？　それもかなり？　優しくて、包容力のある？」

なによそれ、と繰り返すツェリ様だが、お気づきいただけただろうか。最高の笑顔である。

にまにまっとした口は全く引き締まる気配はないし、ふん、と息をつく綺麗な小鼻はひくひく。と兎《うさぎ》のように動いている。

「全然、ありえないんだけど。でもまあ、ラウラが折角やってくれたんだし？　たまには歳上っていうのも？　人生経験としては悪くないかもね」

目はきらきらしているし、声は弾んでいる。この状態のツェリ様が見られただけで見返りとしては既に十分なのだが、安心してほしい、私はアフターケアも怠らないタイプの占い師だった。

「本当は男性側も見られると完璧なのですが。サシャだって私がモーリッツさんを知っていたから、きちんと紹介できたわけですし」

「……男性側」

こうなれば男性側の性癖もばっちりしっかり見て、良ければ縁結び、悪ければ他に条件に合う男性を血眼で探す。やってやれないことはない。ツェリ様の恋の成就のためだ。

「最初はお試し、というか適当な実験台でもいいのです。身近にいらっしゃいませんか？」

考え込んでいる様子のツェリ様に助け舟を出す。

呼びたい相手は一人しかいないに違いないが、ツンツンしているところが魅力なツェリ様のことだ。どうすればプライドを傷つけずに件の騎士を私の前に引っ張り出せるか考えているのだろう。

「実験台……、身近……。そう、そうね！」

案の定、適当な実験台、という響きを気に入ったらしく、ぱっと顔が明るくなる。

「明日、お昼にあんたのところに行くわ。ちょうどいいのがいるの！」

嬉しそうに胸を反らせたツェリ様がじゃあね、と手を振って弾んだ足取りで歩き出す。

いいことをした。手を振り返して、自己満足に耽っているとすぐそばの土を踏みしめる音がした。

「ラウラ君」

「団長！　お疲れ様です。お仕事ですか？」

今日も今日とて村娘風の私服の私とは対照的に、団長はきっちりとした団服に身を包んでいた。

定時退勤が主な事務官とは違い、騎士のみなさんは巡回などで交代制を取っているのが普通で、それを監督する立場の団長は私から見ればいつ休んでいるのかわからないくらい多忙である。私服を着ているのをほとんど見たことがない。

「ああ、すまない、実は少し前から声をかけようと思っていたのだが……」

ツェリ様と話をしていたから気を使ってくれたのかもしれない。さすが団長。優しさの塊である。

「それは？」

団長の視線は私の左耳に吸い寄せられていた。

「このお花ですか？　ベロニカさんのお見舞いに行ったのですがどうやらお留守のようで。ツェリ様がやってくれたんです」

改めて聞かれると子供っぽい遊びをツェリ様に提案してしまったようで気恥ずかしい。

それでなんとなくもじもじしていると、団長がなんだかじっとこちらを見てくるので余計に顔が熱い。

子供っぽいと思われただろうか。呆れられていないといい。

頬を赤らめた私はちょうど夕方なのもあるし、夕焼けの日差しの中にこの恥ずかしさが溶けてくれないだろうかと、叶うはずもないことを祈った。

「……花が」

「団長？」

大きくて、温かい手が私の左頬を包む。ちょっとうっとりしてしまうくらい心地よいそれに、なんだか身を任せてしまいたくなる。くすぐったい気持ちで、少し距離の詰まった団長の顔を見上げた。

「君によく似合っている。だが少し、直してもいいだろうか」

「はい。ありがとうございます」

ツェリ様が飾ってくれてからそんなに時間は経っていないから、てっきりまだ綺麗なままだと思っていたけれど、私が大人しくないせいで崩れてしまっていたのかもしれない。

本当のところ、頬をすっぽりと隠してしまうような大きな手のひらの感触が名残惜しかった私はどんな理由にせよ、少しでも長く団長に触れてもらえるのが嬉しかった。

それで、ちょっとうるさいくらいにどきどきいう心臓のこの音が、どうか目の前のこの人に伝わりませんようにと祈りながら、誘惑に負けてそっと頬を擦り寄せた。

目を閉じる。すぐに努力家の団長の中指の胼胝《たこ》が耳に触れて、優しく花を揺する。

甘い花の匂いに、明るい日向にいるような、心の底からほっとする匂いが混じって、諦めたはずの初恋がまた顔を出しそうになる。

「妬《や》けてしまうな」

想定していなかった言葉に目を開き、手を止めた団長の顔がすぐそばにあることに心臓がまた跳ね上がった。

唇にちょっとざらついた親指が触れた。

その時。

『図々しい庶民。あんたなんか、テオドリック様には釣り合わないんだからね』

身の程を知りなさい、という少女の声がしたようで、ふわふわと浮かれていた気持ちが急速に冷えていく。

団長は貴族で、優秀な人で、いつか王都から迎えがくるのだという。

私は村娘で魔力だって無い。それを恥ずかしく思ったことなどないけれど、なんというか、私が団長に思いの丈を告げたところできっと結果は見えているし、それでこの優しい人に負担をかけるだけになるのが私はどうしても嫌だった。

いつかお姫様のような人が、たくさんの優秀な人をつれて団長を迎えにくるのだろう。そうしてこの人はお伽話《とぎばなし》の終わりのように、私の手の届かない、目に見えない、遠く明るい世界に行ってしまうのだ。

今だけが奇跡のように貴重な時間なのだから、余計なことを考えて消費するべきではない。

小さくて華奢《きゃしゃ》な手と人形のような白い肌が頭を掠めて、諦めたと嘯《うそぶ》く感情がこの心臓を締め付けるのを私は確かに感じていた。

第三章　輝く未来

思えば奇妙な巡り合わせだった。

今となっては懐かしい我が故郷。緑の丘でのんびりと草を食《は》む羊たちを眺めながら、その日、私は見知らぬ老人とお弁当を分け合っていた。

「お嬢ちゃん、騎士団というやつに興味はないか」

人がいなさすぎるこの田舎で、見知らぬ人に出会うというのは年にそう何度もない。端でぼんやりしていた見知らぬご老人に、まさか道に迷った旅人では、と、不安になり声をかけた。

老人の返事は道には迷っていないが旅人だし、お腹が空いて動けないということだった。

「騎士団ですか？」

早弁万歳。幼馴染のギルに呆れ顔をされるくらい大きい、お手製のお弁当をおすそ分けして、ついでに自分もぱくついていた私は、耳慣れない言葉を聞き返した。

「そうじゃ。ここよりちょっとだけ離れた大きな街、まあ、ここに比べればどこも大きな街だと思うが。なにせ人より羊の数が多いからのう、それに豚に牛に兎に鼠に……」

やれやれと、人間以外の哺乳類を挙げ始める老人。

失礼な。鳥や虫や魚の哺乳類以外の生き物だって人より多いし、なんならカカシの数も多い。

「まあいい。とにかくここより少しだけ大きな街の騎士団で、ちょうど事務官を募集していてな。一度、採用試験を受けてみんか？　なんたってわし、偉いからのう。いいとこまではこう、ねじ込んでやるぞ」

堂々とコネ面接を勧めてくる老人に、私は都会の人間は恐ろしいと思いながら、ライ麦パンのサンドイッチにかぶりついた。

「ありがたいお話ですが、多分無理だと思います。私、魔力が無いんです」

「おお、それは珍《ちん》じゅ……珍しいのう」

「今、珍獣って言いました？」

「いや？　よい風じゃの……」

緑の草原に風が吹く。

ごまかされてしまったが、別に怒っているわけではない。むしろ珍獣とは言い得て妙である。

自動筆記ペン一つまともに動かせない人間など、私は自分以外に見たことがなかった。

事務官の仕事といえば書類の作成は欠かせないから、採用試験を受けてみても結果は目に見えているだろう。

当時、私の仕事は地主である幼馴染のギルの家で山羊《やぎ》の乳を搾り、時々羊の毛を刈ることだった。ちなみにこれは働き口のない私を憐れんだギルが、ギルの両親で、地元では有名な名士であるおじさんとおばさんに口をきいてくれて、どうにかありついたゆとりしかない短時間労働である。まさにコネである。

すなわちほぼ無職。経験なし、学も少なめ魔力も皆無の私に、事務官の職が務まるとは到底思えなかった。

「魔力が無いというなら尚更よかろう。できる人間ばかり集めても仕方ないからの」

聞きようによっては失礼なことを老人が口にする。

「人生をな、つまらなそうに生きている人間がおるんじゃよ」

こういう顔で、と険しい顔をして見せた老人は、分けてあげたサンドイッチを口に放り込むと、私の膝の上の包みに手をのばした。

「あっ！」

一瞬の間に攫われていく、大事に残しておいたハムサンド。

「事務官の試験は厳しい。頭の良いエリートとやらが山ほど集まる。騎士団も大体同じじゃな」

取り戻そうとする私の手を機敏な動きで避《よ》けると、老人はわざとらしく、それはそれは美味しそうにサンドイッチにかぶりついた。

「どいつもこいつもみーんなくそ真面目での。実に由々しき事態じゃ。人間は面白いことが何もないと、ろくなことを考えん。せっかく楽しい場所に配属してやっても、これでは王都にいる時とまるで変わらん。先が全て見えておる。見えている結果をなぞってもそこに成長はない」

馬鹿が足らんのよ。馬鹿が。と、私のことをじっと見つめる。

あれ、これはもしかして、遠回しに私のことを馬鹿と言っているのだろうか。

「閣下！　ここにおられましたか」

お弁当を分けてあげたのにもかかわらず、どうしてそんなことを言われるのだろうか。

私がむかっ腹を立てていると、馬に乗った黒髪の大きな人が丘の向こうからものすごい勢いで近づいてきた。

「おお、噂をすればなんとやら」

ハムサンドを食べ切った老人が片手を挙げる。

「昼時に徘徊《はいかい》するのはやめていただきたい。私はともかく部下に迷惑です」

馬を降りた男の人は、近くで見ると本当に背が高くて迫力があった。

「おー、悪い悪い。しかしテオドリック。ご婦人を放って、老いぼれに真っ先に声をかけるとは変わった趣味じゃの」

ほらつまらん、やれつまらんと、今度はゆで卵に手をのばしてくるのを、私はさっと回避した。

「……失礼いたしました。私はテオドリック・フォン・クラウゼヴィッツと申します。このご老体に何か面倒などかけられませんでしたか？」

老人に厳しい顔を向けていたその人は、ぐっと言葉に詰まると路傍《ろぼう》の岩に座り込んだ村娘である私に丁寧に礼をとった。

「いえ、あの、大丈夫です！」

そのあまりのかっこよさに少しぼうっとしそうになりながら、私は慌てて両手を振った。

こういう場合、ハムサンドを盗《と》られましたと素直に申告できる人間の方が少ないのではないか、と私は今でも思っている。

「その子、次のお前付きの事務官じゃからの」

ぽかんとした私から首尾よくゆで卵を奪い取った老人が、石に打ちつけて卵の殻にヒビを入れる。

「……採用担当は私ですが」

「お前の上司はわしじゃ」

そういうことではありませんと、目を怒らせる団長。嫌なら面接でもなんでもせいと、あの手この手で煙《けむ》に巻く老将軍閣下。

思えばこの頃の団長は今よりもきっちりかっちりとしていて、大抵怒っていた。

でもやっぱり面倒見が良くて優しくて、私は団長直々の指導を受けることで熾烈《しれつ》な事務官採用試験をくぐり抜けたのであった。

◇

「ラウラ君、少しいいか？」

５５５０回
休日明け、平日よりも伸びのいい数字を感情を失った目で確認した私は、手招きをする団長の元へと駆け寄った。

あと少しでゾロ目である。本のページかな？　というくらいびっしりと書き込まれた性癖については、おそらく団長の大事なところに私の鼻先を近づけないと読めない、というよりできれば確認したくないので、今日も見ないふりを決め込んでいる。

「なんでしょうか」

団長の席のすぐ横に置いてある小さな椅子に腰掛けた。

飴色に磨かれた三本脚の台に綺麗な生地の張られたこれは、指導をする時に私を立たせておくのは忍びないから、と新人の頃に団長が用意してくれたものだった。

この時の、ちょっと恥ずかしそうに椅子を見せてくれた団長に対して抱いた、どうしようもなく嬉しい感情を三年経った今でも私は鮮明に覚えている。

執務机で共に書類を眺める都合上、置かれた椅子に腰掛けると背の大きい団長と横並びになるわけだが、ツェリ様曰くこれが大変面白い絵面になるらしく、「狼と鼠、もしくは親子絵画教室かと思ったわ」という失礼すぎる言葉を、可憐な笑い声付きで何度もいただいている。

「これに見覚えはあるだろうか」

膝をくっつきそうなくらい突き合わせ、少し前屈みになった団長が天鵞絨の巾着を取り出した。

少し近くなった距離に昨日のことが思い出されて、呑気に胸をどきどきさせていた私は、その中から取り出されたものを見て凍りついた。

「ギルベルトから大体の話は聞いている」

ころり、と転がり出てきた石。見間違えようもない、例の魔石だった。

私に祝福という名の呪いを授け、人生の難易度を猛烈に引き上げた原因である黒い魔石が、団長の大きな手のひらの上に静かに横たわっていた。

「泉の女神に会ったそうだね」

何を話したギルベルト・ミュラー。

思いも寄らないところからの密告に、見当違いの憤《いきどお》りが湧いてくる。

いや、実際のところ、自分がオカズにされていたことが判明して以来、努めてギルを避けている私が絶対的に悪いのだが。

だからといって何もそんな、いきなり団長に、と頭の中がぐるぐる回りだす。

「あっ……あっ、会った気も、す、するかな、……と」

止まらない冷や汗。合わせられない視線。うまく回らない口。

まさか、まさかまさか、私に与えられた呪いが既に団長に知られているというのだろうか。

「君はこの魔石を拾い上げ、泉の女神を助けた」

そうだね？　と尋ねられて処刑台に登るような気持ちで頷いた。

「それに感謝した女神が、君に祝福を授けた」

「その通りです」

よりによって上司であり、憧れであり、初恋の人である団長に、私のこの恥ずかしすぎる能力が露見してしまうなんて。私が一体何をしたというのか、前世がとんでもない大悪党だったとしても割に合わない。

「祝福の詳しい内容については本人に聞くようにとの話だったが、聞いてもいいものだろうか？」

まさに世を儚んでいる真っ最中だった私の意識は、その言葉に急上昇した。

「本人に？」

「ああ、そう言っていたよ。……俺としては、ギルベルトの様子が少しおかしいことも気になっているんだが」

「本当ですか？　本当にギルがそう言ったんですか？　のろ……祝福の内容については特に、何も？」

「本当だ。君に嘘はつかない」

「よかった！　ギル！　大好き！」

地獄から天国。天の助けに人の恩。

女神様に関してはおそらく今後一切信用を置かない私だが、この時ばかりは遠くの山に御《お》坐《わ》ますという神々、そして何よりも大好きな幼馴染に全身全霊で感謝を捧げた。

ありがとうギル。疑ってごめんなさいギル。でもいくら手近だからといって５３４回も私をオカズにするのはやめてくださいギル。

「大好き？」

穏やかな表情のまま首を傾げた団長に、私は子供っぽい態度をとってしまったことを反省した。

「すみません……」

「いや、構わない。しかし……以前から思っていたが、君とギルベルトは随分仲が良いんだな」

「はい。子供の頃からずっと一緒ですから！　昔は一緒にお風呂も入ってたんですよ。お昼寝も勉強も、何をするにもずっと一緒で」

「……それは、確かに仲が良いな」

「はい！」

昔を思い出すほのぼのとした会話につい笑顔になってしまうが、団長の顔はなんだか微妙だった。部下二人が幼馴染で、子供の頃に一緒にお昼寝をした話なんてよく考えれば団長にとってはどうでもいいことかもしれない。

退屈な話をしてしまったと、私は少し反省した。

「君が拾ったこの魔石についてだが」

案の定、団長は特に話題を広げることもなく話を打ち切ると、目の前に黒い魔石をかざしてくれた。

「控えめに言ってもかなり貴重なものだ。市場にも滅多に出回らないから、金額をかければ必ず手に入れられるというわけでもない」

魔力の無い私には縁のない話だが、事務官の持つ自動筆記ペンをはじめ、魔道具には大なり小なり魔石がはめ込まれており、適正な魔力を流すことで初めて機能する。

魔力が多いツェリ様などは一度に何本もの自動筆記ペンを器用に扱うので、経験の浅い第七部隊隊長付きの事務官を任されている。団長に指導を受けている私とは真逆のすごい人だ。

魔力無しの私は魔道具が使えないので今まで大した興味もなかったけれど、泉でも感じた通り、黒い魔石なんて生まれて初めて見た。

大きさだってとても大きい。自動筆記ペンについている魔石は小指の爪の半分くらいしかない、と言えば手のひらサイズの魔石の巨大さがおわかりいただけると思う。

「値段がつけられないものだ。何者かが泉に害意を持ってこれを投げ込んだとしても、そのままその場を立ち去るとは考えにくい。必ず回収したがるだろう」

団長が考察をするのを聞きながら、私はなんだかぞっとしてきた。

「おそらく、その者は魔石の動向を監視していたはずだ。故に君とギルベルトが泉に来たことを知っている。ギルベルトが魔石を回収したのも確認して、雇い主がいればそれに報告しているだろう」

知らない間に自分たちが誰かに観察されていた、というのはこんなに不穏な気持ちになるものだろうか。

「君とギルベルトが既に標的にされている可能性は高い。この魔石の出どころについては調査を続ける予定だが、少し警戒してほしいんだ。大丈夫、君やギルベルトのことは俺や騎士団のみんなが守るから」

私が怯えたのを見てとった団長は最後にそんなふうに勇気づけてくれた。

それだけで単純な私は、ああきっとこの人の下にいれば大丈夫なんだ、という気持ちになって、心臓を掴まれているような不安な気持ちはゆっくりと消えてしまった。

「ただ、ギルベルトにも言ったことだが、できれば祝福をかけられてすぐに教えてほしかった。不可抗力とはいえ半月もの間、君たちを危険のある状況に置いてしまった。それからこれは俺のわがままだが、君には、もう少し俺を信用してほしかった」

「団長……」

温かい手が、私の右手に乗る。少し気落ちした様子の私を慰めるように、しっかりと手を掴まれる。

それはつまりどういうことか。

『――やぁ……っ、これ、ふかい』

こういうことである。

ロマンチックさせてくれ。

ちょっと思い出に残りそうないいシーンを台無しにする喘ぎ声に、ぎゅっと目をつむったけれど、当然のことながら目の前の光景が消えることはなかった。

『んんっ、ふ……あ……』

夏至祭の白い、ひらひらとしたワンピースを着て、右耳にスミレの花を挿した私が涙を浮かべて団長の腕に縋《すが》りついている。後ろから抱えられているせいで腕がばたばたと宙をかくのが、捕食されている鳥のようで哀れだ。

『よく、似合っている。とても綺麗だ』

鏡に映った私の姿を愛でる団長が、窮屈そうに頭を下ろして私の右耳に囁きかけた。

その一言で一層赤みを増した私の頬に口づけを一つ落とすと、乱されたワンピースの布地からこぼれでた噛み跡だらけの胸ごと強く抱きしめて、地につかない私の足がぶらぶらいうのにも構わずにぐりぐりと奥を犯し始めてしまう。

『おく、奥、やだ、イっちゃう……、イっちゃいます……くるし、い、ひっ、ぁ、あぁ』

『ああ。我慢しなくていい』

熱っぽい囁きを落とされながら、赤く腫れた乳首をくりくりとすりつぶすようにつままれる。

足がついていないせいで何にも制御のきかない、深く深く、お腹の奥底まで団長にされるがままの私がぶんぶんと首を振って、結合部から垂れた雫《しずく》が綺麗な絨毯《じゅうたん》に染みを作っていく。

真っ赤になったお尻は団長の腰にぴったりとくっついて、口の端からはぽたぽたとだらしのない涎《よだれ》が垂れる。

『んっ、あ、あああ――――!』

びくびくと痙攣《けいれん》する生白いお腹は、大きすぎるものを受け入れたせいで突き上げのたびに中からぼこぼこと形を変えている。

そんな酷い様子の私が、鏡の中に映った淫《みだ》らな表情の自分と顔を合わせているのを、団長だけがうっとりと見つめていた。

『俺は、本当はずっと、君の幼馴染に嫉妬していたんだ』

君の友人にも、飾られる花々にも、と甘い甘い言葉が落とされる。

手をついて、と言われた私が、がくがくする足をどうにか立たせて、磨かれた鏡の面に指を押し付け、痕をつけた。

『贈った花は残さず食べたかな。あれが俺の妄執の証《あかし》だと、きっと君は知らなかっただろう』

本格的な打擲《ちょうちゃく》が始まって、ひんひんとみっともない声をあげる私を可愛い、綺麗だと褒める団長は今までに見たことがないくらい、凶暴な、男の人の顔をしていた。


「――だから、形式としてここに署名をしてくれないか？」

「えっ！　あっ、はい！　しょ、署名ですね⁉」

団長が書類を取り出してくれたおかげで映像から帰ってこられた私は、赤面しきった顔をどうにかごまかそうと、目の前に差し出された書類に慌てて飛びついた。

「そんなに慌てなくてもいいんだが……」

「す、すみません」

目を丸くする団長から隠れるように、背中を丸めて名前を書く。

「ラウラ君？　顔が赤いようだが」

「大丈夫です！　大丈夫。大丈夫」

嘘だ。本当は全然大丈夫じゃない。

（どうしよう）

今までそういう欲のあまりない方だとばかり思っていた私は、自分の変化に半ば呆然としていた。

油断をすれば目の前の団長の手や唇や首筋なんかを見てしまいそうな、熱っぽくてふわふわとした気分だった。お腹の中が重たくて、絶対にいけないことだがなんだか無性に団長に抱きつきたくなるというか……。

（これが世に聞く、むらむらというやつでは）

これまでに何度か見せられた行為を、全部本当にしてほしいとさえ思っている自分がいた。

これでは私をオカズにしていたギルや、騎士の人たちのことを言えない。

「は……」

そわそわと、落ち着かない気分になった私がどうにか熱を逃がそうと、唇を舐めて息を吐くと、不意に団長の目がすうっと細くなった。

両手が私の頬にのびる。

逃げる理由なんていくつもあるのに、私はただじっとしていた。

「っ、んっ」

優しく両頬を包み込んだ指先が、首筋と耳元に触れて、鼻にかかった声がもれた。

「…………」

私の首なんて片手で簡単に掴めてしまえるほど長くて大きな指がぴたりと動きを止めて、首筋の、命に近い部分をざらりと撫で上げる。

「あ……」

その刺激に疼いた体が反応して、知らず、湿ったままの唇がねだるように開いてしまう。

幻を見るのとは違う、温度を持った感触に元々ぼんやりとしていた頭がどんどん駄目になってくる。

ただ、変に思われないように。そうして、この時間が少しでも長く続くようにとこぼれそうな息を押し殺すのが精一杯だった。

(もっと触ってほしい)

頬に戻った指先がおでこに触れて、それから私の目を覆う。衣《きぬ》ずれの音がして、唇に吐息が触れた時、私の胸を占めたのは期待だった。

「……熱は、ないようだ」

あっさりと離れていった熱。それを想像以上に寂しく思う自分がいた。

「――荷物の移動は今日の夕刻頃でいいだろうか」

「荷物、ですか？」

自分勝手な傷心に浸っていた私は、新しい業務だろうかと慌ててメモをとる準備をした。

「君が俺の家に越してくる準備だ。契約書に署名をしてもらったが、やはりまずかっただろうか?」

どうやら、淫らな映像に気を取られている間にとんでもないことを聞き逃していたらしい。

ついさっき署名したばかりの契約書に飛びついた私は、自分がしばらく通常の業務を離れ二十四時間体制の特殊業務につくこと、その間、団長がそばで私を監督すること、その他細かい労働条件や手当てが羅列されているのを読んで驚愕《きょうがく》した。

「な、な……」

「魔力の無い君を守るにはそれが一番安全だと考えているんだが……。もし問題があるような違う方法を考えよう」

団長に契約書を渡されたからといって内容も確認せずほいほいと署名をするなんて、事務官として失格もいいところだ。

業務中に上司の話を聞いていなかったことの証左にもなってしまうし、親切心しかない団長の顔を見てしまっては今更なかったことにしてくださいなどとは、とても言い出せなかった。

団長のそばで、二十四時間。

それはおはようからおやすみまで、暮らし、ならぬ団長の数字の変化を見守るということだろうか。

ちょっと別室に行って帰ってきた団長の数字が増えていたら、もうそれだけで平常心じゃいられなくなる自信があるのだが、それはどうなんだろうか。

「無理はしなくてもいい」

団長が申し訳なさそうな顔をした。

部下の安全を自ら確保してくれるなんて、面倒な仕事を進んで引き受けてくれた団長の好意をどうして無下にできるだろう。

「いえ……、だいじょうぶです」

本日四度目の大丈夫。もちろんこれも全然、大丈夫じゃない。

頷いた私の顔はこれ以上ないほどひきつっていた。

団長と同棲。しかも部屋は隣同士だという。

守れなくては意味がないから、と多分私がぼんやりしている間にしてくれただろう説明を、もう一度、懇切丁寧に繰り返してくれた団長に、五度目の大丈夫の言葉以外の、何が言えただろうか。

「ラウラ！　来たわよ！」

お昼休みになり、真っ白な灰になりながら午前の業務を終えた私のところにツェリ様がやって来た。

「って、あら、団長。お疲れ様です」

「ああ、お疲れ様」

食堂でもらってきたお弁当を広げ、執務室の前室でもそもそとお昼を食べる私と、同じくそれに付き合ってくれる団長。甘いものがあまり好きじゃないのか、団長はいつも私にデザートを恵んでくれるので、食堂のおばさんに頼んで、団長のお弁当はいつも少し多めにしてもらうことにしている。

今日もパンナコッタをくれたので、気分は灰色から薄水色くらいまでに持ち直している。

第七騎士団の食堂は味自慢で有名だが、中でも真っ白でぷるぷるのパンナコッタは私のお気に入りのメニューだった。

先日、減量に励むサシャが同じように分けてくれようとした時、数字と性癖に囲まれて食欲のなかった私は断ってしまったのだが、ちらつく数字たちに慣れてきた後で、やっぱり食べておけばよかったなと後悔していた。

だから今日のパンナコッタはいつもの八倍は美味しい。私は食い意地が張っているのだ。

「やっと、距離を縮める気になられたのかしら？　この子、最近ずっと、恋人が欲しい欲しいってうるさいんですよ」

「なっ、ツ、ツェリ様！　なんで言うんですか！」

団長のデザートを奪ったバチが当たったのか、ツェリ様の言葉に度肝を抜かれた私はほとんど椅子から飛び上がりそうだった。

「……なるほど」

お茶会での話は乙女の秘密ではなかったのか。異性に対して暴露するにはかなり恥ずかしい部類の秘密を、よりにもよって団長に言うことないじゃないか。

唐突な事態に真っ赤になって慌てる私を、団長がなんとも言えない顔で見た。

眉間にちょっとだけ不愉快そうな皺《しわ》が寄っているのに、団長マスターである私だけが気がついた。やめて。そんな軽蔑したような目で見ないで。

団長の前では努めて明るく能天気に振る舞っている身としては、恋人が欲しいという願望を知られることに、着ぐるみの中身を見られたような謎の恥ずかしさがあった。

「無理に作らなくてもいいんじゃないか？　作ろうとしてできるものではないだろう」

「あーら、おわかりになりません？　これは二人のための助け舟ですのよ？　そんなに奥手だとどこぞの生意気な赤毛に掻っ攫われるんじゃないかしら？」

おほほほほ、とツェリ様がよそ行きの笑い方をする。

「ご忠告感謝する」

団長はいつも通り余裕で、それを見たツェリ様は面白くなさそうに鼻を鳴らした。

「まあ、いいわ。別に私はラウラがこの先ずーっとへらへらしてられるなら、どっちでもいいし」

「ツェリ様……」

私が感動して呟くと、ツェリ様は途端に慌てだした。

「ち、違うわよ!? あんたが困ると筆頭書記官の私に、面倒が回ってくるんだからね！　二度と困らないでよ！」

とんでもない無理難題を押し付けてくるツェリ様を温かい目で見つめていると、同じような視線がツェリ様の背後にあることに気がついた。

「紹介するわ。最近王都から第七騎士団に異動してきた、例のドミニクよ」

こほん、と咳払いをしたツェリ様がぶっきらぼうに紹介する。

「こんにちは、ラウラさん。ドミニク・ユンガーです。閣下にお目にかかるのは異動以来二回目ですね」

「ええ、第七部隊の隊長からは本当に助かっていると報告を受けています」

「第一部隊隊長付き事務官の、ラウラ・クラインです」

ツェリ様の後ろから現れたドミニクさんは、大慌てで立ち上がり挨拶をする私に鷹揚《おうよう》に微笑んだ。

「あなたがラウラさんですか。話はいつもツェリさんに聞いてます」

これがツェリ様の、と失礼とは思いながらも観察する目が止められない。所々白髪の交じった、よく磨きあげられた古木材のような深みのある茶色の髪と、同じ色の目。

表情、雰囲気、何もかもが穏やかで、無条件にこちらを肯定してくれるような感じの良さがあった。ツェリ様は『いい歳して、僻地に飛ばされてきた』という表現をしていたが、ドミニクさんにはその言葉とは正反対の、優秀そうな雰囲気が漂っている。

「ドミニクは実験台よ！」

「実験台？」

「はい。俺は実験台らしいです」

生き生きと輝くツェリ様の後ろで、団長とドミニクさんがほのぼのとしたやりとりをする。

「ラウラが最近、恋愛占いに凝ってるらしいから、可哀想な、やもめで、おじさんの、ドミニクに実験に参加させてあげようかしら、って思ったのよ」

感謝してよね、と言わんばかりに胸を反らせるツェリ様。

「それはありがとうございます。でもラウラさん、おじさんの恋愛なんて、占う側がつまらないでしょう？　きっとお先は真っ暗ですよ」

「真っ暗、ですか」

俗にいうイケメンおじさんのドミニクさんが、真っ暗なほどモテないようにはとても思えない。なんだか面白い人だなと思いながら私は聞き返した。

「そんなことないわよ！　あ！　こ、これは、違くて、ラウラがやる気なのにドミニクの分際で横槍入れないでってこと」

ツェリ様が大きな声を出して、それからもごもごと呟いた。その様子をドミニクさんが柔らかい目で見守っている。これは……、と思う。

「恋愛占いを始めたのか。初耳だな。興味があるから俺も同席して構わないだろうか？」

話を聞いていた団長がにっこりと笑いかけてくれたのに、ちょっと意外な気持ちで頷き返した。

「ドミニクさんさえよければ」

「もちろん。こんなおじさんが被験者でもよければ、ですが」

恋愛占いに興味があるなんて、やっぱり団長は可愛い。内心、でれでれした気持ちになった私とにこにこしている団長の様子をツェリ様がなぜか胡散臭そうな目で眺めていた。

「……では、始めます」

最近の習慣として視界から努めて排除していた股間に向き合う前に、両手を縦にして胸の前に差し出してみせる。

三人の視線が集中する中、ちょっと緊張しながらあたかも見えない球を抱いて念を込めているように、魔力（皆無）を送り始める。

「はあああ……！」

「いや、あんた、何してんのよ」

いかにもです、と力をこめ始めた私にツェリ様が冷めた顔でつっこみを入れた。

「占いの手順です」

「この前はやってなかったでしょ。馬鹿やってないで早くしてよ。お昼休みが終わっちゃうじゃない」

そうたたみかけられてしまった。

ひどい。優しさというものが欠片も感じられない。

「う、占いは雰囲気が大事なんですよ！　この前、やけにあっさりしてるってばかにしたのはツェリ様じゃないですか！」

「それはするでしょ。だってあんた、面白いんだもの」

理不尽だ。それはそれ、これはこれにもほどがある。まさに暴君。

「いやあ、和みますね。いいお昼休みです」

「そうですね」

きゃんきゃんと言い争いをする私たちを、初孫を見るような目で見守る団長とドミニクさん。早くやって、今すぐやってと厳しく急かすツェリ様には、どうか二人を見習ってほしい。私は甘やかされた環境でのびのび育つ種類の人間なのだから。

「わかりました！」

とはいえ、まさか口に出すこともできず、ツェリ様の圧力に押しつぶされた小市民の私は、一晩かけて考えたかっこいいポーズを披露するのを諦めてドミニクさんに相対した。

それから深呼吸を一つして、両目を閉じ、なんかすごい性癖が出ませんように、おっぱいとかお尻とかうなじとか足とか、そういったごく普通の性癖でありますように、と乙女にあるまじき猥褻《わいせつ》な単語を並べたてたお祈りをしてから、ちらっと片目を開けた。

『0　芯の弱い彼女を――』

おお！　いいぞ！　と心が湧き立つ。

普段は強気だけれど繊細なところのあるツェリ様であれば、ドミニクさんの性癖に合致するに違いない。

『――甘やかして依存させた後で、絶対別れないでとねだるのを騎乗位誘導よしよしプレイ』

なにそれ、こわい。

『0　芯の弱い彼女を甘やかして依存させた後で、絶対別れないでとねだるのを騎乗位誘導よしよしプレイ』

怖い怖い怖い怖い。

いや、人の性癖にどうこう言うのは本当に悪いことなのだが、何が怖いかというと、優しさの権化みたいな表情！　声！　立ち居振る舞い！　のドミニクさんからこの性癖が出てくるのが何より怖い。

よしよしプレイってなんだろうか。不本意ながら様々な性癖を見てきたことで、性癖ソムリエの技能を獲得しつつある私は愚考する。

もしかすると、『別れないで！』と泣きながら縋りつく（比喩）彼女に、『別れないよ』と言いながら頭をよしよししたりするのだろうか。

そして何より気になる「誘導」の単語。

もしかしてドミニクさんは……

「どうでしたか？」

股間のあたりを凝視して動かなくなった私に、声をかけてくれるドミニクさん。

感じが良くてとても好感が持てる。何か大事なものを預けるのなら、こういう人がいいと思う。

でも腹黒（推定）。しかし腹黒（確定）。

そして極めつけのよしよしプレイ。性癖の多様性には驚かされるばかりである。

「どうなのよ？」

ツェリ様がちょっと不安そうな顔で私の袖を引っ張った。

相性は、いいのではないかと思う。モーリッツさんとサシャの時よりもわかりにくいけれど、ツェリ様は繊細なところがあるし、甘やかしという大事な部分も共通している。

何よりツェリ様は既にドミニクさんに片想いしているのだ。性癖などという段階は吹っ飛ばして、今のツェリ様にとって理想の相手はドミニクさん以外ありえないのだろう。

けれど誘導よしよしプレイなるものを経て、ツェリ様は果たして幸せになれるのか。

その一点がどうしても気にかかっている。

「べ、別に、変な結果なら変な結果だって、言ってあげるのが優しさだと思うけど？」

黙り込んでしまった私に、自分とドミニクさんの相性が悪かったに違いないと考えたらしいツェリ様が、そんなふうに助け舟を出してくれる。

ちょっと視線を逸らしたツェリ様の目がうるうると潤んでいるのを、私は見てしまった。

「あ！　あー！　これはあくまで占いなのですが！　ドミニクさんにはですね、ちょっと繊細な方がお似合いだと思います！」

私は泣き落としに弱かった。

性癖は所詮性癖である。ツェリ様がドミニクさんを好きでいるのなら、よほど忠告したいものでもなければ、本人の行きたい方向へ肩を押してあげるのが占い師である私の役割なのではなかろうか。いや、私はそもそも占い師でもなんでもないのだが。

「繊細な人、ですか」

「……なによ、やっぱり駄目なんじゃない」

ドミニクさんが面白そうに首を傾げ、自分が繊細だという自覚がないらしいツェリ様がいよいよ涙声になってきた。

恋占いで泣いてしまう女の人は一生懸命でとても可愛いし、大変繊細であると私は考えているのだが、ここでそれを口にするわけにもいかず、さらに声を張り上げた。

「歳下の！　ですね！　最近出会った人なんかがよいのではないかと思います。ラッキーカラーは金と青！　金と青です！」

こうなればヤケである。占いの論理性などどうでもいい。

そもそも占いというところが嘘なのだから、あとはいくつ嘘を重ねても問題ない。

大きくなった玉ねぎのように、中身がないのなら外側の嘘を美味しく食べていただければいい。虚実はどうあれとにかく二人がくっつけばいいのだ。

「金と青……？」

「おや、ツェリさんの髪と瞳の色ですね」

来た。

ちょっとだけ明るくなったツェリ様の顔色が、ドミニクさんの言葉できらきらと輝きだす。

ツェリ様を笑顔にしていただいてありがとうございます。涙声に慌てふためいていた私は、性癖だけを見て腹黒なんて思ってしまってすみません、と内心でドミニクさんに謝った。

「そう！　そうなんです！　私の占いによりますと、二人の相性はばっちりです！　特に性、」

「せい？」

顎に指を当てたドミニクさんが、穴が開くほどに私を観察してくる。

「せいかくが。性格が、ぴったりなんです！　こんな二人、滅多にいませんよ」

「なるほど、確かに、天才占い師のラウラさんには何かが見えているようだ」

笑顔のドミニクさんに核心に近いところを貫かれぴしりと固まった。

「ばっちり……。そう、そうなのね……！」

「よかったですね。ツェリさん」

ドミニクさんが言った。

「うん！　って、ち、違う！　どうして私とこんなおじさんの相性がぴったりなのよ、全然違うんだから！」

「そうですか？　残念です。俺は嬉しかったんですけどね」

飄々《ひょうひょう》と言い切ったドミニクさんに団長含め、その場の全員が注目した。

「ツェリさんのことは前々から素敵な女性だと思っていましたし」

「す、素敵？」

呟くツェリ様。表情は完全に乙女である。

「職場でこんなことを口にするのは憚られますが、ちょうどいい機会ですね。他の男と夏至祭に出かけられたら、たまらない。歳をとってからの慕情というのは本当に始末に負えないものですね」

「ぼ、慕情？」

はわわわわ、と言わんばかりに赤面したツェリ様の唇がわなないている。まるで賢いオウムのように言葉を繰り返す様に、ドミニクさんは愛おしそうに目を細めた。

「本当に可愛らしい人だ。ああ、ラウラさんには感謝しなくてはなりませんね」

そう言うと、ドミニクさんはツェリ様の前に跪《ひざまず》いた。それからツェリ様の白くほっそりとした腕を取ると、まるで物語に出てくる王子様のようにこう言った。

「ツェツィーリアさん。出会ってから間もないですが、俺はあなたを愛してしまったようだ。この世の何よりも大切にします。だからどうか俺の恋人になってはいただけませんか」

柔らかい声音で朗々と語られる言葉。最後に、手の先に触れるだけの口づけが落とされた。

「――……はい」

乙女はじめました。

空いた方の手で口元を覆ったツェリ様は、まだ目の前で起こっていることが信じられないという顔をして、けれどしっかりと頷いた。

乙女ムード広がる室内。見つめ合う二人は確かに愛し合っているように見えて、いやあ、我ながらいい仕事をしたと自画自賛していた私には、団長が一連の様子を注意深く観察していたことなど知るよしもなかった。

◇

「おかえりなさいませ」

退勤後。かぼちゃみたいな馬車に揺られて団長の官舎に辿り着くと、玄関前で控えていた男の人が扉を開けてくれた。

「手を」

先に降りた団長がお伽話の一場面のように手を差し出してくれる。それにちょっとどきどきしながら左手を乗せ、少し遠い地面へと不器用に足を下ろした。

「ありがとうございます」

お礼を言った私は、団長の背後にそびえ立つ貴族のお屋敷のような官舎にぽかりと口を開けた。

左右対称のどっしりとした本館は高さこそ三階建て程度であるが、端が見えないほど大きく、今しがた降りたばかりの馬車の後ろには門から玄関前のポーチまで続く、長く平らな道がのびている。

夕闇の中で年月を経た外壁と、そこに刻まれた細かい彫刻が暑さで溶けた砂糖のお化けみたいに堂々とそびえ立っている。故郷にある私の実家など、十個は余裕で呑み込んでしまいそうな大きさだ。

「本当は俺も皆と同じ宿舎がいいんだが。決まりらしい。あまり軽蔑しないでくれると嬉しい」

由緒正しいお家出身の団長がそんなふうに言うので、私は慌てて首を振った。

国防の意味でも、規律の意味でも、指揮権を持つ団長をその辺の宿舎に詰めてはおけない、というのは私にもなんとなく理解できる。

そう答えると、団長はちょっと恥ずかしそうに笑ってくれた。

「君に嫌われなくてよかった」

団長がそんな顔をするからだろうか、昼間の、浮ついた感情の名残が諦めの悪い私の胸を刺す。もしかしたら。そんな期待をしてしまいそうになる私の脳裏に、再び手入れされた綺麗な髪がちらついた。

『テオドリック様はね、王都だとこんな場所よりもずっと広いお屋敷に住んでいるのよ。それってどういう意味か、庶民のお前にわかる？　邪魔、しないでよね』

記憶の中の少女は、油断すればのぼせあがってしまいそうな私にいつも、鋭い釘を刺す。

身分差、などと大仰なことはとても言えない。

私は団長に拾ってもらえなければ、ろくに仕事にもつけなかったような庶民の魔力無しで、今、私の生活がうまく回っているのは団長が助けてくれているからだ。

これ以上は望むべきじゃない。今だって嘘みたいに幸せなのだから。

珍しく物思いに耽っている私を団長が心配そうに覗き込んだ時、音程の揃った二つの声がした。

「お荷物を」

「お嬢様」

現れた二人の男性は団長が持ってくれていた大きな荷物と、私が持っている小さな荷物をあっという間に攫ってしまうと、くるりと翻《ひるがえ》って優雅に礼をした。

「紹介しよう。従僕のマルクスとマリアンだ」

「マルクスです」

「マリアンです」

二人の青年が計算されたような間合いで名前を言う。

ちょっと悪戯《いたずら》っぽい雰囲気のマルクスさんと、ちょっと妖艶な雰囲気のマリアンさん。

体つきこそギルや私と同じ歳くらいに見える二人だけれど、滲み出る雰囲気のせいか、それよりもずっと大人びた印象を受ける。

「僕ら、とっても、仲が良いんですよ」

「けれど双子ではないので、お間違えのないように」

『0　土踏まずのあるしっかりした足の裏』

『0　土踏まずのないむっちりとした足の裏』

足の裏、万歳。

なんという奇跡のコラボレーション。こんなにもピンポイントで性癖が被ることがあるだろうか。土踏まずと扁平足《へんぺいそく》。仲が良いのか、あるいは似て非なるものすぎてかえって争いの種になるのか、追及する気は全くないので全ては永遠に謎である。

「お、おかえりなさいませ!!　旦那様！」

その時、ドタンバタンと、玄関の向こうから引っ越しでもしているようなものすごい音がしたかと思うと、両開きの扉から銀髪の青年が転がり出てきた。

「今日は、今日はセーフ！　ですよ、ね？」

「アウトです。エドゥアルトさん」

「全然駄目です。エドゥアルトさん」

マルクスさんとマリアンさんの両断に、育ちの良さそうなその人――エドゥアルトさんはがっくりと肩を落とした。

「すみません！　今日は未来の奥様がご到着される、大事な日だというのに、僕は！　この僕は！」

このこの、と自分の頬をつねり始める。

「奥様、ですか？」

心臓が嫌な感じに跳ね上がって、薄っぺらな声が出た。

「あ……あの、も、もしかして間《ま》が悪かったでしょうか？　そんな大事な方がいらしているなんて知らずに私ってば。お言葉に甘えてしまって……。すみません、図々しくって」

痛みのぶり返してきた胸を無視してどうにか笑う。

未来の奥様というのは、ひょっとしてあの子のことだろうか。

会いたくないな、と自分の中の意地悪な部分が呟くのが本当に嫌だった。

「何か、大きな誤解があるようだが……」

今すぐにでもこの場を離れようとしていた私の腰を、団長の腕が意外なくらい強い力で引き止めた。

「す、すみません！」

マルクスさん、マリアンさんが何事かを耳打ちすると、エドゥアルトさんが焦った様子で声をあげた。

「誤解ということはつまり、えーっと、そららの方は未来の奥様ではなくて、そして恋人でもないから……あ！　わかりました！　旦那様の片想いということですね！　僕ってばまた早とちりを……お恥ずかしい」

「これはひどい」

「ひどいですねこれは」

「エドゥアルト、あとで少し話をしよう」

呆れ顔のマルクスさん、マリアンさんと、額を押さえた団長。あまりのことに固まる私。

団長がこんなに困っているのを見たのは、もしかすると初めてのことかもしれなかった。

「――つまり、俺には婚約者も恋人もいないし、全てエドゥアルトの誤解なんだ」

「ラウラ様、申し訳ありませんでした……」

今まで食べたこともないような美味しい夕食をいただきながら、懇切丁寧に先ほどの件を解説した団長に、私は内心ほっとした気持ちで頷いていた。

その横では、別室でお説教を受けてきたらしいエドゥアルトさんがしょんぼりと肩を落としている。

「改めまして、執事のエドゥアルトです……」

「だんちょ、テオドリック様付きの事務官のラウラ・クラインです」

美しい所作で礼をとるエドゥアルトさんに、慌てて礼を返す。

「……あの、旦那様、僕はついにクビになってしまうのでしょうか？」

ここまでに申し訳ないくらい私に謝罪を重ね、可哀想なくらい落ち込んでしまったエドゥアルトさんが濡れた子犬みたいな目で団長を見つめた。

聞けば、貴族の中でも大変良いお家柄の出身だというエドゥアルトさんは、良家の子息ながら執事の仕事に憧れ、お家同士の付き合いのある団長がローグに配属されたのを機に、家を飛び出したのだという。

押しかけ女房ならぬ押しかけ執事である。

王都からも使用人を連れてこず、雇う気もなかった団長だったのだが、無給でいいから、とお屋敷の玄関前で頑張るエドゥアルトさんを見て、また彼を溺愛する親御さんからの懇願を受けて、晴れて執事として大抜擢することになったとのことだった。

ところがどっこい、ここでよかったね！　で終わらないのがこの話である。

熱意だけは人一倍なエドゥアルトさんは私と同じ部類の人間だった。

つまり、かなりのぽんこつだったのだ。

洗い物をすれば皿が宙を舞い、洗濯物はいつの間にやら地面に落ちている。張り切って銀磨きをすれば筋肉痛で一晩寝込んで仕事を休む。朝の新聞を焦がし、掃除などすれば床はどんどん水浸し。女の子にはよく振られるし、成り行きで増えた二人の侍従にはからかわれてばかり。でもお料理だけはとっても上手。

事務官受験では散々に迷惑をかけ、書類を書けばインクをこぼし、技術長官の怪しげな実験に巻き込まれては団長に泣きついているどこかの誰かさんといい勝負である。

「団長……」

同じく団長のお世話になっているぽんこつ仲間として、エドゥアルトさんを許してあげてほしくて、私は団長の目をじっと見つめた。

これは私の心が綺麗だからとか、優しいから、というわけでなく、明日は我が身であるからだ。

ぽんこつを許し、ぽんこつを愛してほしい。

「……そんなことはしない。だからその目はやめてくれ」

「旦那様～！」

エドゥアルトさんがぱっと顔色を明るくした。

「ありがとうございます！　ラウラ様！　僕、一生懸命お二人にお仕えしますから！」

『0　歳上の女の人にベッドの中で一日中甘やかされたい』、エドゥアルトさんはふんふんと鼻息を荒くして奮起した。その様子は、ちょっと失礼だが尻尾を振っている子犬みたいで少し微笑ましい。

「マルクス、マリアン、彼女を部屋に案内してくれないか？」

疲れた様子の団長が言う。

「それは……」

「ラウラ様がお泊まりになるお部屋、ということでしょうか？」

「そうだ。何か不都合があるのか？」

マルクスさんとマリアンさんが顔を見合わせた。

「旦那様、先にお伝えしておきますが」

「ラウラ様が今晩お泊まりになるのは、旦那様のお部屋です」

うん、うん、と二人が頷き合う。

「どういうことだ？」

団長の眉間にぐっと皺が寄る。

「エドゥアルトさんが」

「いつものやつです」

「……エドゥアルト」

いつも穏やかな顔つきをしている団長が、今度は触ったら切れそうなくらいの無表情でエドゥアルトを見た。

「俺は彼女のために隣室を用意しておくように、と伝えたはずだが？」

「も、申し訳ありません……」

やらかした、その顔はそう言っていた。

「マットレスを天日干ししようとしたんですよね」

「他の客間の分もついでに一緒に。旦那様のお部屋はベッドが大きいから後回しにしようという話で」

「ついでのついでに、全部並べて染み抜きをしようとしたんですよね」

「ソファの分もついでに一緒に」

「そしたらエドゥアルトさんが」

「バケツの水を、それはもういい笑顔で」

「豪快にじゃぼん！　と……ぶちまけまして」

「乾くまでの時間とか、太陽は沈むとか、考えられないんですよね」

「エドゥアルトさんですから」

マルクスさんとマリアンさんが交互に喋《しゃべ》る。

「なぜ、真っ先に報告しなかった」

「すみません……」

団長に詰められているエドゥアルトさんは、多分三分の一くらいに縮んでいたと思う。

「実は伝手《つて》を頼りに、マットレスを借りることも可能だったのですが」

「このたびのお客様は旦那様の大切な女性、ということで」

「どうせなら同じ部屋のベッドでよいのでは？　と相なりまして」

「というか、正直これはチャンスだな、と」

「実は三人で悪巧みしました」

「あわわ！　マルクスくん、マリアンくん、全部話しちゃってるよ……」

「……………なるほど」

正面から感じる怒気が恐ろしくて、顔を上げることはできなかった。

この後、団長から三人への、思い出すのも恐ろしい正論詰めのお説教が始まるのだが、誰かのトラウマになるといけないのでこれは割愛させてもらうことにする。

◇

どうしてこうなった。

信じられないくらいの広さのお風呂を堪能し、用意していただいた部屋着に着替えた私はこれまた広いベッドの端っこで頭を抱えていた。

この部屋着、ひらひらしていてとても可愛いのだが、恋人でもない団長の前で身につけるのには形も生地も心許《こころもと》なくて恥ずかしい。

用意してくれたのはマリアンさんなのだが、『これしかありませんので』の一言で押し切られてしまった。

庶民でも恥ずかしい姿なのだから、貴族の団長にとってははしたなく見えるのかもしれない。とぼとぼと着替えた私が、お風呂の前で待っていてくれた団長の前に姿を現すと、団長はすぐに私から目をそむけてしまった。

今も、ベッドの反対側に腰掛けた団長は何かを悟ったような表情をしていて、目が合わない。不安になった私がじっと見つめていると、ふかふかの掛け布団の上に、布でぐるぐる巻きにした長剣が置かれた。

「――この境界線を越えた時、俺はしかるべき責任を取ることにする」

責任。なんとなく不穏な響きがする。

紳士であるが故に物騒なことを言い出した団長に、恐る恐る申告する。

「すみません。大変恐縮なのですが私《わたくし》、おそらく寝相が悪いようでして……」

「では、やはり俺は床で寝よう」

ここに至るまで散々頑固に、自分は隣室の床に寝るのだと言って聞かなかった団長が、話は決まりだとばかりに長剣を持ち上げた。

「ま、待ってください！」

この家の主人であり、上司である団長を床に寝かせ、団長の庇護の下、日々のほほんと仕事をしているこの私が、大人三人でも余ろうかという大きなベッドを独り占領するなんて、控えめに言ってありえない。

図太さに抜群の信頼感があるこの私でもさすがに恐縮して、逆に眠れそうにない。

「全然！　お気になさらず！　私のことは枕か何かだと思っていただいて構いませんので！なるべく静かにしてますから！　何もしないので！」

そそくさと立ち去ろうとする団長をなんとか引き止めようと、引き締まったその腰に思わず飛びついて、軟派な男性のようなことを口にする。

「なっ……」

突然の暴挙に息を呑む声がした。

簡素な部屋着の団長と、長衣を一枚羽織っただけのネグリジェ姿の私。

「あ……、すみません……」

布越しに触れた団長の体は硬く、鍛え抜かれていて、お菓子やらごろごろとした生活やらで甘やかし気味の、ぷについた私の体とは全然違う。人の体温とはこうも熱いものなのかと思う。

「明日も仕事です！　さっさと寝てしまいましょう！」

恥ずかしさをごまかすようにぺらぺらと口が回る。

「ほ、ほら！　私なんて図太いですし、がさつですし、女の子のもどきのようなものですから。全然気にしなくて大丈夫ですので。好きにお眠りください」

とんだ羞恥プレイだが、寝れば朝は来る。自分で言っていて悲しくなる事実を並べ立てながら、私は高いところにある顔をじっと覗き込んだ。

「…………いい加減にしてくれ」

「え？　わ、」

とん、と肩が押されてやわらかい羽毛布団の上に体が転がった。

憧れの羽毛の掛け布団。その感触を堪能できるはずもなく、覆い被さる顔を私は呆然と見上げていた。

「もどき？　気にしなくていい？　まさか本気で言っているのか？」

大きな体が室内灯の明かりを遮るせいだろうか、表情のうまく読み取れない団長はまるで知らない人のようで、私はいつもみたいに笑うことができなかった。

「んっ」

頬にそえられた指先が首筋を撫でる。昨日と同じ、くすぐったいから少しだけ遠いその感覚が肌から皮膚の下を伝わって、胸の中まで響く。

――指が、
唇の右端に触れて、輪郭をなぞる。ふっくらとした中心に押し当てられたそれが割り入るように内側の粘膜を撫でる。

「あ、ぅ……」

名残惜しむように唇をなぞり続けた指先が、つっと肌を伝って目の端に触れた。

ぎゅっと目をつむってやり過ごそうとしても、むずむずとしたその刺激に甘ったれたような吐息が漏れてしまう。

「……気が狂いそうだ」

耳の横に置かれた拳が軋んだ後、私の肩を掴んだ。ぐるりと視界が回って。向かい合わせ、苦しいほどに抱き込まれた私のつむじに、甘く掠れた声が落ちた。

「君がそこまで言うのならば、朝までこうしていよう」

団長は怒っているのだと、鈍い私はここにきてようやく気がついた。

「今日も明日も、この先ずっと。好きにしろと言ったのは君だ」

そう言って片手を振り、部屋の魔導灯を消す。

押し付けられた耳の下でとくとくと、鼓動が鳴っている。

(ああ、本当に)

私は、どうしようもない愚か者だ。

望みがないからとか、自分のような路傍の石ころがこの人の道を汚すわけにはいかないからとか、諦めただとか、ただの、淡い初恋だったのだとか、いくら言い訳を重ねてもいくら嘯いていてもこの様だ。

好きです、と声にならない言葉を囁いて、くらくらするほどの頭の熱をやり過ごす。

もしかして私にはこの先一生、恋人などできないのではないかとさえ思う。

それもこれも、全ては団長がかっこよすぎるのと、哀れな村娘その一に勘違いをさせるような言動をするのがいけない。

どうあがいても這い上がれそうにない初恋の穴の底で、私はそんなふうに見当違いの恨みを募らせた。

どうしようもない臆病者だ。そんなことはもう随分前からわかっている。

第四章　この世で一番強いやつ（性癖が）

私がアマーリエ様に出会ったのは、事務官試験に合格した私が団長の下で、少しずつ業務を覚え始めていた時のことだった。

愛用のペンで羊皮紙を慎重に引っ掻いていく。

団長は不在で、午後の日差しが執務室の、アーチ型の大きな窓から差し込んでいて、ちょっとうとうとしそうな冬のはじめの午後だった。

ツェリ様に書式を教わったばかりの、ローグの森の狩猟許可証の清書を終え、完成した羊皮紙を日差しの中に当ててみる。契約用のインクは、含まれている魔力のせいだろうか、まるで宝石みたいにキラキラと輝いていて美しい。誤字脱字も見当たらず、出来栄えに満足した私は部屋の片隅にある乾燥台の上にそれを置いた。

うーんっと背伸びをしてから、少し休憩にしようと筆記用具を片付ける。

魔鉱石でできたインクは手につくと中々取れないから注意が必要だ。

入団したての頃、インク壺をひっくり返したせいでしばらく真っ黒な両手で過ごすはめになったのは今でも記憶に新しい。

ペン先のインクを吸い取り紙で吸い取っていく。真っ黒になった紙を屑籠《くずかご》に捨てて、鳥の意匠の象嵌《ぞうがん》がはめられたキャップを丁寧に被せた時だった。

「……粗末な部屋」

鈴を転がすような可愛らしい声が、達成感に浸っていた私を現実へと引き戻した。

「粗末な庶民……ねえ、お前、テオドリック様はどこ？」

ノックの音はなかったように思う。

「庶民。お前。何をぼーっとしてるのよ」

まるで女王様のように悠々と不法侵入を遂げた美少女は、ぽかんと口を開けた私を見て柳眉をつり上げた。

「え、あ、あの！　困ります！」

貴族オーラをむんむんに漂わせているとはいえ、不法侵入は不法侵入だ。

官舎の各部屋、それも団長の執務室への無断での立ち入りは固く禁じられている。精神が摩耗するほどに叩き込まれた、事務官試験の分厚い教本の一節を思い起こして、私は慌ててその少女に駆け寄った。

ぼーっとしている場合ではない。機密文書を守らなくて何が事務官か、と、美少女の肩をぐいぐい押してどうにか執務室の外へと追い出した。

これが団長ならきっと、うまくお話し合いをして角が立たないように外へ出ていってもらうのだろうが、この時の私には、臨機応変な対応などが思いつかず。初対面の人に随分と失礼なことをしてしまったな、と反省しても後の祭り。

「ちょっと！　気安く触らないで！　お前、この私を誰だと思っているの⁉」

案の定、肩を押された少女は顔を真っ赤にして怒り出した。

インクまみれの手とは違う、真っ白な指先が目前に突きつけられる。

「おじいさまにお願いすれば、こんな田舎の騎士団なんてあっという間に取り潰せるんだからね。全く。こんな庶民をテオドリック様のお部屋に入れているなんて、本当に信じられない！」

ちょっと耳にきんきん来る言葉を順番に並べて聞き返してみると、アマーリエ・フォン・アウグステンブルクと名乗った令嬢は、私のお弁当を食べ尽くした例の老将軍のお孫さんなのだという。

事務官の試験で騎士団や貴族のヒエラルキーを叩き込まれた私は、この頃にはあの、のらりくらりとしたお弁当泥棒のおじいさんが、どのくらい偉い人なのかということを学んでいた。

騎士の頂点である将軍職につけるのは三人が上限。その中でも筆頭の地位にあるのがあの老将軍閣下だ。

……この国は大丈夫なんだろうか。

「ディルク団長とのご面談なら、後ほど私の方で予定を確認しておきますので」

怒り続けるアマーリエ様へ、気後れしながらそう絞り出す。

帰ってほしい。切実に帰ってほしい。だって、とても怖いし、面倒だから。

願いは虚しく、アーモンド型の美しい目が気に入らないとばかりに眇《すが》められる。

「ラウラ・クライン。お前のこと知っていてよ」

さっきまでの金切り声とは正反対の猫撫で声。なのに受ける印象はずっと恐ろしかった。

「図々しい庶民。おじいさまにどうやって取り入ったのか知らないけれど、ねえ、お前、まさかお前なんかがテオドリック様の隣に相応しい、なんて勘違いしているんじゃないでしょうね？」

アマーリエ様はケープの下で腕組みをすると、道端に転がる邪魔っけな石ころを見るような目で私を見た。

「そんなこと」

「思っているでしょう？『ディルク団長』だなんて、随分親しげよね。庶民なんかが、貴族と本当の意味で親しくなんてできるわけないのに」

心臓になにか冷たいものでも流し込まれた気分だった。

「だって、ねえ？そんなことになったら、テオドリック様の将来が台無しじゃない。テオドリック様はね、とっても優秀なのよ。今はこーんな田舎で働かされているけれど、これはいずれ来る出世のための踏み台なの。将来は王都に戻っておじいさまみたいな将軍職につくの。庶民なんかお呼びじゃないのよ。邪魔なの。わかるわよね？」

物分かりの悪い子供に言いきかせるように、アマーリエ様はそう言った。

「団長はそんなことを思う人じゃありません」

貴族のことはわからないけれど、それだけは言える。

「お前、随分頭が悪いのね。テオドリック様がどう思うか、なんて話を私がしたかしら？　周りがどう思うかが問題でしょう？」

これだから庶民は嫌なのよ。と、続けられる。

七回目の庶民。私が庶民なのは事実なのであまり悪口を言われている感じはしないのだけれど、そろそろ庶民という概念が崩壊してきた。

そんなふうに内心で混ぜ返してみても、心臓は変にどきどきしていて、本当は今すぐにでも耳を塞いでしまいたい気分だった。

「貴族はね、外聞が大事なの。侮られたらおしまいなの。お前みたいななんの取り柄もない、庶民の、魔力無しが隣にいると、テオドリック様まで低く見られるのよ。同情を引いて雇ってもらった身分のくせに、テオドリック様の輝かしい未来の邪魔をしたら許さないんだからね」

釣り合わない、身の程知らず、分不相応……。他にも色々言われたけれど、当時の私は何も言い返すことができなかった。

アマーリエ様の言い分は随分高圧的だったけれど、的外れだとは思わない。貴族には貴族の文化がある。そしてそこには私では計り知れない重圧や責任があるのだろう。

「そんなこと、したくてもできませんよ。私はただの事務官ですから」

部下としても、個人的な付き合いとしても、これ以上は望むべくもない。手が届くだなんて思っていない。

出会ってからその日まで、何千回と心の中で繰り返していた諦めが喉元までこみ上げて、私の本心を取り上げてしまった。

今にして思えば、アマーリエ様は最後のとどめを刺しただけで、その実、私はただ、自分が一番傷つかない方法を選び続けていただけなのだろう。

「……わかればいいのよ」

腕を解いたアマーリエ様は、私の吹けば飛ぶようなへらへらとした笑顔を一瞥《いちべつ》すると、今度こそ、心の底から軽蔑したようにそう呟いた。

◇

夜半にベッドを抜け出る気配がした。

温かい体に頬を擦り寄せていた私は、心地よい熱がなくなるのを悲しく思って目を覚ました。胎児のように丸まったまま、手のひらを隣にのばすとまだ温かいぬくもりがある。

……これで、向こう数年先の夏至祭も独り身の、花のお化けとして参加することが確定してしまった。

また捕まってしまった。初恋が、望みが薄いくせに重すぎる。

吹っ切れる気が全くしない。結局のところ、適切な距離をとらず団長のそばをうろちょろし続けてきた自分が悪いのだ。

隣のぬくもりが冷えて、もしかすると団長はこのまま帰ってこないのではないだろうか、とうつらうつらしてきた頃、気遣うような静かな扉の音がした。

『552』

感傷に浸っていた私は、ちらりと覗き見た団長の、ぼんやり光る数字のカウントが増えていることに気がついた。

二回、抜いている。

その場で絶叫しなかったことを、我ながら褒めてあげたいと思う。

◇

――起きる前は眠る前と同じくらいに気持ちいい。

ぬくぬくと、いつもの何倍も温かいベッドの上で身体を丸める。ちょっと硬いけれど、弾力がある逞しい感触が心地よくて、たまらずに頬を擦り寄せる。

「……っ」

すぐそばで息を呑むような声がしたが、寝ぼけまなこの私は気にかけることもなく、大きなぬいぐるみの胸元に抱きついているかのように、ぎゅうっと両腕と両足を絡めていた。

……朝ごはんはなんだろうか。昨日はクロワッサンが美味しかったから、今日はザクザクに焼いたフランスパンにカリカリのベーコンと目玉焼きを添えたやつかもしれない。

夢見心地のまま、宿舎の食堂で出る美味しい朝食に思いを募らせて、自身のお腹が空いてくるのをぼんやりと感じていた。

薄くこんがり焼いたトーストでもいい。甘じょっぱいベイクドビーンズに、サクサクのトーストを浸して口に放り込みたい。それから……それならデザートはきっと洋梨だろう。手のひらくらいのそれに皮ごとかぶりつくと、とろけるような果汁がじゅわっと口の中いっぱいに広がるのがたまらないのだ。

「ラウラ君」

ああ、本当にお腹が空いてきた。でもまだ目覚めたくない。

「んぅ……」

(あったかくて、きもちいい)

「………ラウラ君」

(でも、おなか、すいたな)

睡眠欲同様、食欲にも人並み以上に貪欲に生きている私は、何を思ったのか、ぱっくりと口を開けるとそのまま、目の前の『何か』にかぶりついた。

「っ、起きてくれないか！」

「え……？　あ!?　はい！」

どうやら食べ物ではないらしいけれど、とにかくいい匂いのするそれをあむあむと口の中で弄んでいると、唇のすぐ下で低音が響いた。

飛び起きた私は、自分がとんでもないものに抱きついて――団長の体の上に寝そべって、その首筋にかじりついていたことにようやく気がついた。

「わあ！　す！　す、すみません！」

飛び起きたことで、団長のお腹の上にぺたんと座る形になり、さらに恐縮する。

「――いい。いいから。とりあえず下りてくれないか。それから……、裾を直すように」

頭を抱えた団長にそう言われて自分の体を見下ろすと、ネグリジェの裾がめくれ、太腿の際どいところまでが見えてしまっている。

「これは、お目汚しを……」

真っ赤になった私が団長の体の上でぱたぱたと裾をはたいていると、お尻の下に何かごりっとしたものが触れた気がした。なんだろうかと、後ろを振り返ろうとするのを、団長の腕が引き止めた。

「いいから。下りてくれ」

目を覆った団長が指の間から、ぎらぎらとした熱っぽい眼差しで私のことを射抜いた。

「あ、の」

身動きの取れなくなった私がごくりと唾を飲み込んだ時だった。

『旦那様！　おはようございます！　良い朝ですよ！　ご朝食は朝摘みのハーブで作ったハーブリゾットですよ！』

雨礫《あめつぶて》のように襲いかかる拳はノックというよりもはや殴打である。

『エドゥアルトさん、あなた本気ですか？』

『旦那様の婚期をこれ以上遅らせるつもりですか？』

『え？　なんで？』

扉の向こうでこしょこしょと内緒話が始まって、団長がため息をついた。

『あっ、忘れてました……、それなら、本日はお休みかもしれないですよね。朝ごはんは、作りすぎてしまったからいいとして、わー！　どうしよう。昼食の準備なんてしてないですよ！今から買い出しに行って間に合いますかね⁉』

『しーっ！　静かに、エドゥアルトさん』

『こういう場合は、静かにしているのが大人の対応ですよ』

『え？　静かにって、昼食の準備もしなくていいんですか？』

それはさすがにお腹が空いちゃうんじゃないですかね、と気の抜けるやりとりが聞こえる。

「起きてます！　今！　今、行きますから！」

扉の向こう側で、何かとんでもない誤解が大量生産されている気配がする。

慌ててベッドを飛び降りようとした私の胸とお腹に、大きな腕が巻きついて、これはまるで捕食される蝶のようではないか、と思う間もなく、

「あっ――！」

白く柔らかな生地が首元から引きずり下ろされた。

ぶちぶちと、鈍い音を立てて首元のボタンが外れて、現れ出た生白い肌を手負いの獣のような団長の息遣いが舐めた。それだけで、まだ触れられてもいないそこを残らず味見されたような、ぞくぞくとした感覚が肩や背筋をくすぐる。

生ぬるい舌が首筋を這う。うなじをなぞって、鎖骨と首の境目。歯がじわじわと食い込む感触にも、私は悲鳴一つあげることができなかった。

「ん、っ」

ちくんとした痛みが立て続けに二回続いて、それを甘やかすようにすぐに舌が這う。

もがく体を抱きしめられて、最後にもう一度、痛みが吸いついた。

「仕返しだ」

抱きしめられた時と同じくらい唐突に解放されると、とんとん、と団長の首元の薄赤い痕を示された。

そこに散らばる痕の多さに、私はしばらく固まって、それから死にそうな思いで頷いた。

喧嘩でもなんでも、先に手を出した方が悪なのはこの世の摂理である。

「着替えを受け取ってこよう。だから、そのまま外に出るのはやめてくれ」

それからしばらく経って戻ってきた団長の数字は恐ろしいことに5554に増えていたけれど、もはや私に発言権などなかった。

◇

早朝、馬車の中、砂利の音。

「……君は少し、寝相が悪い」

「申し訳ありませんでした……」

雅《みやび》やかな布地の張られた車内。向かい合わせに座る団長が呟いた言葉に、私は一層小さくなった。

いつも通りの団長の光り輝くばかりの美貌は、今日ばかりは少しアンニュイな雰囲気を醸し出している。

（怒、ってるの、かな？）

馬車の外を見つめたままの横顔を見て、もじもじと袖口をいじる。

私の寝相に関して一晩中被《こうむ》ったらしい団長は、先ほど一言苦情を言ったきり。

彫刻のような美しい横顔を窓の外に向けたままで、いつものように話題を振ってくれることもない。

それはそうだ。愛犬でもなし、意思疎通のできる人間、それも赤の他人、しかも出来の悪い部下に首筋をもぐもぐぺろぺろ好き勝手されたとあっては、これはまさに逆セクハラ。

文官長に知られれば降格減給待ったなし。どころか一発退場の懲戒処分もありうる問題行為である。

私自身、事件を起こしたのが自分以外の人間であれば、団長の首筋になんてひどいことを！と憤っていただろう。

文官服の下からレースの襟口を引っ張り上げる。高襟の黒いシャツに、黒いスカート。スカートと揃いの生地の黒の上着を羽織った文官服。その構造上、私の痕はシャツと上着の高襟でどうにか隠せたが、団長の場合はそうはいかない。喉仏の右横についた赤い肌が騎士服の襟元からわずかに見え隠れしている。

いつかのお茶会での話だが、ウルリケさん曰く、これはキスマークというやつで、ツェリ様曰く、見えるようなところにつけてくるカップルは浮かれきっていて、みっともない。別にこれは嫉妬じゃない、とのことだった。

キスマークとは口紅の痕のことだと信じ込んでいた私は、二人に教えてもらった真実に大変驚かされた記憶がある。

その自分がまさか、無断で人様の肌にそれをつけ、あまつさえ相手に仕返しをされる日がくるとは夢にも思わなかった。

申し訳ない気持ちでいっぱいになっているうちに駐屯所が近づいてきてしまって、なんとはなしに緑深いローグの森を見つめた。

あのあたりが女神の泉だろうと、見当をつけてみる。

「君の呪いのことだが」

同じように女神の泉を眺めていた団長が、そう切り出した。

「やはり、一度検査を受けてくれないか」

「それは……」

「呪いの内容を人に知られたくないんだろう？」

団長の鋭い指摘に、少し不安になりながら頷いた。

いつもなら、何かにつけては団長にうるさく報告するのが私だ。

業務に関わることはもちろん、食堂の美味しい新メニューから宿舎にできた燕《つばめ》の巣の観察日記などの日常の瑣末《さまつ》ごとまで。その内容は多岐にわたる。そんな私が、こと呪いの内容に関しては黙りこくっているのを汲《く》み取ってくれたのだろう。

「内容は口にしなくていい。検査をする魔術師にも、他言しないように契約してもらおう。だが調べることだけはさせてほしい。君の体が心配なんだ」

団長はいつも、私が苦しくない方へと道を作ってくれる。

「わかりました」

そう答えると、安心したように笑い返してくれた。

◇

「――でも、あの変人のヘルマンですよ？」

森を背に配置されている駐屯所の一角から続くローグの森の中ほど、ちょっと神経質なところのある団員のフーゴさんは自分の肩にまとわりつく虫を嫌そうに払った。

団長の提案を受け入れた私は、団長以下四人の騎士さんたちと共に連れ立って、六人でローグの森の小道を進んでいた。予想よりも大ごとになってしまっているようで心の中は申し訳なさでいっぱいだ。

「ラウラさんだって嫌じゃないですか？　何をされるかわからない」

『3　気の強い女性に無視されつつ事に及びたい』

同意を求めるようなフーゴさんの言葉になんと返答したらいいのか決めかねて、私は前を行く団長の襟足のあたりをじっと見つめていた。性癖と日常生活は違う。性癖と人格は別。別……。

「俺は好きだよ。変わっていて中々面白い。結構親切だしね」

そう答えるのは騎士団の中でも団長、副団長に続いて腕の立つヨハンさんだ。

人格者でもあり、所属する第一部隊だけではなく、第七騎士団全体から頼られることの多いみんなのお兄さん的存在だった。

見た目もかっこいいので城下町の女性からも大変な人気がある。

『2　コンプレックス持ちの可愛い豚女を無様セックスではめ倒した後に溺愛後戯』

だが、しかし、性癖がやんちゃすぎる。

豚は女性にかかる言葉ではない。豚は豚、人は人、混ぜてはいけない。

春風の擬人化かな？　と思うほどに爽やかなヨハンさんの、知りたくなかった真実。

だから、こんな能力はいらないのだ。普段何かとヨハンさんを頼りにしていたというのに、今後は顔を合わせるたびにこの強烈な性癖が頭をよぎること請け合いである。

「ま、俺らがついてるからよ。何が出ても安心しろって」

『80　クリ舐め肥大化調教』、アルベルトが私の頭をわしゃわしゃやる。前回の79回から地味に増えているのが、地味に辛い。

嗚呼《ああ》、なんという性癖包囲網。

大なり小なりこの場にいる全員が私をオカズにしているのも中々くるものがある。

誰にも理解されない緊張感を一人味わいながら、私は無心で団長の肩のあたりをじっと見つめていた。考えるな。深く考えたら負けである。

そしてもう一人。

「アルベルト、べたべた触るな」

後ろを歩くギルが私を引き寄せた。ギルとは相変わらず気まずいままだ。今も私が見上げるとすぐに手を離してしまって、また俯《うつむ》きがちに先を歩いていく。

「ヘルマンは信頼のできる男だ。研究の都合上、今は森の中に引きこもっているが、籍はまだ騎士団にある。退官の申し出もあったがこちらから断った。優秀な男だからな」

団長がこちらを向く。ばっちりと目が合ってしまって、なんとなく逸らしてしまう。

「何を研究しているんですか？　こんなところ、虫と魔物くらいしかいないのに」

フーゴさんは本当に虫が嫌いらしい。

「団にいた頃は魔物の研究に凝っていましたよね。魔物料理とか、魔物の素材で作った武器とか。特にスライム」

ヨハンさんが言うと、アルベルトが嫌そうに舌を出した。

「やめてくれ。こちとら、スライムスープの味をようやく忘れられたところなんだからよ」

「ああ、あれは酷かったですね。僕は一時期、アレのせいでヘルマンさんはクビになったのかと思ってましたよ」

フーゴさんが顔を青くする。

スライムスープ。口に出すのもおぞましい悪夢の料理である。

ヘルマンさんとは私も数回言葉を交わしたことがあるが、兵糧《ひょうろう》の開発実験で鍋いっぱいのスープを配り歩いていた姿がやはり印象的である。

出会う人、出会う人、片っ端から口の中に匙《さじ》を突っ込み、逃げようものなら魔術で拘束する。傍若無人すぎる素行に団長の雷が落ちていた日々が懐かしい。

ちなみに私はというと、抑えきれない好奇心から自ら進んでスライムスープの被験者に志願したものの、ぬるっとした舌ざわりと無駄に爽やかな香り、ちょっと酸っぱみのあるべたっとした甘みと強烈なえぐみにやられて無事撃沈した。ものすごくまずかった。

「でも、効果は抜群でしたよ！　お肌も、しばらくもちもちになりましたし」

みんなのトラウマ、スライムスープ。

ずーん、と効果音がつきそうなくらい落ち込んでしまった場を和ませるためにそんなことを言ってみる。

「あのおぞましいまずさを味わうくらいなら、僕の肌は一生ひび割れていても構わないです」

フーゴさんが言うと、団長以外の三人も頷いた。

「塗り薬としてはよく効いたんだがな……。ヘルマンは料理が好きなんだ」

団長がフォローとも言えないフォローをして、足を止めた。

「これは……」

「へえ」

「なんというか」

「すげーボロ家だな。お化け屋敷みてー。人住んでんの？」

フーゴさんが唖然《あぜん》とし、ヨハンさんが興味深そうに眺め、私が言い淀んだ言葉をアルベルトが引き取って全部ぶちまけた。

「そう言うな。これでも少しは改善……」

振り返った団長がヘルマン邸大清掃作戦の苦労を語ろうとした時のことだった。

「ぎゃあああああ！」

深い森の中に響き渡る悲鳴。恐怖演劇《ホラー》さながらの状況、ぽっかりと口を開いた我々六人の前に、金髪の美青年が玄関の扉を蹴破って転がり出てきた。

「殿下！　お待ちください！」

「待てるか！　俺は帰る！　帰るからな！」

「くそっ！　こんなくそ田舎大っ嫌いだ！」

どことなく見覚えのある紋章付きの黒手袋をした青年がわっと顔を覆う。

「殿下、ああ、おいたわしい」

後に続いて現れた女性騎士が立ち止まった青年の肩を抱く。癖のある赤銅色の髪を靡かせた女性は、小柄な青年よりも少し背が高く、所作の一つ一つが凛《りん》としていて美しい。

「なんで俺ばっかりこんな目に……」

「傷ついていらっしゃるのですね。お可哀想に」

美しいが、なんとなく息が荒いのは気のせいだろうか。

『0　薄幸の美青年を舐め回したい』

「殿下……」

はあはあと、荒い息を吐く女性が青年のつむじのあたりに顔を寄せる。反射で性癖を確認してしまった私は、自らの呪いの業の深さに思わず目を閉じた。

「本当に、お可哀想です。今日はもう終わりにして宿に帰りましょう？　昨日の続き、して差し上げますから」

「………うん」

『0　乳首責め』、金髪青年が手袋をはめた手でぐしぐしと顔を拭った。

「なに見てるんだよ」

女性騎士に支えられていた青年はここに来てようやく私たちに気がついたようだった。

誰だ貴様らは、と言わんばかりにこちらをじろじろと眺めだした青年に対して、団長が片膝をつき胸に手を当て、礼の動作をとった。

「失礼いたしました。私はローグ領に駐する第七騎士団の団長職を拝命しております、テオドリック・フォン・クラウゼヴィッツと申します。こちらの五名並びにそちらの屋敷の主人であるヘルマン・デア・シュヴァルツヴァルツはいずれも私の部下たちです」

次々に礼をとるみなさんに習い、私も慌てて膝をつく。団長に答えたのは女性騎士だった。

「近衛騎士団所属、アンネリーゼ・フォン・エルメンライヒと申します。こちらに御坐ます方は、王位継承権第五位、テネット公コルネリウス三世殿下。もっとも騎士団の皆様にそのような紹介など不要と思われますが」

胸を反らせるアンネリーゼさん。主君である王子のことを本当に自慢に思っているのが伝わってくる。

「所詮妾《めかけ》の子だ。礼などとらなくともいい」

自嘲するコルネリウス殿下に、アンネリーゼさんが悲しそうな顔をした。鼻を鳴らした殿下は私たちを睥睨《へいげい》した後、かなり驚いたように私の頭の上で視線を留めた。

「そこの君、」

声をかけられた私が、緊張で体を硬くしていると、のんびりとした声が割り込んできた。

「困るんだよなあ、途中で抜け出されちゃ」

開いたままの玄関に影がさす。

「かっ、か、か、」

途端に、威厳たっぷり、偉い人オーラに溢《あふ》れていた殿下が、愉快な鳥のような鳴き声を出した。

「折角の実験だったのに。中断するとやり直しですよ？　交換条件、どうするんです？」

玄関から悠々と歩いてきた賢そうな男性には、見覚えがあった。屋敷の主人、ヘルマンさんである。

「帰る！　俺は帰るぞ！　あんな非人道的な実験など受け入れられるか！」

顔色を真っ青にした殿下は、アンネリーゼさんの陰に隠れた。

「……この様子です。ヘルマン殿、今日はもう終わりにしてはいただけませんか？　お客様もいらっしゃったようですし」

アンネリーゼさんが私を見ているような気がして、なんとなく笑顔を送るとにっこりと綺麗な微笑みを返された。お美しい。生き物としてのレベルが違うような気さえする。

「仕方ありませんねえ」

ヘルマンさんが渋々頷くと、これ幸いとばかりに殿下が踵《きびす》を返した。

「では、また。殿下には私からよくお話ししておきますから。引き続き、よろしくお願いいたしますね」

「アン！　早く来い！」

「ただいま。ああ、そうそう。テオドリック殿」

殿下の後を追いかけようとしていたアンネリーゼさんが立ち止まる。

「折角の機会です。近いうちにそちらの騎士団の駐屯地を視察させていただけませんか？　殿下にとっていい影響があると思うのです」

「構いません。いつでもいらしてください」

「ありがとうございます。そちらのお嬢さんも。女性同士、今度是非お話をさせてください。騎士団にいるとどうしても話し相手が男性ばかりになってしまいますから」

「は、はい！」

ひょっこりと顔を出したアンネリーゼさんが、団長の真後ろに立つ私に言う。突然話しかけられたことに緊張しながら答えると、満足したように頷いてくれた。

「アン！」

「今、参ります。ああ……殿下って、本当にお可愛らしい方ですよね？」

赤銅色の髪を靡かせて、アンネリーゼさんはその場を後にした。

「あーらら、行っちゃった。はーい。みなさんお久しぶりですねぇ」

二人の背中を見送って、ヘルマンさんが気の抜けた声を出す。

「ヘルマン、あとで話を聞かせてくれないか？」

「いいですよ。ま、口止めもされてるんで包み隠さずとはいきませんが。ラウラさんの件と一緒ですねえ」

寝癖のついた茶金の髪をふわふわさせて、ヘルマンさんが言う。マッドサイエンティストモードでない時のヘルマンさんは大抵こんな感じで、白昼夢でも見ているような話し方をする。

「中にどうぞ。それにしても随分大所帯で来ましたねえ」

「少し事情があってな」

団長が黒い魔石が入った天鵞絨の包みを、ヘルマンさんの前にぶら下げた。

「なるほどなるほど。これは随分事情がこんがらがってるなあ。閣下が慎重になるのもわかります。まあ、そんな必要はないでしょうけどねえ」

包みを逆さにしたヘルマンさんは不思議なことを口にした。

「ああ、僕は本当に幸運だなあ！　ここに来て風向きが全部よい方向に変わってきたような気がしますよ」

『1　生意気な泉の女神をわからセックスで快楽堕《お》ちさせる』

燦然と輝く性癖を抱えたヘルマンさんは手の中で黒い魔石を転がすと、今までに聞いたことがないくらいに楽しそうな笑い声をあげた。

「僕は全部魔法でやることにしているんですよ」

魔法陣の描かれた部屋に四人。団長とギルと私。アルベルトたちは屋敷の内外で警戒にあたってくれている。

ヘルマンさんが指を一振りすると四客のティーセットが宙を舞って、壁に作りつけられた巨大な機械からピンク色のお茶が注がれた。

素直に受け取る団長と私の横で、ティーカップの中を見たギルが、う、とも、え、ともつかない声を出した。

きつめのピンク色。それも薔薇茶などで見かける透明なそれとは違う、濁った水面だ。

どんな味がするんだろう。好奇心に抗《あらが》えず口をつけてみようとすると、右袖をギルに引かれた。「やめておけ」という顔をされてお茶とギルとを見比べる。

「ヘルマン。君は今、泉の女神の研究をしているだろう」

ティーカップに口をつけた団長が言う。

私が「ほら見ろ、大丈夫じゃないか」という顔を返すと、「お前は本当に愚かだな」という表情を返された。気もそぞろ、ピンク色のお茶に興味をくすぐられている私は、気まずいのも忘れてギルとささやかな攻防を繰り返していた。

「ええ、ちょっと色々ありまして」

黒い魔石をランプにかざしたヘルマンさんは、何を思ったのかそれを自分のティーカップに放り込んだ。

そして、いつかの泉同様あっという間に黒ずんでいく水面を興味深そうに観察すると、一息にそれを飲み干した。

「女神様にはぜひもう一度お会いしたいなあって、思ってるんですよ。ああ、これ、本物ですねえ」

飲んだ。飲み干した。しかもおかわりをしようとしている。

唖然とする我々を尻目に、機械からお茶を注《つ》ぎ足したヘルマンさんは、再び真っ黒になったお茶をごくごくと飲み干していく。

「今日の本題はラウラさんの検査でしたよね」

少し前のめりになったヘルマンさんに倣《なら》い、私は名残惜しい気持ちでカップを置いた。

「目と右手でしょ」

魔法で椅子を動かし、目前に座ったヘルマンさんは胸ポケットから取り出した片眼鏡をはめると、いとも簡単にそう言った。

「右手？」

斜め後ろに座ったギルが言う。その不審そうな声色。藪《やぶ》を突《つつ》いて蛇百匹。

大捕物の予感がした私は、うんともすんとも返せずにお願いしますから黙っていてくださいと、ヘルマンさんをじっと見つめた。

「わかりますよ。なんたって僕、天才ですから。ああ、あの女《ひと》、別の魔法陣を使いまわしたんですね。それでこんな厄介な構成に。毛糸に絡んだ子猫よりひどい」

瞬きをしてください、と言われて何度かする。

「解けるか？」

「そうですねえ……」

団長が聞くと、ヘルマンさんの片眼鏡の表面に大小様々な紋様の青い魔法陣が浮かんでは消えていく。間近で見つめるその瞼が不機嫌そうに眇められるのを見て、あれっと思った瞬間にはもういつも通りの穏やかな表情のヘルマンさんに戻っていた。

「人間には難しいでしょうね」

「解けないんですか？」

「解けません」

無慈悲な両断。

「絶対に」

ダメ押しの追撃を受けて、ぐらぐらとする体を団長が支えてくれた。

祝われた、もとい呪われた能力。私はこの先、一生他人の性癖を覗き見しながら生きていかねばならないのだろうか。

私が一体何をしたというのか。

ただ脅されて、珍しい小石を拾っただけじゃないか。お伽話の登場人物でも、もうちょっとまともなきっかけで呪われているだろう。

「健康状態に問題はないか？」

「ああ、それは大丈夫です。ちょっと異常なくらい心身ともに元気です」

きっと鈍いんですねえ、とさりげなく酷いことを言うヘルマンさん。

「そうか……。先ほど人間には、と口にしたがそれは女神本人であれば解ける、という解釈で構わないか？」

「まあ、そうでしょうね」

「本当ですか⁉」

すっかり魂の抜けていた私は息を吹き返して飛び上がった。

「なんといっても〝女神様〟ですから」

眼鏡を外したヘルマンさんが皮肉そうに笑った。

「あの女《ひと》はいつもそうなんですよ。後先を考えない。愉快犯。享楽主義。徹頭徹尾、人間を小馬鹿にしている」

「ヘルマン、さん？」

ぽいっと小机に眼鏡を放り投げたヘルマンさんは爛々《らんらん》と目を輝かせていて、ちょっと新しい世界の人のように見えた。

「ああ、どうしてくれましょうかねえ。本当に、あの――」

続けて何か恐ろしい言葉が吐かれる予感がしたが、団長に目をギルに耳を、素晴らしい連携で見ざる聞かざるもう一つおまけに見ちゃいけませんされたおかげで、幸運にもその先を知らずに済んだ。

「――すみません。取り乱しました」

しばしの間、闇に放り込まれた後でようやく再会したヘルマンさんは、平然と言い切った。

「女性の前だ。気をつけてくれ」

ヘルマンさんはさすがの度胸とでも言えばいいのだろうか。騎士道精神の観点から団長が苦言を呈してもどこ吹く風で、優雅に真っ黒な紅茶っぽい何かを嗜《たしな》んでいる。

「解呪はあの女神にやらせるとして、説得する方法が問題です」

一刻も早く帰りたいという雰囲気のギルが話をまとめにかかった。

「あれが素直に言うことを聞くとも思えない」

ギルに促すような眼差しを向けられて、私は頷き返した。

「そうなんです。実は、一度失敗をしてしまって……」

性癖やらの部分を徹底的に省き、私とギルの身に起こったことをかいつまんで説明する。

泉の女神の一連の所業について、ヘルマンさんはあーはいはい、彼女そういうことしますよね、と元彼ばりの訳知り顔で聞いていた。

「……なるほど、そういう経緯でしたか。この件、団長はどうお考えですか？」

「今回の件はあまりにも悪質だ。二人からも一貫した証言を取れている。神殿への陳情を調べたところ彼女と同様、泉の女神に悪質な呪いを受けたという訴えが複数残っていた」

　何枚もの書類を差し出した団長は、最後に羊皮紙を一巻き取り出して、ヘルマンさんに開いて見せた。

「これはこれは。よく神殿が許可しましたね。それに随分、手回しが良い」

「友の会……いや、少し伝手を頼ってな」

　話が見えない様子の私に、ヘルマンさんに見せていた羊皮紙を手渡してくれる。ギルに見えるようにかざしたそこには捕縛許可の文字と神殿長様の署名が並んでいた。

「ローグ、並びに王国の恒久の平和を維持するため、我々第七騎士団は泉の女神捕縛計画を実行する。ヘルマン、君にはその監修を頼みたい」

「女神を捕縛なんて、できるとお思いですか？」

「できるだろう。その石と、君がいれば」

　間髪容《い》れずに言い切った団長に、ヘルマンさんは笑みを深め、肩を震わせて、最後には声をあげて笑い出した。

「あー。今日はなんてよい日なんでしょうか。初めて魔導書を手にした時よりも気分がいい！」

ひとしきり笑い転げたヘルマンさんが、涙を拭って続けた。

「いいでしょう。作戦の詳細については後ほど詰めさせてください。ただその前に、三つ、お願いしたいことがあります」

綺麗な指が一本、私の前に立てられた。

「一つ、この魔石の持ち主を探してください。品行方正な我らが団長殿は永久に貸借される予定のようですが、最悪の場合、持ち主から遠隔で呪いをかけられる可能性があります。正式に譲渡の契約を結んでください」

「元よりその予定だ。……既に君には持ち主の見当がついているようだが？」

「それは貴方も同じでしょう」

二人が答え合わせのような言葉を交わす。一体誰のことだろうかと考え込んでいると、目を爛々と輝かせたヘルマンさんが二本目の指を立てた。

「二つ、妖精を集めてください。夏至祭りに浮かれ騒ぐようなとびきり陽気な子たちをお願いしますね」

「夏至祭に捕縛を？」

ギルが尋ねる。

「その通り。昼が長く、夜の短い夏至の日は水の眷属《けんぞく》の力を削《そ》ぐのにちょうどいい。警備やら式典の準備やらで忙しいでしょうが、そのあたりはどうにかしてください」

あっさりと丸投げをするが団長は特に否やを唱えなかった。私も私なりに例年の準備の慌ただしさを考えて、前倒しにできるように予定を組み直していく。

「三つ、これが一番難しいのですが」

最後の三本目が立って、ヘルマンさんが首を振った。いつものぼんやりとした印象とは全然違う。他人の口に容赦なく匙を突っ込む時のヘルマンさんだ。

「ラウラさん、最近占いに凝っているそうですねえ」

「へ？」

聞きましたよ、とにこにこ笑われる。

「すごい評判らしいじゃあないですか。そんなラウラさんにぴったりのお願いがあるんですよ」

サシャ、ツェリ様とたった二件しかこなしていないが、随分尾ひれがついているらしい。嫌な予感がする。すごくだ。

「騎士団関係者の縁結びをしてください。なるべく多く、多少騒動に巻き込まれて水を被っても、怪我をしても文句を言わない。べんり……失礼、おおらかな恋人たちが必要なんです」

予感は的中したが全く嬉しくない。

縁結びをするということは人様の名状し難い場所を固唾を呑んで凝視し続けるということであり、人様の夜の生活をああでもないこうでもないと勘繰ることである。

不本意なことに清らかであるこの身には荷が重すぎると、私はようやく気がつき始めていた。

「そ、そんなの、今お相手がいる人たちに頼めば……」

女神様を捕まえるのと縁結びになんの関係があるのか。

どうやら人の心が欠けているらしいヘルマンさんが言う『便利な恋人』を集めるならば、既にいくらでもいるのではないだろうか。

「団長、ギルベルトさん、少し席を外していただいてもよろしいですか？」

唐突に言い出したヘルマンさんに躊躇《ためら》った二人だが、『呪いの内容に関することです』の言葉に渋々部屋を出ていってしまった。

待って、置いていかないで。この人と二人っきりにしないでほしい。

「ラウラさん」

扉に向かって手をのばす私の肩にぽん、と手のひらが乗せられた。

「僕の性癖、どうでした？」

「せ、せっ、せ、せいへき？」

声を綺麗に三回転半は裏返らせて、振り向く私。

「回数の内訳なども話した方がいいのでしょうか？　一回きり、ちょっとした気の迷いだったんですが」

スープを飲んだ時の顔が、結構良かったですよ。と、要らない情報を足してくる。

全部バレている。見なかったことにしていたが、ヘルマンさんもまた私をオカズにえっちなことをしていた。

平然とそれを言ってのけるところが、奇人の変人たる由縁である。

「僕が欲しいのは、祭りに浮かれる、『便利』で初々しい恋人たちです。夏至祭りに参加しないような旧《ふる》い付き合いの恋人同士は不可。偽物の恋人などもってのほかです。なにせ、あの女神、意外と鋭いところがありますからねえ。罠《わな》と見破られればおしまいです。一回限りの実験ですから。失敗の可能性はどんな小さなものでも極限まで減らしておきたいんですよね」

便利って言った。ついに言った。

『1　生意気な泉の女神をわからセックスで快楽堕ちさせる』

「ラウラさん。よろしくお願いしますね？」

マッドな一面が前面に出てきたヘルマンさんに両肩を掴まれては頷くより他になかった。

◇

第七騎士団の食堂は、お昼でもないのに賑《にぎ》わっていた。

『――占い、やります。』

粗末な木の板にやけくそのように書かれた看板を掲げて、天鵞絨敷きの小さな机に腰掛けた私。その前には騎士団のむくつけき団員さんたちと、可憐な女性職員とがわくわくとした様子で行列を作っている。

『ヘルマンが新しい魔法を考案したため、被験者を求めている。未婚かつ恋人のいない職員は積極的に参加するように』

魔の館から帰るなり下された団長命令は、初めは好奇心をもって受け入れられていた。

なんだろう、と呑気に訪れた男女は水晶玉の前に座る私の姿をとらえ、既に噂となっていた凄腕占い師ラウラ爆誕の与太話《よた》と結びつけて目をきらきらと輝かせた。

ヘルマンさんの実験台になった可哀想なラウラ氏が、とてつもない的中率で恋占いをしてくれるらしい。

ヘルマンさんという優秀なマッドサイエンティストが関わった結果、無駄に信憑性《しんぴょうせい》を帯びてしまった噂は尾ひれに加えて胸びれ、背びれまでをつけて、団内中を泳ぎ回った。

命令の段階でここまで見抜いていたならば、団長はさすがである。ちらりと隣を見上げると、穏やかな笑顔を返された。イケメンである。

「次の方、どうぞ」

「は、はい！」

そばかすの目立つ若い団員さんが、ちょっと緊張したような面持ちで前に出てくる。

『０　人妻萌え』

素直……。

わかりやすいがなんとも縁結びしがたい。それにきゅっと下唇を噛み締めて、こそこそとノートにメモを残していく。

人妻萌えに該当する未婚の女性。謎かけのような問題にしばらく頭を抱える。

不倫、ダメ。ゼッタイ。

泣く泣く保留の決断を下し、こう言った。

「歳上の、ちょっと高嶺の花の女性がいいと思います。ただし、道ならぬ恋は二人を不幸にします」

「す、すごい！　当たってる！」

好みのタイプの女性が当たったことに驚いたらしい青年が、敬意のこもった眼差しで私を見る。

そんな目で見ないでほしい。私は他人の性癖を盗み見る卑しい人間なのだ。

人妻はいいものだが、青年が昼のお花を咲かせないことを切に願っている。

「お相手が見つかったらご連絡します」

頷いた青年は所属と名前を残して去っていった。

「次の方」

「はい！　あの、お願いします……」

楚々《そそ》とした様子の可憐な女性が進み出る。

『0　筋骨隆々な男性を前立腺開発で女の子にする』

培ったポーカーフェイスが消し飛びそうな衝撃をどうにか耐えて、顔を伏せた私はリストをめくり出した。

「体の大きな男性がよいと思います。でも、可愛げがあって、全てを受け入れてくれるような」

受け、入れてくれるような。

他意なくそれっぽい言い回しになってしまったことに動揺して、慌てて第三部隊の項を辿る。余談だがサシャや部隊長をはじめ、なぜかその道の、「マのゾの」、ならぬ「魔の園」の人が集まりまくっている第三部隊に、私は畏れを抱き始めていた。

『8　女装して女の子になる』

備考欄には様々な特徴と共にむきむきと走り書きがしてある。

女の子になるのがどういう意味なのかは定かではないが、それなりに私をオカズにしているので女性にお勧めしても問題はないだろう。これは断じて私怨ではない。

「第三部隊のアダム・クライバーさんをお勧めします。筋肉質で心優しい男性ですよ」

「それは……素敵ですね」

小動物系の顔立ちの女性は一瞬だけ、女豹《めひょう》のような顔つきをした。
お手伝いをしてくれているフーゴさんがリストにメモを残し、後ほどお相手にも連絡する旨を伝えると女性は軽やかな足取りで食堂を後にした。
「次の方」
『6　脇舐め、汗だく、匂いフェチ』　第七部隊所属　男性　アダルトお兄さん
『0　えっちなお兄さんに粘着質に愛されたい』　料理係　女性　健康美人
「次の方！」
『12　おっぱいで窒息』　第五部隊所属　男性　中肉中背
『0　乳奴隷』　洗濯係　女性　たわわなお胸
「次の方！　どうぞ！」
『0　至高の眼鏡』　事務官　男性　眼鏡
『0　究極の眼鏡』　図書係　女性　眼鏡
性癖が、性癖が濃い。
なぜだ。田舎が悪いのか？　刺激のない田舎ゆえに若さという名の性癖の泉をこじらせてしまうのか？　いや、それは田舎に対して失礼というものだろう。
眼鏡に至ってはもう意味がわからない。
人間はね、眼鏡をするためにこの世に生まれてきたんじゃないんだよ。人間が先。眼鏡は

後。人権を見失わないでほしい。人間を、見よう。

――とにもかくにも、私はこの後も騎士団中のあらゆる性癖のあらゆる凹《おう》と凸《とつ》をくっつけてくっつけてくっつけまくった。

独断と偏見に基づきながらカップリングできればいい方で、『0　鏡を見ながらの恍惚《こうこつ》俺ニー』、『0　ヤギの尻』、『0　井戸の底』というような、一体どこをどうやって相性占いをしたらいいのか、という人もいる始末。

くっつけた方はといえば、性癖から密かな片想いの相手が特定できそうな微笑ましいカップルもいれば、全く接点がないにもかかわらず恐ろしい相性の良さをみせた二人もいる。

結果は後日になるまでわからないが、こうなってくると何かやりがいのようなものまで生まれるから不思議である。

そして、私の性的な知識が未経験のままで上限に達しそうなことについては、もはや触れないでおこう。

「少し休憩しよう」

占いを続けた結果、性癖という名の宇宙に思いを馳《は》せ始めた私に団長が提案してくれる。飲み物をとってきてくれるという優しすぎるその背中を見送っていると、からかうような言葉がかけられた。

「こっちに売れっ子占い師さんがいるって聞いたんだが……。どうやら閉店中らしい」

「ヨハンさん」

べったりと机に伏せた私の前に、ヨハンさんがクッキーを置いてくれた。

「差し入れ。ちょっと根を詰めすぎじゃないか？」

「……ありがとうございます」

バターのきいたクッキーは口に入れるとほろほろと崩れる。

疲れた頭に染み渡るような贅沢な味わいに私は舌鼓《したつづみ》を打った。

「お？　食ったな？」

「え？」

和んだのも束の間、頬杖をついたヨハンさんが悪戯な顔で私を見た。

「賄賂《わいろ》を口にしちゃあ、もう断れないよな」

「差し入れって、言ったじゃないですか！」

「さあ、記憶にないな」

いけしゃあしゃあと嘘をつくヨハンさんとクッキーを見比べる。

ばっちり歯型のついているそれを、まさか今更返すわけにもいくまい。一体どんなことを命じられるのかと冷や冷やし始めた私を見て、ヨハンさんはちょっと悪い顔で笑った。

何をしてもらおうかな、とにやにやする姿がまるで演劇の悪役のように様になっている。

風の噂によると、顔の良いヨハンさんは街の女の子の間で初恋泥棒として有名で、前科百犯は堅いらしい。

「と言っても、あまり無茶なことを言うと団長が怖いしなあ。ここは一つ、占い師様の恩恵にあずかろうか」

「んっぐ！」

食べてしまったものは仕方ないと、残りのクッキーを呑気にむしゃむしゃやっていた私は、ヨハンさんの言葉に喉を詰まらせた。

「ラウラ君、物はゆっくり食べなさい」

戻ってきた団長が慌てて冷たい紅茶を差し出してくれる。

「占い、ですか？」

とんとんと胸のあたりを叩いてから、改めてヨハンさんの性癖を確認した。

『2　コンプレックス持ちの可愛い豚女を無様セックスではめ倒した後に溺愛後戯』

この際、オカズにされた回数は置いておこう。数時間前こんにちはした時と一文字たりとも変わらない一文。ワンダフルな性癖揃いの騎士団の中でもモーリッツさんと並んで鬼畜、もとい独創的な部類の性癖であるが、幸か不幸か、私には心当たりがあった。

「ヨハンさんは、」

性癖こそ特殊だが、ヨハンさんは親切だし間違いなくいい人だ。

性癖と性格は別。溺愛の二文字を信じよう。駄目なら駄目で事務官のみんなで責任をもってヨハンさんを闇討ちしよう。

「優しくて親切な、一緒にいると癒される目の綺麗な女の人がいいと思います」

「目の綺麗な人か。そこだけ随分具体的だね？」

いつも通り相手を思い浮かべて適当な占い結果を述べると、興味深そうに眉を上げられる。

見透かされるような視線に内心どきどきしながら、咳払いを一つした。

「洗濯係のニコラさんがよいと思います。とても素敵な方ですよ」

『0 顔の良い男性にブスだと罵られながらえぐいほどいじめられたい』

お茶会で把握したニコラさんの性癖にはコンプレックスというか、夜の営みの際に容姿に関して言及されたいという強い意志が感じられる。

無様セックス、豚女、の字並びは衝撃的だが、ヨハンさんの語彙で可愛いぽっちゃりさんをいじめたいという意味であるならば飲み込めはしないが納得はする。

……無理があるとか言わないでほしい。

「驚いたな」

ヨハンさんは目を丸くしていた。

「特に話を聞いていたわけじゃないんだろう？」

なんのことかわからず首を傾げると、心底感心したように理由を話してくれた。

「実はもう、何度かお茶に誘ってるんだけど、いつも逃げられるんだ。ほら、彼女、可愛いだろ？」

ちょっと内気なのと、鼻が好きなんだ。と続ける。私が深く頷くと、ヨハンさんは嬉しそうに破顔した。

「占いの結果は彼女にも伝えてくれるのかい？」

「もしよければ、私の方からお伝えしておきます。ニコラさんが信じてくださるかはわかりませんが」

「十分。後は自分でなんとかするさ」

ヨハンさんは機嫌が良さそうにそう言って、クッキーの包みを丸ごと、私の前に置いてくれた。

「ヘルマンさんはさすがですね。団長の慧眼にも感謝しないといけないな」

立ち上がったヨハンさんは、団長と私の顔とを見比べた。

「ところで、一つ気になるんですが……、団長はもう彼女に占ってもらったんですか？」

爆弾一つ。

余計なことを言い出したヨハンさんに目を剥くと、悪びれない顔で両手を挙げられた。

「いや」

「団長はこういうのに興味ありませんよね！」

「手が空いたら頼もうと思っている」

食い気味に勝手な代弁をした私を見つめてから、団長が答えた。

「今夜にでも」

「それは楽しみです。一体、何が見えるのやら」

性癖です。

心の中で呟いた私を残して、爆弾魔ヨハンさんは爽やかに去っていった。

(……ニコラさんに話すのやめようかな)

団長の視線をつむじに受けながら、私はこの状況を切り抜ける方法を必死に探っていた。

◇

「や、や、やりました！」

夕まぐれ、鳥の鳴き声の聞こえ始めた窓の外。

一日でげっそりと面《おも》やつれした私は、人だかりのなくなった食堂を横目に二つの名前が綺麗に並んだ極秘リストを天に掲げた。

見て、見て、見まくった、その性癖の総数、およそ云々百個。自分がオカズにされている確率、ごにょごにょ割。

人間の深淵《しんえん》を強制的に覗き込まされ、廃人になりかけている私が手渡したリストを見て、団長が頷いてくれた。

「泉の容積を考えてもこれだけ集めれば問題ないだろう。まさか一日でやりきるとは思わなかった。君は偉いな」

努力家、優秀、素晴らしい。

そんなふうに団長から惜しげもなく賞賛を与えられる至福の時間を味わう。

何を隠そうこの私、褒められるために仕事をしていると言っても過言ではない。一日一褒めは欲しいので、砂糖に蜂蜜をかけたような団長の褒め言葉は大好物である。

「ラウラ！　ラウラ、ラウララウラ！」と、団長もいるな！」

とはいえ、ここら辺で謙遜でもしておこうかと、でれでれと面《おもて》を上げた私に向かって、雷鳴のような声が飛んできた。

「俺もやってくれ！　占い！　俺とアデーレの縁結び！」

猪突猛進、ローグの森の高品質な木材で作られているはずのテーブルと椅子を竜巻のように巻き上げて、直線コース一択でこちらに駆けてくるのは第七騎士団無敵のトラブルメーカー、第五部隊副隊長のウォルフさんだった。

「ウォルフ……備品は丁重に扱うように」

ウォルフさんの積み上げる始末書、請求書、苦情、クレーム、罵詈雑言《ばりぞうごん》。その他諸々《もろもろ》の犠牲になっている人間ランキング第三位の団長が頭を抱える。

ちなみに第二位はウォルフさん付き事務官のアデーレさんで、第一位はウォルフさんの上官である胃弱ジェントルマン、第五部隊隊長だ。

「備品？　あっ、すんません」

振り向いたウォルフさんが、可哀想なテーブルの群れを慌てて直していく。

ぼさぼさの銀髪に日焼けした肌、首輪のようなアクセサリー。雑に着崩した騎士服からは鍛えられた肉体がはみ出している。

アルベルトと同じくらいに背の高いウォルフさんだが、脳筋、もといむつきむきなアルベルトと比較するとしなやかで野生的な印象がある。

「直しました！」

ガタガタになったテーブルの群れを示してにかっと笑顔を見せるウォルフさん。鋭めの犬歯がぴかぴか光っている顔は、犬科っぽい無邪気さがあって憎めない。

「もう少し視野を広げて生活しろ。他人を巻き込んだらどうする」

「あ、はい……」

何より団長の指摘にしゅんと肩を落とす様に、同族意識のようなものを感じてならない。

「それで、彼女に用事があったのだろう？」

「あっ、はい！　俺、そこで噂を聞いて！」

お説教には至らずに切り上げた団長が話を促すと、落ち込んでいたウォルフさんが金の目をきらきらと輝かせた。そこ、と適当な場所を指さしてみせる。

「ラウラがアデーレと俺をくっつけてくれるって！　結婚！」

ウォルフさんと言えば、知的美人事務官のアデーレさんへ毎朝求婚を繰り返していることで有名である。

ある時は薔薇の花束を手に、ある時はとれたての鶏を手に、またある時は自分の背の丈ほどもある袋いっぱいにアデーレさんの大好きな本を詰め込み、貢いで、貢いで、貢ぎまくり、結婚してくれと叫んで、叫んで、叫びまくっている。

アデーレさんは、その全てを断って、断って、お断りしまくっている。ある時は横を素通りして、ある時は土下座する背中を跨《また》いで、またある時はちょっとだけ気がある素振りで袋の中を覗き込んで。

アデーレさんの決まり文句、『お断りします』の一言を聞きたいがために早起きをする団員さんがいるのは、以前にも申し上げた通りである。

「少し誤解があるようだが」

興奮しやすい性質のウォルフさんに、団長が待ったをかける。

「相性占いをするだけだ。ヘルマンが新しい魔法を考案していてね。それを試している。だから、君とアデーレ君にとっていい結果が出るとは限らない」

「それです！　相性は大丈夫です！　絶対ぴったしなんで。そんで、ラウラがぴったしって言ってくれたら、相手と結婚できるんですよね？」

顔中で笑っているような明るい笑顔のウォルフさん。わかってないような気がする。

「……再三注意していることだが、アデーレ君にも立場がある。君の事情を考慮しても、副隊長の君が事務官のアデーレ君に無闇に関係を迫るのは感心しない」

いつものとは違う、少し厳しい口調。温度を下げた空気に傍らの団長を見上げると、目が合って、逸らされた。

「無闇って、そりゃ毎朝断られてますけど、アデーレの匂い的にも、間違いないっていうか……。あれっす、えっと、団長とラウラみたいな！　二人だって、つが、つー、つ、つ付き合ってんですよね？」

「いや、」

「ち、違いますよ！」

なんてことを言い出すのか。ただでさえ難しい状況だというのにとんでもない誤解を受けて、私は思わず両手を振った。

「ありえないですよ！　団長に失礼です」

「え？　でも、ぷんぷん臭うっていうか……ラウラ臭が、この」

不思議そうに首を傾げたウォルフさんが団長を見て、自分の喉のあたりに手をやった。

「ラウラ臭？」

まさか名付けられるほど独特な臭いを発しているのだろうか。

この平凡顔、せめて清潔感くらいは、と気を配っているつもりだったが、少し不安になって腕のあたりのにおいを嗅いでみる。

いかんせん蒸す季節である。

「ウォルフ？」

「やっ、なんでもないっす！　団長の言うこともわかるんですけど、アデーレは鼻が利かねぇし、綺麗だから野郎がたかるし、いや、そういうところも好きなんですけど。盗られたら死ぬっていうか、何するかわかんねえっていうか……。団長だってそうっすよね？　立場あったら我慢できるんすか？　もたもたしてたら横から掻っ攫われるのに」

ウォルフさんがさらりと物騒なことを言う。

「仕事に私情は持ち込まない」

「えぇ……？　さすがに嘘っすよね？」

職場恋愛否定派らしい団長が両断すると、ウォルフさんは珍しく、全然信じていないという顔をした。

「とにかく！　アデーレさんとの相性を占えばいいんですよね？」

職場恋愛は駄目なんだ。

巻き込み事故で傷ついた心を押しやって、混沌としてきた状況をまとめにかかる。

「ああ！　アデーレと結婚させてくれ！」

人類をアデーレさんとそれ以外に分けている節のあるウォルフさんがぶんぶんと頷いた。相変わらず何か勘違いしているらしいが、まあ、いいだろう。所々毛皮の巻きついた、自由すぎる団服を見下ろして、名状し難い例の場所に視線を集中する。

『0　番《アデーレ》と獣化獣姦』

「じゅっ……」

短めの文章に二回も含まれる単語を見て、私は口を押さえた。わくわくとした様子のウォルフさんの頭を見て、もう一度団長の方を見た。

「ウォルフさん！　ちょっといいですか！」

「なになに？　どうだった？」

立ち上がって腕を引っ張ると、ウォルフさんはあっさりとついてきてくれた。食堂の隅の、じめっとした空間に連れ込まれても目をきらきらさせている。

「つかぬことをお伺いしますが……」

「おう！　なんでも聞いてくれ！」

獣姦までならまたレベルの高い性癖が現れたな、と思うくらいだが、番、獣化の文字が並ぶとさすがの私でも察するものがある。また一つ、要らぬ秘密を知ってしまった。

「ウォルフさんは、獣人なんですか？」

獣人といえばこの牧歌的な王国、さらに辺境のローグでは滅多に見かけない種族だ。

遠い南の地には獣人さんたちの国があり、そのさらに向こうの国では迫害など複雑な歴史を辿ってきた種族だと聞いたことがある。

だが、国民の九割が人間族とはいえ、大らかという名の呑気な国民性をもつこの国ではそんな事情はどこ吹く風、おおむね好意的に受け入れられている。

とはいえ、隠している本人にとっては繊細な問題かもしれない。

私なりの気遣いで、こうしてこそこそと耳打ちしたわけだが、ウォルフさんの回答はシンプルかつベリーベリー大声だった。

「なんだバレてたのか。ああ、獣人だぜ！　それも狼。純血。絶滅寸前。珍しいだろ！」

耳がきんきんする。距離感。大事。知ってほしい。

「そう、なんですね」

目をチカチカさせた私の肩に手を回して、ウォルフさんが楽しそうにくるりと振り返った。

「団長！　すんません、なんかラウラにはバレたみたいです！」

あー、焦った。とウォルフさんが呟くと、ぼん、となんとも言えない音がして、ふさふさの尻尾と耳が現れた。

「――っつーわけで、秘密にしといてくれよ？」

あっちこっちするウォルフさんの身の上話をまとめるとこうだった。

ウォルフさんの一族は元は遠い異国の地で、山羊なんかを食べて楽しく暮らしていたそうだが、ある日悪い魔法使いが現れて住んでいられなくなったそうだ。

流れ流れてこの国にやって来てからは、鹿なんかを食べて愉快に暮らしているのだという。

なんで秘密にしているのかというと、面倒だから。だそうだ。シンプルである。

「でもなんでわかったんだ？」

俺、人化だけはうまいんだぜ、とウォルフさんが右手をぐーぱーさせると、肉球のついた獣の手と人間の手が交互に現れる。

「それは……」

「ヘルマンの魔法のせいだ」

痛いところをつかれて黙った私の後を団長が引き取った。

「へー！　すっげー！　スライム食うやつはやっぱ違うなぁ」

幸い、さっぱりした性格のウォルフさんはそれで納得してくれたらしい。

「で、ラウラ、俺の占いどうだったんだよ？　アデーレといつ結婚できる？　明日か？　明後日か？　まさか来週か!?」

「あばばばば」

がぶり寄りで近寄って、肩を掴まれる。そのまま揺さぶられるので、うまく口が開けない。

「ウォルフ」

「あっ、す、すんません」

ぶんぶんと振れていた尻尾が垂れ下がって、視界が安定する。

「ラウラも、ごめんな？」

「だ、大丈夫です」

三歩下がって膝をつくウォルフさんは、なぜだかちょっと怯えているようにも見える。

「えっと、アデーレさんはウォルフさんのことを知らないんですよね」

『ヤンデレ気味なもふもふ系狼獣人に朝も夜も種付けされて愛されたい』、アデーレさんの性癖なら、ヤンデレのくだりはともかくとして、ウォルフさんはこれ以上ないほどぴったりくるだろう。

「あー、た……」

ウォルフさんはふいっと、窓の外を見た。

「多分、」

「多分？」

「多分、バレてる」

「ウォルフ……」

背後からちょっと呆れたような声が聞こえた。

「隠す気があるのか？」

「いや！　しょうがなくて！　ちょっと、興奮してこう、尻尾と耳がですね。あとちん、」

背後からのびてきた団長の手に両耳を塞がれる。

ぱくぱくと、口を動かすウォルフさんは引き続き何かを言っている様子だが、くぐもっているせいでうまく聞き取れない。

「――とにかく不発、というか暴発だったんで！　めちゃくちゃ我慢しましたし、指一本触れてないです。靴のにおい嗅いでるところは見られましたけど、まじどうでもいいって顔されたんで」

どんどん青ざめていくウォルフさん。真後ろから伝わってくる怒りのオーラ。

団長のお怒り具合をあえてレベル分けするなら、三桁は通り越している。真正面から受ければトラウマ体験ができること請け合いだ。

「あとで執務室に来るように。お前を野放しにしていた俺が馬鹿だった」

くーん、と子犬の鳴くような声が聞こえて、ウォルフさんが黙り込んだ。

「あ！　アデーレさんは、狼が好きなんですよ！」

気になる単語が並んでいたが、お葬式のような雰囲気に挟まれていては詮索もできない。必要以上に明るい声を出してみる。

「こう、もふもふした毛皮が」

「毛皮なら俺、自信あるぜ！」と、消沈していた顔色が浮上し始める。

毎日水浴びしてるぜ！

「それからヤンデレ……っと、執着心が強そうな男性が、お好みらしいです」

「しゅ、しゅうちゃくしん」

難しい単語にウォルフさんが戸惑った顔をした。

「相手のことが好きだと、率直に表現する人です。誰にも渡したくないというか」

「はいはい！　おれ！　俺！　それ、俺じゃん！　絶対やだ。アデーレが他のやつと番になったら八つ裂きでも足りねえから、細切れにして猪《いのしし》の餌にして、そんでその猪を食ってやろうと思ってる！」

「へ、へえ……」

なにそれ、怖い。

強制食物連鎖にもほどがある。

「そしたらさあ、食ってやったってアデーレにも教えてやるんだ。食ったらそいつが俺の血肉になるだろ？　つまり、そいつは俺になるだろ？　アデーレも諦めてくれると思うんだよね」

「団長、あの……」

振り返らずに裾を引くと、肩に手を置かれた。

「獣人とはこういうものなんだ。アデーレ君には既に守りの呪いを渡してある」

「よかった、です」

鉄分多めな幸せ家族計画を語るウォルフさんを横目に、こそこそと囁き合う。

「とにかく、俺が獣化して毛並み撫でさせて、敵認定したやつにやりたいことをアデーレに話せば、アデーレは結婚してくれるんだな？　なにそれ、めちゃくちゃ簡単じゃん！　全然気づかなかった。天才かよ！」

左右に振られる尻尾。

「俺、行ってくる！　団長！　明日から二人で休むかもしれないっす！」

「ウォルフさん！」

「おう！　ラウラ！　ありがとうな。今度鶏持ってくな！」

「ありがとうございますって、そうじゃなくてですね！」

「なに？　豚の方がよかった？」

「アデーレさんに酷いことしないですよね？」

今にも駆け出さんとしていたウォルフさんが目をぱちくりさせる。

「なんで？　しねえよ？」

そんなこと思いも寄らないという顔に、胸を撫で下ろす。

「アデーレには」

不穏な一言を付け足したウォルフさんは、来た時と同じくらいの唐突さであっさりと部屋を出ていった。

「だ、だ、団長！」

どうしましょう、と団長の裾にしがみついてそれを引く。

「大丈夫だ。アデーレ君の持つ魔道具ならば、ウォルフでも無力化できる」

ウォルフの首についていた首輪を見ただろう、と安心させるように言うと、てきぱきと魔法陣を練り、アデーレさんへ伝令を飛ばす。手のひらサイズの仔竜は、一度だけあくびをすると風のような速さでウォルフさんの後を追いかけ始めた。手慣れた動作に今までの団長の苦労がしのばれる。

他人の恋路に口を出すものではない。

——私、普通の事務官に戻ります。

最後の最後で恐ろしい蛇ならぬ狼を出してしまった私は、占い師廃業を固く心に誓い、団長と家路についた。

ヨハンさんが残していった爆弾を思い出したのは、数時間後のことになる。

第五章　開けちゃダメな箱は開けちゃダメ

「ラウラ君、その、この姿勢は……？」

目下、私が居候をしている団長の私室のバルコニー、夜風の気持ちいいそこからはお屋敷の裏庭が一望でき、初夏の蔓薔薇《つる》が甘い匂いを運んでいる。

「そ、その、呪いの発動に必要でして…… あっ、もしお嫌ならいつでもやめることができます！」

やめましょう。ぜひやめましょう。

爆弾魔ヨハンさんが余計なことを言ったせいで、寝る前に占いをする羽目になった私は、椅子に座った団長の前に跪いていた姿勢から急いで立ち上がろうとした。

「……………いや、構わない。続けてくれ。だが、せめて席を立ってもいいだろうか？」

生物学上女性の私を跪かせていることを気に病んだらしい団長が立ち上がる。

「ありがとう、ございます……？」

我らがディルク団長は股下が恐ろしく長いので、立ち上がると例の場所を見上げるような姿勢になってしまう。

結果的にさらにまずい姿勢になった気がするのだが、いいのだろうか。そう思って見上げると、団長は真面目な顔をしている。紳士である。

「失礼します！」

「っ、あ、ああ……」

自分だけが邪なことを考えていた気がする。恥ずかしくなった私が、えいっと鼻先を近づけると、団長は少しだけ身じろいだ。

こんがらがった団長の性癖は、近くで見ると、まるで蛇のようにとぐろを巻いてゆっくりと自転している。

「ラウラ君、つかぬことを聞くが、なぜ俺だけ、近くで見なくてはいけないのだろうか」

こほんと咳払いをした団長をよそに、おでこがくっつきそうなくらい顔を近づけていた私は、読み取れた生々しい文言に、次の瞬間、頭のてっぺんから爪先までを赤くした。

◇

テオドリック・フォン・クラウゼヴィッツは生真面目な男だった。

代々将軍職を拝命する武系の名家に育ち、幼い頃より武芸は当然のこと、戦術から立ち居振る舞いに至るまで厳格な躾を受けて育った。分別と節制、勤勉と清貧こそを良しとされ、テオドリック自身それになんら疑問を抱いたことはなかった。性分に合っていたのだろう。

けれど、いつからだろうか。

やれと命じられたことについては、期待の倍の成果を出さなければならないと、知らず知らず換算してしまう。

なまじっか優秀にこなしてしまうせいで周囲の期待は跳ね上がり、膨らむ期待と共に『当然』の閾値《いきち》が上がっていく。

なんら悪いことではない。国を守る騎士たる自分が魔物の討伐や治安維持で成果をあげれば、あげた分だけ国は豊かになる。期待はいつしか責任にとって代わり、出どころのわからない焦燥感が訳もなく自分を責め立てる。

より早く、より強く、より効率的に。そうして完璧に仕事をこなさなければ。騎士である自分の失敗は無辜《むこ》の民に降りかかる。

そう信じ込み、いつしか息をすることさえ間違えられないような気分になっていた。

『全く、傲慢』

老将軍は話にならないという顔で髭《ひげ》を撫でつけた。

『結局のところ、お前は部下の能力を信用してないんじゃろ。それかなんでもかんでも自分が一番うまくやれると思い込んでおる。さもなくば自罰趣味の変態じゃ。神官のが向いとるわ』

あんまりな言いように表情を曇らせると、たてつけるもんならたてついてみい、と職権を振りかざされる。

『決めた。お前は田舎送りじゃ。羊でも眺めながらそのがちがちに凝り固まった頭をほぐしてこい。ついでに嫁さんも見つけてこい。このままだとうちの馬鹿息子にアマーリエちゃんを押し付けられるぞ』

可愛い孫娘が不幸な結婚をするのは見たくないからの、と常日頃から彼女の高慢に頭を悩ませている将軍が首を振った。

命令となれば否やはない。

貴族にありがちな反感も、若い騎士にありがちな葛藤もなく長閑な辺境の地に送り込まれたテオドリックは彼女に出会った。

「ディルクさん、見てください、メエメエ鳥がいますよ」

先ほどまで勉強部屋でくしゃくしゃに萎《しお》れていた少女がそんなふうに裾を引く。

老将軍の提案を受け入れた彼女はテオドリックの下で試験勉強に勤《いそ》しむことになった。

勤務前後の僅かな時間と、五日ごとの二日間の休日。上司命令で空けた時間だったが、家庭教師の真似事のような穏やかな時間を、テオドリックはいつしか心待ちにするようになってい

た。

「メエメエ鳥？」

小声で囁き返すと、彼女は人懐っこい笑みを浮かべて林檎《りんご》の木の上を指さした。

見れば王都では見かけないような、鮮やかな配色の鳥が羽を休めている。

「メエメエ鳴くからメエメエ鳥です。私の故郷だと、見れば幸運が訪れると言われていて、なによりすっごく美味しいんです」

「食べるのか……」

幸運の象徴を。

なんだか罰当たりなような気がする。いやしかし、幸運を我がものにするという意味では理に適《かな》っているような気もしなくない。

そんなことを真面目に考え始めるテオドリックをよそに、幼馴染がよく獲《と》ってきてくれたんです、と思い出話を始める彼女。

「嫌にならないか？」

その横顔があまりにも穏やかだからだろうか、そんなことを聞かずにはいられなかった。

「嫌、ですか？」

彼女はよくわからないという表情で首を傾げる。

「こんなにも唐突に、故郷から離れた場所に連れてこられて。俺の勘違いかもしれないが、時々……ひどく疲れているように見える」

そうしてあの緑の草原を懐かしんでいるような表情を浮かべる。

「そんな顔をしてましたか？」

瞠目《どうもく》した彼女が焦った様子で自身のほっぺたを押さえる。

「だとしても勉強に疲れてただけだと思います！　私、将軍閣下はともかく、ディルクさんには本当に感謝してるんですよ。団長さんで、お仕事でお忙しいのに、私なんかのために時間を使ってくださって」

「俺は、君との時間を大切に思っている」

彼女の明るさや言動には癒されるし、そのおおらかさには学ぶところが多い。

彼女の故郷からローグに至るまでの旅の途中でも、何度も驚かされたものだった。

子猫が降りられなくなったと聞けばスカートを巻き上げて大木によじ登り、井戸の底に子犬が落ちたと聞けばずぶ濡れになるのも厭《いと》わずに降りていく。

わんぱくで善良なその行動力には尊敬の念さえ抱いている。

嘘偽りのない本心を伝えると、彼女はなぜか落ち着きなく視線を彷徨《さまよ》わせた。

「あ、ありがとうございます。そ、れは嬉しいですが……。えっと、あー、なので！　全然平気です。そりゃ最初はびっくりしましたけど、新しいことってすごく面白いですし、ほらメエ鳥は回り道に尾羽根を落とすって言うじゃないですか」

「初耳だが……」

そうなんですか？　と彼女が目を見開いた。彼女の故郷ではふてぶてしい顔つきのあの鳥が随分愛されているらしい。

「方言みたいなものなんでしょうか。間違えたり、ちょっと違う道を選んでみると思いがけないいことがあるっていう意味なんですよ。まあ、私はなんでもかんでも間違えすぎなんですが」

過ちを肯定する。

これまでそういう考え方もあるだろう、程度にしか受け止めてこなかったことが不思議と胸の奥まで落ちてくる。それは彼女をはじめとする辺境の民のおおらかさに触れたからかもしれないし、常に見張られているような王都の生活から離れたせいかもしれない。

「だから、ありがとうございます。私に新しい世界を見せてくださって」

幸運の後ろ姿を見送った彼女が、屈託のない顔で笑う。

感謝をするべきは、自分の方だ。

焦燥感はいつの間にか消えていた。

初夏の強い風が吹いて、彼女の髪を巻き上げる。白く儚い手が風を捕まえるように、空の中に上がる。指先がその青に染まってしまうのではないかと考えて、束の間、腹の底をつくような妬心に駆られた。

（だから俺は、彼女を、）

◇

『──ラウラ君を、他の何者も目に入らないよう独占したい。柔らかい牢《ろう》に閉じ込め、手足を繋いで、自分だけを愛するように耳先から爪の先まで愛でて、じっくりと快楽に依存させながら、』

これは小説ですか？　いいえ、違います。これは性癖です。

ついでに言うと性癖大辞典でもないし、官能小説の類《たぐい》でもない。

牢とか目隠しとかなんとか、ほにゃほにゃをぴーしてぺけぺけするとか、禁止用語に引っかかりそうな単語がずらずらと並び、団長、意外に鬼畜なところもあるんですね、とか思ったりして……アッ、今、泣き顔とか見えませんでしたかね。いやいや気のせいだ。まさかまさか無類の紳士である団長がそんな濃ゆい性癖を、焦らし、懇願、きじょうい、こうそく……あ、あ、ああ……。

驚くべきはその守備範囲の広大さである。

ローグの森何個分ですか、と言いたくなるほどの多様性。昼間の性癖百人斬りで耐性ができていなければ初日同様、ぶくぶくと泡を吹いて気絶していたことは請け合いだ。

自分でも本当にどれだけ団長のことが好きなんだろう、と思ってしまう話だが、この性癖を見せられて、湧き上がってくる感情は恥ずかしさだけではなかった。

ひょっとして、という思いから、熱くなった頬を押さえて、団長の顔を見上げた。

「ラウラ君？」

団長は少し驚いたような表情で、私の顔を見下ろしている。

こんなこと、考えるのもおこがましいけれど。

……団長は、ひょっとして、私のことが好き、なのではないだろうか。

◇

（——団長が私のことを好き）

団長の性癖を知った翌日、来客を告げる文官さんが来たのをいいことに、執務室を抜け出した私はうろうろと騎士団の廊下を彷徨っていた。

慣例として、貴族をはじめ偉い人の来客時には我々事務官ではなく、顔良し、頭良し、家柄良しの王都から派遣された上級文官のみなさんが対応することになっている。

実際、黒い魔石の持ち主に命を狙われている（仮）私を心配した団長は、応接間まで私を連れていってくれようとした。だが、団長を呼びにきた上級文官さんが、ちょーんと擬音がつかんばかりにみすぼらしい様子の私に目を落として、『これはちょっと……』という顔をして見せたので、居た堪《たま》れなくなって丁重にご遠慮申し上げた。

確かに、まつ毛に羽根ペンが何本載りますか？　と言いたくなるほどゴージャスな美青年の上級文官さんには敵わないがいささか露骨ではないだろうか。

少しだけ気分を害した私は、彼の股間に光る『赤ちゃんプレイ』の字面を見て心を落ち着けていた。性癖を見て心を落ち着けるようになるとは我ながら末期である。

きっとものすごく偉い人が来たのだろう。

渋っていた団長も文官さんに差し出された来客名簿を見ると態度を軟化させて、騎士団の駐屯所から出ないならば、という条件付きで私がそばを離れることを許してくれた。

「知らない人間にはついていかないように」

団長の召喚獣であり、今までも私のお目付け役を任されたことがあるいつもの仔竜を召喚した団長は、真剣な眼差しでそう言った。

「それから、道に甘いものが落ちていても食べてはいけない。行動する前に一度深呼吸するのを心がけるように」

なぜか私の肩に黄色いスカーフを巻きながら、子供をおつかいに出す父親のように言い聞かせてくる。

身長差があるので無駄にそれっぽいのが危ない雰囲気を出しており、放置された上級文官さんは何か異様なものを見るような眼差しを向けてくる。

言いたいことはわかるが、赤ちゃんプレイも幼児扱いも同じことだろう。

……アッ、ため息をつかないで！　私は不服なんです。でも上司には逆らえないんです。

さすがに抗議してもいいだろうかと顔を上げた私は思いのほか間近だった団長の、夜明け前の色をした綺麗な瞳を見て、思わず目を逸らした。

どんなに不満があろうとも、片想いの相手の目を至近距離で見つめること、すなわち負けである。

「……拾い食いは、しません」

森の中じゃないんだから、と心の中で付け足した。

昨夜からこんな態度ばかりとっている。


(――団長が私のことを好き)

少し早足で、野鼠か何かのようにひたすら廊下をぐるぐる歩きながら、私はその言葉を繰り返していた。

(そんなこと、あるわけない)

片想いが過ぎて夢でも見たのではなかろうか。

なんたって、道端のお菓子を食べる人間だと思われているんだぞ。そんな人間を好きになるだろうか？　と、いつもの、守りに入る声がする。予防線は大切だ。

もうすぐ夏だというのに、まだ肌寒い初春の埃《ほこり》くさい風の匂いがして、私は思わず足を止めた。その様子を見た仔竜が心配そうに、私に頬擦りをする。

採用試験を終えた日。

いつもの公園の、いつもの木の下で、私を待つ団長はこんなふうに仔竜と戯れていた。

それを見た私は息を切らせながら駆け寄って、それからぶつからない距離で立ち止まって、息を整え抑えきれない笑顔を押し込めると、おかしなことに、私よりずっと緊張した様子の団長にこう言った。

「もう、ディルクさんなんて呼べませんね」

団長は言葉の意図をはかりかねているようだった。

「これからは団長とお呼びしないと。試験、受かりました！　合格って、試験官さんが！」

両手を挙げて喜びを爆発させた私が、ごめんなさい。びっくりしましたか？　と、たちの悪い冗談に謝罪の言葉を重ねる前に、団長の大きな体が私を抱きしめていた。

「……おめでとう」

どれくらい抱きしめられていたのかは、今でもよくわからない。

団長はぼうっとしてしまった私の頭をそっと撫でると、大きな革張りのケースを渡してくれた。

中には、自動筆記ペンではない普通の、けれど今まで見たことがないくらい綺麗な青いペンが収められていた。

きらきらと極彩色に輝く螺鈿《らでん》細工はメエメエ鳥の形をしていて、驚いて顔を見返した私に、団長は、幸運の象徴だろう、と少し照れたように微笑み返してくれる。

団長にとってはささやかな心遣いだったかもしれないが、それが私にとってはどんなに嬉しかったか。

ただの思い込みと言われればそれまでかもしれない。

けれど、自動筆記ペン一つ使えない。どこにも必要とされていなかった魔力無しの私を、できないからと遠ざけもせず、ありのままで、初めて受け入れてくれたのが、団長だった。

嬉しいのに、少し苦しくて、思い出すだけで泣きそうになるような思い出。

私の生きている中で、あんなに綺麗な瞬間は後にも先にもないと思う。

だから、あの光景を傷つけないためならなんだってできた。

老将軍閣下のお孫さんに立場の違いを思い知らされてもへらへらしていられたし、自分の気持ちを閉じ込めることだって平気だった。

時が来るまで団長のそばにいて、いつか、その日が来たらなんでもないような顔で見送れると信じて、悲しいことからは目を背けて、ただ、毎日を積み重ねていくだけで十分だった。

(それがまさか)

聞いてない。

廊下の真ん中で頭を抱える。

恥ずかしい話、もはや認めるしかないが、私は団長のことが大好きだ。

これでもし、性癖と好き嫌いは別です。名前こそ挙げていますが団長は私のことなんて全然好きじゃありません、となったら、わりと本気で絶望する自信がある。

いや、まさか。という気持ちと、けど、もしかして。という気持ちの間で、揺れに揺れている。

揺れている原因が、５５５４回の数字と、自分の名前の差し込まれた弩《ど》級の性癖なことには、どうか触れないでいただきたい。

「ラウラ」

性癖には入っているが、恋愛対象ではないという可能性はありうるだろうか。

貴族のみなさんの間では恋愛と結婚は別だ、などというのはよく聞く話である。それと同じで、性癖と恋愛と結婚は別、とか。

ちょっと変態くさいような気がしないでもないし、言われてみればなくはないですという感じもするし、複雑な気分だ。

「おい、ラウラ」

ディルク団長がそんな変態なわけがない、と考えてみるが、それにしても５５５４回は飛び抜けている。

この呪い、自分がオカズにされた回数しかわからないから、平均値というものがとれそうでとれ――

「ラウラ！」

「わ！」

ぐるぐると思考する中、目前にものすごい勢いで見覚えのある腕が現れて、私の行く手を遮った。

「ギ、ギル……」

つんのめった私の体を抱きとめたギルは、こめかみに青筋を立ててこう言った。

「ちょっと、来い」

これはかなり怒っている。こんな顔のギルを見るのは、子供の頃、家出した私が猪に襲われているのを庇ってくれた時以来かもしれない。

青ざめて固まった私を見たギルは、私の腕を掴むと返事も待たずに手近の空き部屋へと引きずり込んだ。

「――それで？」

会議室の一つらしい部屋、私の体を挟んで机に両手をついたギルが頭突《ずつ》きでもしそうな距離に顔を近づけている。

「それで、とは……？」

場を和ませるため、へらへらっと笑ってみると、ギルの目がつり上がって緑の瞳の奥の瞳孔が大きくなった。

「あー！　うそ！　嘘です！　避けててごめんなさい！　あと、森で逃げたのもごめん！　でも本当はちょっとお互い様だと思ってます！」

お説教の波動を察知した私が、心当たりのあることを全部並べて謝罪する。

「それから？」

「そ、それから？」

「お前、なんで、あの人と一緒に住んでるんだよ」

なんだよこれ、と、黄色いスカーフの結び目を弄ばれる。

「あの人って、団長？」

「他に誰がいるんだよ」

「団長なら、私のこと心配してくれて、しばらく一緒に住もうって」

「くそ……。あの、むっつり……」

仮にもというか、がちがちの上司にとんでもないことを言うギルに固まる。

「むっつりって、」

「俺は聞いてない。絶対下心がある。そもそも、なんで俺に相談しないんだよ」

「下心なんてない」

「ある」

「ない！　大体、ギルに相談しなくたっていいでしょ。私のお母さんじゃないんだから」

むっつりはともかく、団長に下心なんてないはずだ。濡れ衣はやめてほしい。

むっと口を尖らせた私が反論すると、ギルは不愉快そうに眉間に皺を寄せた。

「お前、その『目』でちゃんとあの人のこと見たんだろうな？」

「見たけど……」

ギルの言いたいことがわかって、瞼を伏せた。

「じゃあ、俺よりよっぽどまともなものが見えたのかよ」

遠回しなことを言われて、怒っていた気持ちがしぼんでくる。

幼馴染のギルのことは問答無用で避けて、団長や他の人とは何が見えてもそれなりに仲良くしていたのだ。確かに酷かったかもしれない。

「……避けてたのは、本当にごめん。ギルと、ちゃんと話をするべきだったと思う」

目を見てそう謝ると、今度はギルの方が顔を背けてしまった。

「別に……、それはさっき謝ってただろ。俺が言いたいのは、だな……」

少し口下手なところがあるギルが言葉を選ぶのを待つ。

「俺が言いたいのは、つまり、俺は、お前のことが、」

「失礼いたします！」

ギルの言葉を遮るように扉が開いて、涼やかな声の主が入ってきた。

「あら、お邪魔だったでしょうか？」

『0　薄幸の美青年を舐め回したい』、麗しのアンネリーゼさんは向かい合う私たちの様子を見て、優雅に口元を覆った。

その後ろでは私とお揃いの黄色いスカーフをつけた騎士のみなさんが、喜んだり嘆いたりしながら部屋の中を覗き込んでいる。

なんなんだろう。一体。

意味不明な状況に混乱していると、黄色い集団はささささっと視界の外に消えてしまった。

「…………別に」

不貞腐《ふてくさ》れた様子のギルが、そっぽを向く。少し心配になって覗き込んでみたが、ますます顔を逸らされてしまった。

「そうですか。ではお詫びにお茶に誘わせてください。もちろんお二人とも、ですよ？」

そう言って、アンネリーゼさんは悪戯に片目を閉じた。

その姿はまさに王国女子の憧れの的。思わず見惚れてしまった私の横で、ギルは不機嫌そうに鼻を鳴らしていた。

「お茶会ですな！　嗚呼、なんと甘美なる響き！　いつかは見守りたい事務官ちゃんの秘密のお茶会！　ご安心を。吾輩、失敬、私共が責任をもってご準備いたします」

　お腹の底から出ているような声に、アンネリーゼさんの背中の向こうを見ると、再集結した黄色い集団がわっと盛り上がっていた。

「じ、じむかんちゃん？　あの、失礼ですが、みなさんは？」

「通りすがりの騎士その一です！」

「その二です！」

「その他大勢です！」

　私の疑問に笑顔で答えると、黄色い人たちは準備をするために足早に去っていってしまった。

　そして、なんということでしょう。十数分後にはアンネリーゼさん用に用意されていた応接室に、それはもう立派なティーセットが組み立てられていた。まさに匠《たくみ》の技。

「――本日はラウラさんに贈り物を持って参りました」

　和やかに王都の話なんかをしていると、アンネリーゼさんが小さな包みを取り出した。

「贈り物ですか？」

　刺繍入りの豪奢《ごうしゃ》な包み布が開かれていく。

「ええ。とってもいいものですよ」

　唇に指を当てて笑うのが優雅な仕草でかっこいい。

程なく、滑り落ちるようにして開かれた包みの真ん中には、一対《いっつい》の黒手袋が置かれていた。

「これは……？」

どこかで見た覚えがあるが中々思い出せない。

手の甲のあたりに、金糸の刺繍で複雑な紋章を入れられたそれは、革製だろうか、艶々とした独特の光沢がある。

防寒というには少し薄手だし、何より今は夏至直前の初夏。騎士団で使われる手袋は白い布製のものが多いから、式典用のものにも見えなかった。

「どうぞお手に取ってください」

言われるまま右手をのばし片方の手袋を手に取ってみる。

柔らかい。かなりの高級品に見える。

「ラウラさん、泉の女神はあなたになんと言いましたか？」

アンネリーゼさんの笑みが深まる。

その言葉に答えるより前に、手袋を持つ右手がアンネリーゼさんに掴まれた。

『あっ……』

掠れた喘ぎ声がして、あとはもう数日ぶりの脳内再生。

けれど今回幸いだったのは、今までレギュラー出演だった、やたらと肌艶のいい私（仮）が欠席していたことだ。

高貴そうな白い胸板がはだけて、透明感のある桃色の乳首が天井に向かってつんと勃《た》っている。

『は、っ、んんっ、あ――』

豪奢な部屋、豪華な衣装を身に纏ったその人には見覚えがあった。

『ん……っあ、』

柔らかそうな唇を持ったアンネリーゼさんが、彼――コルネリウス殿下の上に覆い被さって、ちゅぱちゅぱと生々しい水音を立てながらその先端にしきりにむしゃぶりついていた。

『アン……もう、むり、だ。出る、でるから、っ』

昼の日差しさす窓際に立った殿下がぶるぶると首を振る。

アンネリーゼさんのほっそりとした手が、ズボンから取り出された殿下のものを音が出るような強さでしきりに擦り立てている。

先走りまみれになった鋭い形のそれの根元には、赤く細いリボンが巻かれ、責め立てられる苦しさにびくびくと震え続けている。

『くるし、い、から！　ほ、解《ほど》け、ふ、ぁあっ、出したい。も、むりだっ、出したい……だしたいっ！』

かくかくと、殿下の腰がもどかしそうに揺れて、アンネリーゼさんがくすくす笑う。

『殿下、そういう時は、なんと言うのですか？』

くちゃくちゃと、しごく音がひどくなって、アンネリーゼさんは尖らせた舌を長く伸ばすと、まるで見せつけるように唾液で光る桃色の乳首をぐりぐりといじめだした。

芯の通った乳首が左右にころころと転がされて、そのたびに殿下が腰を震わせる。

『そんっ、〜〜っ！　ぁっ、い、いっ……イ、く、だしたい、いっ……きたい。イきたいから、アン、おねがい、っ』

『おっぱい気持ちいいですね？』

『きもち、いい、っ、いいから……っ！』

『殿下？』

『い、やだ……』

『では、このままですね』

ちゅっと唇を離したアンネリーゼさんが無慈悲に告げると、殿下は眉を八の字にさせて、今にも泣きそうな顔をした。

『や、いやだ……お、おっぱい気持ちいいから……っ、紐、とって、続けて……』

涙目の殿下がびくびくと震えながらアンネリーゼさんの頭に縋りつく。

『おっぱい気持ちいい？』

ふうっと息を入れて、妖艶な声が囁く。カリカリと爪が桃色の先端を引っ掻いて、くうん、と鼻に抜けた喘ぎ声がした。

『おっぱい、きもちいい……ひあっ、あ、ああ……！』

形の良い唇からはぽたぽたと唾液が溢れていて、それはもう背徳的な光景である。

「――何が見えますか？」

おっぱいを責められて喘いでいる美青年が見えます。

いや、正確にはおっぱいではないのかもしれないが、アンネリーゼさんがおっぱいと言って、殿下が納得しているのならばそれはおっぱいなのである。

おっぱいがいっぱいで語彙が破壊されそうだ。精いっぱいだ。

「みっ」

まさか真実を口にするわけにもいかず、出した声が盛大に裏返る。

落ち着け。

ギルを含め、この呪われた右手についてはまだ誰にも知られていないはずだ。

「見えるとは、なんのお話でしょうか？」

「隠さずとも」

ずずいと卓越しに距離を詰められる。

「全てヘルマン殿にお聞きしました」

忘れかけていた人の名前を出されて、内心で天を仰いだ。

確かにあのヘルマンさんなら、私の秘密ぐらい、珍しい色のスライムと引き換えにぺろりと喋ってしまうかもしれない。そのぐらいには信用がない。

「……殿下とアンネリーゼ様が、こう、仲良くされている場面が見えました」

「仲良く……、そうですか」

そう言うとアンネリーゼさんが口元に手を当てて俯いてしまった。

できる限り、最大限の努力で遠回しな表現をしたつもりだったが、王族への反逆行為的な検閲に引っかかってしまったのだろうか。

「ああ……ラウラさん」

小心者の私がどうやって言い訳をしようかとおろおろしていた時。

「なんて。なんて、お可哀想なんでしょうか」

うっとりと。

アンネリーゼさんはちょっと夢見るような顔つきで、私の左手を取った。

「あ、アンネリーゼ様？」

「アンとお呼びください。可愛い方」

美しい形の唇が心なしか息を切らせている。

美人がハアハアと息を荒らげる様子は倒錯的な美しさがあるが、事の対象が自分となるとちょっとした空恐ろしさがある。

「か、可愛い？」

「ふ・び・ん」

すり、と左手をさすられてあんぐりと口を開ける。唐突に始まった耽美なコミュニケーションに思わず右を向けば、ギルもぱっくりと口を開けている。

同じだね。と、言っている場合ではない。

「アン！」

大きな音を立てて扉が開く。

本日二人目の乱入者、コルネリウス殿下は色素の薄い頬を真っ赤にしてアンネリーゼさんと私の右手を交互に見た。

「何を見た……？」

ぶるぶると、新しいおもちゃみたいに震え出した殿下が、紋章付きの黒手袋をはめた自分の両手を握りしめる。

「ナニモ、ナニモミテマセン」

ともすれば首と胴体が永遠にさようならしかねない状況に、冷や汗がダラダラとこぼれ落ちる。

「見たんだな？」

赤さを極めすぎてマッチ棒みたいな顔色になった殿下が、小さな声で言う。

「…………………見ました」

しばし無言で見つめ合った私が白状すると、殿下は、お顔のマッチ棒が燃え上がったように激しい怒りを露わにした。

「アン！　お前！　お前だけは俺の味方のはずだろう！」

口にして、アンネリーゼさんに詰め寄る。

刃傷沙汰《にんじょうざた》もやむなしとばかりに、興奮しきった殿下の様子を見たアンネリーゼさんの方はというと。

「ああ、殿下……そのようにお心に留めていただいているなんて。このアンネリーゼ、歓喜に鼻を、失礼。胸を詰まらせております」

そのお美しい鼻梁《びりょう》からしとどに鼻血を流していた。

もしかして、もしかすると、アンネリーゼさんはちょっと変わった方かもしれない……。

「もう嫌だ……俺は帰る……。帰ってやる……」

なぜか変態ばかりが集まる第七騎士団。

こんなところにいられるか、と左隣に座るギルが現実逃避を始めた。絶賛退団希望中である。

お願い、置いていかないで。

天に向かってそう祈っていると、殿下に続いて部屋に入ってきた団長と目が合った。

「殿下。エルメンライヒ殿にも何かお考えがあってのことでしょう」

祝福されし変態の地こと第七騎士団の長である団長は冷静だった。

「お前まで俺のことを裏切って、見捨てるんだ……。父上や兄上みたいに。俺が、俺ができそこないの妾の子だから」

王家の切ない背景が垣間《かいま》見えそうな言葉をこぼして、殿下はアンネリーゼさんの胸に縋りついた。

「殿下。そのようなご無体なことをおっしゃらないでください。アンネリーゼめはこの命が尽きようとも貴方のおそばに侍《はべ》りますと、そうお約束したではありませんか」

「アン……」

それはまさに騎士道物語に出てきそうな光景だった(ただし鼻血は除く)。

和やかになってきた雰囲気に、そろそろお暇《いとま》してもいいだろうかとそわそわし始めるが、アンネリーゼさんの隣に殿下が、私の右隣に団長が腰掛けてお茶会の続きを始めてしまった。

そしてなぜだろう、団長との距離がとても近い。五人掛けはあろうかというソファなのに腿と腿がぴったりと触れ合っていて、少し恥ずかしい。

ちらっと右隣を見上げれば、優しい笑顔の団長と目が合った。

へへっと笑ってみるが特に退いてはくれないので、仕方なくギルの方にじりじりとお尻をずらす。

「私があらかじめお話を通しておくつもりでしたのに」

「俺の許可なくいなくなるからだ」

鼻血の止まったアンネリーゼさんが、殿下の金の髪をつまんだり撫でたりしている。

癇癪《かんしゃく》を終えた殿下は堂々とした仕草でアンネリーゼさんにしなだれかかっていた。

仲がいいですね。

「君、テオドリックの事務官のラウラ・クラインといったな」

「はい」

「アンに見せられた光景は、他言しないように」

「はい……、もちろんです」

ふい、とそっぽを向いた殿下は、お可愛らしいのに、と呟くアンネリーゼさんを視線で黙らせた。

『0　乳首責め』、テネット公コルネリウス三世殿下。

金髪碧眼の殿下は我が国の第五王子殿下で、テネット領の領主様でもある。

その手にはまる黒の手袋を見て、私はようやく既視感の正体に気がついた。

「単刀直入に言おう。この石の持ち主は俺だ」

手袋と揃いの紋章がついた天鵞絨の袋がテーブルの上に置かれる。

――魔封じの紋章。

固唾を呑んで見守る私の目の前で、黒い魔石が転がり出た。

「これを泉に投げ込んだ俺の部下からは、君が、泉の悪霊から三つの呪いを受けたのだと聞いている」

「部下の方から？　でも、アンネリーゼ様はヘルマンさんからお話を聞いたと……」

「すみません、少し嘘をつかせていただきました。ヘルマン博士が話してくださいませんでしたので」

鎌かけというやつです。と、アンネリーゼさんがにこやかに言い切った。

アンネリーゼさんはとても強《したた》かな人でもあるらしい。

それにしてもヘルマンさん、全然信用しなくて本当にすみませんでした。

「そういうわけだ。それにしても三つとは……。君は、俺より不幸かもしれないな」

可哀想なものを見る目で殿下が私を見る。ここで首を振れないのがとても辛い。

「俺も両手に呪いを受けた。君が右手に受けたのと同じものだ」

――『あ』

やっちゃった。と言わんばかりの女神の声が脳裏に蘇《よみがえ》った。

『あー、えっとぉ、魔法陣をね』

『面倒くさいから、ちょちょって使いまわしたら』

『ちょっとやりすぎちゃった』

人生で一番嫌な伏線回収がされてしまった。

『こんな機会滅多にないんだから！　十日ぶりくらいよ』

「では、殿下は私の十日前に祝福を受けたという……？」

脳内女神様がとても元気だ。怒涛のようにフラッシュバックする記憶にくらくらした私は団長とギルに両脇を支えられながら殿下の方を仰ぎ見た。

「その通りだ……。俺も呪いを、かけられた。くそっ、俺は、俺はただ、兄上や周りの人間の本心が知りたかっただけなのに！　それを、あの悪魔め……」

ぎりぎりと歯を食い締める殿下。

すぐそこに迫る癇癪の気配を悟ったのか、話を変えようとしたギルが、聞いてはならないことを聞いてしまった。

「その呪いというのは？」

「『相手の自慰をした方の手に触れると直前の行為で空想した場面が脳内再生される呪い』だ！」

泉の女神被害者の会暫定会長の殿下は句点もなしに一息に言い切った。

「わかるか？　自分の周りの人間がオカズにしているものを、触れるたび、握られるたびに、老若男女問わず見せつけられるんだぞ！」

わかります。しかも両手とは辛すぎます。

けれどそれをギルと、他ならぬ団長の前で暴露された私の立場も、どうか考えてください。

「俺は兄上とまた元の関係に戻りたかっただけなのに……まさか兄上が……」

頭を抱え込む殿下。それを励ますアンネリーゼ様。石のように固まる左隣のギル。

「それは初耳ですね……」

右隣の団長から重たい声が聞こえても、私は死んだ目で、ただ前を見つめていた。

こんにちは。ここは地獄です。

第六章　いつか灰になるもの

現実逃避をしている間も話は進む。

「殿下が泉の女神に呪いを受けて以来、我々はどうにか解呪できないものかと、奔走したのですが」

王宮お抱えの超一流魔術師。薬師、呪い師、占星術士。果ては裏町の怪しげな祈祷師《きとうし》のところまで足を運んだというが解呪方法は見つからなかったのだという。

「おまけに診察があるからな……。毎回、触られる」

殿下が思い出したくないというように顔を覆う。

「仲が良くないとはいえ幼馴染の占星術士が、小粒の水晶玉を想い人に入れたり出したりするのを自慰のネタにしていたとわかった時、しかもそれを詳細な映像で見せられた時の気持ちが、君にならばわかるだろう？」

「殿下」

ご婦人の前ですよ。とアンネリーゼ様が騎士道精神で注意をしてくれ、殿下が小さく謝罪した。

わかります。

とてもよくわかるけれど、左隣の幼馴染《ギル》がどんどん猫背になっていくのでやめてあげてください。

泉の女神被害者の会のミーティングはあとでゆっくり開催しましょう。

「結果的に、やはり女神に解かせるしかないという結論になり、伝手を頼って、泉によく通われているというベロニカ殿の元へ向かったのです。精霊は執着心が強いですから」

ご存知でしょう？　と聞かれ、顔が強張った。

私はベロニカさんに会えなかった。それは、ご家族に聞いた通り、ベロニカさんが腰を痛めて温泉へ湯治に向かったからだと思っていた。

「ああ、少し誤解を招く言い方をしてしまいましたね。ベロニカ殿の元をお訪ねしたのはあくまで情報収集のため。人質を取るつもりなどではありません」

「もちろん。その通りでしょう」

ローグの治安維持の守護者である団長は、殿下直属のアンネリーゼさんに対しても一歩も引かず、圧力をかけるような言い方をした。

アンネリーゼさんの方はというと、にこやかに頷いているが、笑顔の奥にモーリッツさんと同じ空気を感じる。

微かに感じる団長の怒気を受けて、私は小さくなった。

人質のつもりこそなかったが、呪いをかけられた当初、ご高齢のベロニカさんに泣きついて女神様を叱ってもらおうという、情けない悪巧みをしていたのを思い出したからだ。

「どうしても一緒に行く、とおっしゃったので、殿下と共にベロニカ殿をお訪ねしたのですが……」

「俺が身分を明かすと腰を抜かしてしまってな。あれは悪いことをした」

しょんぼりと落ち込む殿下。

「持病の腰痛まで悪化してしまったということで、これは申し訳ないと、殿下よりご旅行と専属医の手配をさせていただいたのです」

「そうなんですね。……安心しました」

腰を痛めてしまったのは心配だが、湯治旅行が真実で本当によかった。

私は心の中で、ベロニカさんの腰が完治しますように、とこっそりお祈りをした。

「有効な手段が見つからず、ここは一つこの『冥府《めいふ》の魔石』で、泉の女神を抹殺してみようかと」

「ま、まっさつ……」

いきなりの大荒事。振り幅がすごい。そして魔石の名前が怖すぎる。

「これは私としたことが。淑女《レディ》の前で言葉を選ぶべきでしたね。失礼いたしました。お許しく

る。

私などよりよほど本物の淑女であるだろうアンネリーゼさんが、胸に手を当てて謝罪をする。

「いえ、お気になさらず！」

「お優しいのですね」

微笑みが美しい。

鼻血こそお出しになられるが精鋭の近衛騎士、その中でも王族警護を任されるのはエリート中のエリートであるという。

「言葉が過ぎましたが、運良く存在が消滅、悪くても泉から追い出すことができればと思ったのです」

「でも、そんなことをすれば呪いが解けなくなってしまうのではありませんか？」

ヘルマンさんにも、王宮の魔術師さんにも解けないというなら、女神様本人に解いてもらうより他に道はない気がする。

「そこにお気づきになるとはさすがです」

いえいえそれほどでも、と頭をかく。

「失礼ですが、ラウラさんには魔力が無いとお見受けします」

私は深く頷いた。

「やはり。そうだと思ったのです。通常時ならともかく、発動中の冥府の魔石には魔力を持つ存在は触れられませんから。にもかかわらず現在、魔力の無いラウラさんが、相手によって結果が異なる呪いを、常時発動させている。これがどういうことかわかりますか？」

ちょっと話がこみ入ってきたが、ふんわり理解するなら、魔力が無いくせにどうしてみんなのオカズがその場その場で読み取れるのかしら？　呪いの発動にはその場その場で、適切な魔力が必要なのよ。というところだろうか。

「女神様の魔力が、私に供給されているから、とかですか？」

おずおずと聞いてみれば、アンネリーゼさんは頷き返してくれた。

「おっしゃる通りです。結果的にラウラさんが証明してくださりましたが、宮廷魔術師からの見解を得て、我々は『女神が消滅すれば、魔力の強制的な供給がなくなり呪いが発動しなくなるのでは』と判断したのです。故に殿下の御為《おんため》と事を焦り、女神を捕まえるための強引な策を立ててしまいました」

なんといっても全ては十日足らずのうち、それも女神様には気づかれないように行われたので、泉を閉鎖するには人数が足りなかったのだとアンネリーゼさんは言う。

「ラウラさんとギルベルトさんが巻き込まれたのは作戦を立案した私の責任です。申し訳ありませんでした」

頭を下げるアンネリーゼさん。

「そんな……！　頭を上げてください」

泉に恐ろしげな魔石を投げ込む思い切りのよさは少し気になるが、それはまた別の話だ。

何より、私にこんなに厄介な呪いを授けたのは、何があろうともザ・愉快犯な女神様の気まぐれの一点に集約されるので、巻き込まれたとはいえアンネリーゼさんたちを許さないという気持ちにはなれなかった。

すっかり恐縮した私は、ギルからも何か言ってほしいと、裾を引いて助け舟を求めた。

「俺はラウラと違って特に何もされませんでしたから」

ギルも、女神様の力で痛めつけられたことは水に流してくれるらしい。

さすが我が幼馴染。永遠の親友だ。心が広い。

ギルの言葉にやっとアンネリーゼさんが顔を上げてくれたので、ほっと胸を撫で下ろす。

それからもう少し、あの日、泉で起きていたことについて詳しい話を聞いた。

泉に冥府の魔石を投げ込んだ後、見張っていた近衛騎士さんは私が魔石を拾い上げたのを見てびっくり仰天。限界まで悩んだ挙句、騎士服姿のギルを連れてはいたが、どう見ても一般人女性にしか見えない私を巻き込むのを避けて、見逃す結果になったらしい。

「結果、魔石を失うことになり、当の騎士は眉を剃《そ》り落としてお詫びすると申し上げたのですが……」

眉を。なにゆえの眉なのか。

「殿下の御領地のテネット領では、眉毛に精霊やその加護が宿ると考えられているんだ」

私の戸惑いを悟ったらしい団長が解説してくれ、アンネリーゼさんがうんうんと頷いた。

「それを、慈悲深い殿下がお止めになられ、片眉を残すことのできた騎士は咽《むせ》び泣いて殿下への永遠の忠誠を誓ったのです」

(片方は剃っちゃったんだ)

アンネリーゼさんが鼻息を荒くして殿下の偉大さを語る中、私はまだ見ぬ片眉騎士さんへ想いを馳せていた。

「打つ手がなくなり、昨年の精霊魔法生物学会で泉の女神の論文を発表していたヘルマン殿に協力を仰ぐ次第となったのです」

ここへ来てようやく、アンネリーゼさんのお話がヘルマンさんに帰着した。

「テオドリックの話に乗ろう。君たちに協力する。目的は同じだからな」

魔封じの手袋をはめ直して、殿下が言う。

団長の話とやらがなんなのか、二人の間にどんなやりとりがあったのか、私にはわからないけれど、団長のことだ。私が呑気に見逃していたことにも、とっくの昔に気がついていて、殿下に交渉をしてくれたのだろう。

申し訳ない気持ちで団長の方を見上げると、安心させるような笑みを返してくれた。

「これで、ヘルマンの交換条件からも解放される……」

殿下はちょっと吐きそうな顔をしてそう続けた。

しかしヘルマンさん、第五王子殿下に交換条件を持ちかけるとは大胆である。

「不躾でなければ、条件の内容をお伺いしても構いませんか？」

私が聞くと、同属のよしみだと思ってくれたのか、殿下は快く……もないが、質問に答えてくれた。

「ヘルマンに泉の女神を捕らえさせる代わりに、両手の呪いを使い続けるんだ……」

うめき声をあげた殿下の背中をアンネリーゼさんがさする。

おいたわしいです、と言うアンネリーゼさんは空いた片手で鼻にハンカチを当てていた。

「呪いは女神と繋がっているから、俺も君も、力を使えば使うほど女神の魔力を消耗させる。それを狙ってと言っていたが……あれは絶対に、あいつの、個人的趣味だ」

わなわなと唇を震わせる殿下。真っ赤に染まっていくアンネリーゼ様のハンカチ。なにやら思い出してしまったらしい殿下は、それ以上お茶に手をつけることもなく、アンネリーゼさんと連れ立って第七騎士団の駐屯所を後にした。


「――ギルベルトもラウラ君も、今日はもう上がっていい。ラウラ君、馬車を呼ぶから執務室で待っていてくれないか？」

日が暮れて傾いた空。殿下とアンネリーゼさんの乗った馬車の見送りを終えた後、懐中時計を見た団長が言った。

「待ってください」

頷いた私とは反対に、ギルは団長と私の間に割り込んだ。

「魔石の持ち主は殿下たちだと特定できました。だから、ラウラはもう宿舎に戻っていいはずですよね」

ギルが私の左手を取る。

「俺が、責任を持って送るので」

陽はあっという間に傾いて、すぐ近くにいる二人の表情もよく読み取れない。

「彼女は今特殊業務についている。勤務形態として俺が預かるのは普通のことだ」

「詭弁《きべん》ですよね」

「ギル」

親しみやすいとはいえ、団長はギルの上官だ。

手を引いて、行きすぎた態度を咎めるが、こちらを一瞥しただけで聞いてはくれなかった。

「危ない連中に狙われているからって、耳触りのいい理由をつけて、わざわざ自分の屋敷に住まわせたりして。こいつはぼーっとしているから気づいてないですけど、これ、職権濫用《らんよう》ですよね。そんなにラウラが大事ですか」

「ギル！　言いすぎだって！　団長はしょうがなく私を匿《かくま》ってくれただけで……」

「構わない」

どうしてしまったのか、と慌ててギルに詰め寄ると、団長が制するように片手を挙げた。

「彼の言う通りだ」

団長から出てきた意外な言葉に、え、と目を見開く。

団長といえばことあるごとに老将軍閣下にからかわれるくらいに真面目で、特に出会ったばかりの頃はちょっと近寄りがたいくらい清廉潔白な人だった。

「俺はラウラ君を大切に思っている。だから、君に彼女を渡すことはできない」

常にない乱暴さで団長がギルと繋がれたままの私の左腕を引いた。

「……簡単に言うなよ」

ギルが辛そうに顔を歪《ゆが》める。

「俺の方がこいつのこと、ずっと大事に思ってる。……俺が何年、こいつだけを見てきて、守ってきたか、あんたにわかってたまるかよ」

「ギル？」

「――ラウラ」

こっち見ろ、とギルが苦しそうに言う。

「呪いが見せたのは、そうだよ。全部、俺の願望だ」

ギルの髪の色と同じ夕焼けが、その肩の向こうに沈んでいく。

「お前が好きだ。昔からずっと好きだった。だから、俺と帰ろう」

緑の目が真っ直《す》ぐに私を射抜く。故郷のあの丘と同じ色だ。

ギルが私のことを好き。

そんなこと今まで思いもしなかった。鈍感な私はどれだけ、この大切な幼馴染を傷つけてきたのだろう。

遠い昔に一緒に転げ回ったあの丘の、懐かしい草の匂いがした気がして、私は胸が苦しくてたまらなくなった。

「……ギルが、ギルがいてくれたから、私、寂しくなかった」

事務官の試験に合格して、すぐ後にギルがいきなりやって来て、新しい環境に押しつぶされそうだったあの頃。私は本当にギルに助けられていた。

「ありがとう」

自分勝手に泣きそうになるのをどうにか堪える。

「でも、ごめん。ギルのことが大好きだけど、一緒には帰れない。私はここにいたいから」

事務官の仕事が好きだとか第七騎士団のみんなが好きだとか、耳触りのいい理由はきっと色々あるけれど、結局のところ、私は団長のそばにいたくて、ただそれだけでここにいるのだろう。

「諦めないからな」

少しの沈黙の後、ギルがそう呟いて、繋がれていた手がゆっくりと解けていく。

「俺は諦めない」

指を離したギルは、それだけ言うとすれ違うようにその場を後にした。

「ギル……！　っ！」

ギルの方を振り返りそうになった私の肩が、後ろから苦しいくらいに抱きしめられる。

「行くな」

囁く団長の声は熱く、掠れていた。

◇

夕暮れが過ぎて、森の合間から夜が昇る。

馬車の中、私の左手を握った団長は、視線を逸らしたまま窓の向こうに沈んでいくローグの森を見つめている。

団長といる時にこんなにも会話がないのはほとんど初めてのことで、収まらない鼓動を抱えた私は、自分でもわからない、ほとんど泣きそうな気持ちでずっと俯いていた。

「おかえりなさいませ」

馬車が止まって、エドゥアルトさんが扉を開く。常ならば一言二言、話をする団長が、今日ばかりは歩みを止めることなく私の手を引いていく。

マルクスさんとマリアンさんの間を通り抜けた団長がみんなに言ったのは一言だけだった。

「誰も近づけるな」

ふかふかの絨毯に足をもつれさせながら階段を上る。

いつもならば足元に注意しなさいと言ってくれて、私の歩みに合わせてくれる団長が今日は振り向きもしない。

寝起きしている団長の部屋。その扉が開いて明かりのない真っ暗な闇が口を開けた。

「あ……」

異様な緊張感から逃げるように重心を後ろにずらす。

くっと手を引かれて、瞬きもできないうちに部屋の中に取り込まれていた。

扉が閉まった薄暗い部屋の中、バルコニーへ続く、天井まで届きそうな大きなアーチ型の格子窓から月明かりが差し込んでいる。

その前に立って私を見る団長は、月に背を向けているせいで黒く塗りつぶされていて、まるで、全然知らない人のように思えた。

「団長、あ、の」

今にも震えそうになる顎に、長い指先が触れた。思考が固まるから身体まで固まって、そうしているうちに唇に吐息が触れた。

まるで水の中にいるみたいに全てがゆっくりと過ぎて、それからようやく、温かくて柔らかい感触が唇に触れた。

「や、っ」

(なんで……？)

驚いて逃げた腰が捕まえられる。

往生際の悪い足は二、三歩とできの悪いステップを踏んで、気がついたら腿の裏にベッドの柔らかい角が触れていた。

「なんっ、あっ、んぁ……」

戯れのように角度を変えた唇が触れる。

ちゅっと下の唇に吸いつかれて腰が浮く。浮いた腰を長い指先が揶揄《やゆ》するようになぞる。

息は随分前から止まっていて、動揺と酸素不足で頭がくらくらする。

なぞるように、食むように、啄《ついば》む口づけが何度も繰り返されるうちに視界がどんどん傾いて、落ちた背中を柔らかいベッドが受け止めた。

「んっ、んん……ぁ、ふ」

「ん、ぅ……！」

息を吸うために開いた唇に舌が割り込んで、怯える舌先をゆるゆるとかき混ぜられた。は、は、と上がる息を飲み込まれて浅く歯の根をくすぐられるのがぞくぞくする。

（――私、団長とキス、してる）

口づけがどんどん深くなって、くちゅくちゅとした水音が頭の中に響くと頭の後ろがぼんやりと熱くなって、ぞくぞくした感覚が背中からお腹の中に落ちていく。

優しく、宥めるような動きだったそれがどんどん意地悪になって、甘噛みをしては時折貪《むさぼ》るように吸い上げられた。

（食べられているみたい）

ぎゅうっと胸元を掴んで、喘ぐように息を継げば、開いた口を味わうように激しく舌が絡められる。指先が首筋や頬をくすぐったり、耳をなぞるように掠めると、もう息のことなんて考えている余裕もなくて、こくん、こくんと交じり合った唾液を飲み込んでは空気を求めていた。

「は、っ……」

ちゅっと、音を立ててようやく解放されてもとろけた体では逃げ出すこともかなわない。

混乱と不安が、ぐるぐると体の中で渦巻いて、縋るように団長を見る。

「君に」

闇の中、その夜明け前の瞳が浮かび上がっているような錯覚を受け、突然、子供の頃、暖炉の前で聞いた忠告が頭を掠めた。

――夜の森に近づいてはいけないよ。狼がいるから。

後ずさるようにシーツを掴む。

「隠さなくてはと思っていた」

痛みに耐えるように目が伏せられる。

「耐えられると思っていた。だが、甘かったな」

指先が、諦めたように私の頬に触れる。

「君がいないと息の仕方もわからない。君と出会う前まで、一体、どうやって生きてきたのか、どうしても思い出せないんだ」

ざらついた親指が、じんじんと痺《しび》れる唇を撫でた。

「君を誰にも渡したくない。——愛しているんだ」

つい昨日までは期待すらしていなかった言葉に、目を見開く。

唇を開き、呆然とする私を見て、団長は自嘲するように笑った。

「何も言わなくていい。君に拒絶などされれば更に酷くしてしまいそうだ」

両手首を握られて、寝台に押しつけられる。

夢じゃないだろうか、と思う唇にまた吸いつかれて、うっとりと溺れそうになる。

「愛せないなら、せめて憎んでくれ。俺に差し出せるものは全て差し出そう」

(ん?)

団長の言葉がうまく飲み込めず、傾げそうになる首筋に、ちゅっと唇を落とされる。

「たとえ、君が別の男を愛していても、俺は……」

（いや！　さっきから何かとてつもない誤解があるような気がする！）

団長の背後から闇のオーラが溢れているし、選択肢を間違えれば私の人生がここで、なんだかすごくアダルトなものになってしまいそうな気がする。

そもそも別の男の人とは何か、自慢じゃないが自我の芽生えの遅かった私にとっては正真正銘団長が初恋だ。

「ま、ま、待ってください！」

色に溺れそうだった私がカッと目を見開くと、覗き込んでいた団長は珍しく少しびっくりしたようだった。

きょとんとした表情がちょっと可愛いなと思っていると、それはすぐに暗いものに変わっていった。

「……やはり嫌だろうな。だが、今更止められない」

「そうじゃなくて、何かこう、とてつもない誤解が」

「君は、俺の子を孕むんだ」

「はら……？　ふぁっ、」

紳士的な団長には似つかわしくない言葉が飛び出した気がして豆鉄砲を食らっていると、熱い舌先が耳朶《じだ》を舐め上げた。

「ひゃっ、や、めてくださ、っ、んんっ！」

「やめない」

加減のない唇が耳を咥え込んで、ふーっと息を吹き入れたり食んだりを繰り返してくる。ぐぐもった空気が耳の奥にまで触れて、ぞくぞくとした感触に体が勝手に跳ね上がる。

「団長……！　あっ！　う、あ、やっ……」

尖った舌先が耳穴に入り込んで、びっくりして恥ずかしくて目眩《めまい》がする。

ぐちぐちとあられもない大きな水音を立てながらそんなところを舐められて、しかもそれが苦しいくらいに気持ちが良くて、流されそうになる中で私は必死に体を押しやった。

「はっ、話を……、ひっ、ぁ」

戯れのようにもう片方の耳を撫でた手が、文官服のボタンを器用に外していく。

入り込んだ熱い手が、下着越しにやわやわと胸を包み込んで頬が熱くなるのを感じた。

「やっ、むね、んぁ!?」

親指が敏感な先端を探り当てて、舌先が首筋をなぞる。

「――っ！　ディルクさん！」

駄目だ。流される。というか、ちょっと慣れすぎではないか？

崖っぷちぎりぎりで踏みとどまった私がほとんど叫ぶように昔の呼び名を出すと、胸に触れていた手がぴたりと止まった。

「あ、あのですね、ごかっ、ごふ！」

私という人間は肝心なところで見落としをするし、大事なところで噛む。

誤解があると思います！　と雄々しく叫ぼうとした喉が見事に咽《む》せて、ごふごふと全く可愛くない咳き込みにしばらくのたうちまわった。

なんという醜態。先ほどまで迫力のある暗黒の波動を纏っていた団長も、慌てて明かりを灯し、枕元の水差しから水を差し出してくれる始末。

紳士である。……とはもう思えないかもしれない。

「……誤解が、あると思います」

「……聞こう」

頭から布団にくるまった私とちょっと落ち込んだ様子の団長が向かい合う。

「他に好きな人は、いません」

きっぱりとそう言うと、団長はびっくりしたように目を丸くした。

「団長が言っていたのは誰のことですか？」

何がどうしてこうなった、と言いたい。

「君が……ギルベルトのことを好きだと言っていたから、そういうものかと……よく確かめもせず。だが、そうか、すまない……そうか」

言った。確かに言った。

けれどギルには伝わったことがどうして団長には伝わらないのか。

もしかして天然というやつなのだろうか？

「故郷《くに》に帰らず騎士団にいたいから、仕方なく彼の申し出を断ったのだとばかり」

失礼な感想を抱いていた私は、自分の言葉の一言一句を思い出して、確かに、と頭を抱えた。

思い返せば誤解を招く発言だった。

なんてことはない。全部自分のせいじゃないか、と髪の毛をかきむしりたい気持ちでいっぱいになる。

「あれはその、幼馴染の大親友として大好きだという意味で、恋愛的な意味ではなくて、ですね……」

ちらっと団長を見上げてからまたすぐに目を逸らす。

「あの、孕ま……んぐっ！　ごほげほっ！　さ、さっきの行為は？」

慎重かつ丁寧に、件の問題発言に触れてみる。

「君を愛しているから」

愛。

「嫉妬したんだ。ギルベルトが故郷を諦め、ここで君と共に暮らすことを選んだらと思うと気が狂いそうだった。君が他の男と一緒になるのを見せつけられるなんて、そんなことはとても耐えられないと、その前に既成事実を作って結婚という契約で君を縛ってしまえば、もしいつか君と彼が思いを通わせようと、どうとでも引き離せると考えていた」

「そ、そうなんですか……」

ちょっと怖い発言に思えるのは、気のせいだろうか。

「浅ましい、愚かな考えだ。君との子をそんなふうに利用しようとするなんて」

すまなかった、と少し疲れたように団長が言う。

「私に、他に好きな人なんていません」

わかった、と団長が頷く。これがわかっていないのだ。

深呼吸を一つして、明かりの中、大好きな瞳を見上げる。

「ずっと、ディルクさんだけが好きだから。他に好きな人なんていないんです！」

その虹彩が全部見えるくらい丸く見開かれた目、ぽかんとした顔。

「私も、あ、あ、あいして、いるので……」

恥ずかしい。

けれど、私だって負けないくらいに想っているのだと、どうか伝わってほしい。

でもやっぱり恥ずかしいので、顔なんかとても見ていられなくて、私は独り占めした羽根布団の中に引きこもった。

「ラウラ君」

「お、おやすみなさい！」

「顔を見せてくれないか？」

ぎゅっと目をつむって縮こまった私の耳に、この上なく幸せそうな声が聞こえる。

「頼む。君の顔が見たいんだ」

抱きしめられて、根負けした私が団長の手に布団を委ねると、少しして顔の部分をかき分けるようにそれが捲られた。

「目を開けて」

口づけをされる。私たちは今日、一体何度キスをするんだろうと思う。

「この世で一番幸せな男の顔を見てくれないか。君の目が見たいんだ」

蜂蜜みたいに甘い言葉がかけられて、そっと目を開いた。

自惚《うぬぼ》れでなく、団長は今まで一緒に過ごしてきた中で一番幸せそうに見えた。

私を見つめる目は輝いていて、凛々しい顔が柔らかく解けている。

それを見ているとなんだかたまらない気持ちになって、どうせ恥ずかしいものは恥ずかしいのだから、と、多分勢いもあったのだろうが、気づけば残りほんの少しの距離を自分から詰めていた。

「……！」

「いっ、う、あ、ごめんなさい」

ガツン、と歯が当たった感触がして、やらなければよかったなという後悔が押し寄せる。

唐突に唇を奪われた団長は、呆気にとられた顔で固まっていた。

「あ、の、お返しです。な、なーんて……すみませんでした」

かっこ悪すぎて穴があったら入りたい。

三日ぐらい引きこもろうかな、と布団をまくり上げた。

「ふぁっ！」

その肩をがしりと掴まれてベッドに押し倒されるまで一秒足らず。

喉元をがぶりとやられた私がすっとんきょうな声をあげ、余計なことをして眠りかけた狼を起こしたのだと気がついたのは、それからすぐのことだった。

「ふ……、あ、んっ……」

温かい唇が肌のそちこちに優しく吸いついて、くすぐったさに似た刺激を残しながら移動する。

はだけられた布が上下する両胸やお尻から液体のようにこぼれ落ち、頼りないシュミーズが現れた。

――今朝までは、こんなことになるなんて想像もしなかったのに。

淡い感覚がして、胸元を縁取る白いレースの下、つんと立ち上がった先端がまるで期待するように布地を押し上げているのが自分でもわかった。

「明かり、消してください」

半端に脱がされたせいでゆるくなった袖で顔を覆い隠す。

優しい指先が胸の輪郭をなぞるように滑って、私は、世の中の人は本当にみんなこんな恥ずかしいことをしているのだろうか、と考えて頭が茹《ゆ》で上がりそうな気持ちだった。

「君が綺麗だから、見たいんだ」

駄目かな、と率直に聞かれて、喉の奥に何かを押し込まれたように言葉に詰まる。

そっと袖を捲られて、目が合って今度は、可愛いよ、と頬にゆっくり口づけられた。

こんなふうに、まるでバターをかけて溶かした砂糖みたいに甘やかされてばかりいたら、私はこの先ろくな人間にならないと思う。

「可愛い」

ごまかす言葉も思い浮かばない私にそう言って、胸の谷間に舌が這う。

熱くて、柔らかくて、湿っている。

「あ、っ……!?」

見慣れたはずの指先が、胸の先を優しく撫でる。怖気づいた私が腰を引くよりも早く、空いた片方に唇を寄せられて、くうっと喉が鳴った。

――気持ちいい。

芯の通ったそこを舌先でころころと転がされると、遠火で炙られているみたいな気持ちよさが体の中に溜まっていく。どんどん敏感になる乳首を布の上から食べられて、舌でくりくりと弾かれては吸い上げられる。

「ふ、……ぅ、んんっ……」

「声も聞きたい。君の声が好きなんだ」

呪いで見た映像とは違う。感覚や温度を伴う行為は考えていたよりもずっと淫らだ。

「んっ、……、く」

一生懸命口をつぐんでいると、耳たぶに含み笑いが降りた。

つんと尖り切った乳首を今度は愛でるようにとんとんと叩かれて首を振る。じゅっと音を立てて唇が離れる頃には、丸い輪郭にぺったりと生地が張り付いていて、中心には色づいた先端が透けていた。それをかりかりと爪の先でいじめられるのが苦しい。

「困ったな。そう我慢されると少し、煽《あお》られる」

団長はそう言って、ちょっと悪い顔で笑った。

「んっ……あ！　あ、ああっ！　いっ」

音を聞かせるように右耳に吸いつかれ、ぎゅうっと乳首を強くつままれて、ついに声を抑えることができなくなってしまった。

「ん〜っ！　あっ、ああ……」

布地の表面が、敏感になった乳首を包んでぐりぐりと磨き上げるように摩擦されると、熱いのに似た強烈な刺激で瞼の裏がちかちかする。

のけぞる私の弱い首筋にちくんとした感覚がして、熱い息が満足そうに鎖骨に下りた。

それからはもう訳がわからなくて、ぎゅうぎゅうとつねられたり、宥めるように撫でられたり、時折口で吸われたりなんかするうちに、じんじんとした疼きが足の間に溜まっていって、私は団長に気づかれないようにもじもじと太腿を擦り合わせた。

「かわいい」

胸のところだけ薄く透けた下着姿は、裸になるよりずっと恥ずかしいと思う。

暖色の明かりに照らされる両胸をやわやわと揉みながら、とろけてしまいそうなくらい優しい声で囁く団長はいつもの大人びた様子とは少し違っていて、意地悪で、男の人という感じがする。

「んっ……」

シュミーズの裾に指がかかって、足からお腹に向かってゆっくりと捲り上げられていく。

ちょっと太い気がする足とか、柔らかすぎる気がするお腹とか、あんまりすべすべじゃない肌とかを考えて唇をもごもごさせた私がぎゅっと目をつむると、折り畳まれた生地が胸の下で止まってくれた。

安心させるように頬を撫でてくれる手のひらは、いつもよりちょっと熱くて、優しい。

無意識に頬を寄せてみると咳払いをされてしまった。

「す、すみません」

「いや、構わない、というか歓迎したいところなんだが……今は歯止めがきかなくなりそうだ」

ちょっと遠い目をした団長をじっと見つめていると、ごまかすように残りの服を剥がされてしまった。

珍しいものでもないだろう私の裸体をうっとりと眺めた団長が、ちょっと乱暴な手つきで自分の騎士服を脱いでいく。

ごつごつとした腹筋や厚い胸板。

生き物としての構造が違うのだ、と感じるような大きな体が覆い被さってきて、怖いのと隣り合わせのどきどきした気持ちで心臓が壊れそうになる。

「呪《しゅ》を刻んでもいいだろうか」

愛撫していた団長の手が私のお腹の上で止まる。

「呪？　あ、ぅっ」

指先がお腹のあたりを掠める。ちゃんと話を聞きたいのに、さっきまで服の上から散々いじめられていた乳首を、今度は直接ざらりと舐められて思考がばらばらになっていく。

「あっ、やっ、ああ……」

「ここに俺の術をかけて、式までは子ができないようにする」

「しき……?」

話が飛んだ気がして団長を見上げた。

「その後は君が望んでくれた時に解除しよう」

「えっ、っ、あ!」

「いいかな?」

にこにこと穏やかな笑顔の団長が、見せつけるように舌をのばして、尖った乳首を胸の膨らみの奥へ奥へ押し込んでくる。

「ん、ぐりぐり、い、やっ」

真っ赤に充血した胸先に唇が何度も吸いついて、舌の表面が敏感になったそれをざりざりと舐め上げる。

無数の小さな粒でこすられているような感覚にどうにか首を振るが、反抗する私を楽しむように少し強く吸いついたり焦らしたりと、意地悪をするだけでやめてはくれない。

「あっ、う……むねばっかり、いや、です」

じわじわととろかされる快楽がずっと続いていておかしくなりそうだ。

「でも、君がいいと言ってくれないとこの先に進めない」

ここに、と子宮の上のあたりを指先で叩かれる。軽い振動が疼く場所に届く。

「いいかな?」

胸にまた一つ痕がつく。

複雑な思考なんてとっくに溶けてしまっていて、団長が何を聞いているのかもよくわからない。

ただ、頷きさえすれば苦しいくらいの快楽から解放されるのではないかと、浅ましい私はそれだけを考えて、ついに頷いてしまった。

「いいっ、いい、ですから、ん！　っあ!?　あぁぁっ」

——熱い。

押し当てられた手のひらは私の下腹部を覆ってしまうほど大きい。体温の心地よさは少しのことで、じわじわと熱を上げたそこから、何かたくさんのものが体内に入り込んでくるような奇妙な感覚がした。

「〜っ！　あああっ！　ああ、あ……」

無数の熱いものがお腹の中の大切なところに絡みついている。心臓を持ってかれてしまいそうな強い刺激。異常な感覚を恐れて目の前の腕にしがみつくと、安心させるように頭を撫でてくれた。

「あ……、あ、う……」

「ああ、綺麗についているな。君が俺の伴侶になった証のようでとても嬉しい」

親指がお腹に刻まれた印を愛おしむように撫でる。

「だんちょ、これ、へん、です。おなか、あつ、んぁ……」

「大丈夫、かわいいよ」

団長の瞳と同じ色に色づいた平たいハート型のようなそれは、無数の蔦が絡んだような複雑な陣形を描いていて、ほんのりと熱い。

うっとりとした様子の団長が手のひらを重ねると、絡みついた何かが蠢《うごめ》いて、じっとりしたやわい快楽がとくとくと体の中に流れ込んでくる。

「濡れているな」

分け入ってきた指がくちゃりとそこをかき混ぜて、割れ目の下から上までを何度も撫で上げた。

温度のある指の腹が形を確かめるように優しく触れたかと思えば、つるつるとした爪の甲が滑って神経の周りをくすぐる。

あとちょっと。

そんな予感に生唾をこくりと飲み下している間に団長の顔が足の間に降りて、はあっと温かい息を吹きかけた。

「あ、んん……」

期待するように腰をびくつかせた私の顔をじっと見てから、熱い唇が、ちゅっと口づけるみたいな音を立てて敏感な花芽に吸いついた。

「ふ、ああっ、あ！」

びりびりとした刺激が頭の天辺までを駆け抜けていく。

何度も何度も、まるで本当にキスしてるみたいに吸いついて、しなる舌がぴしぴしと陰核を弾く。

痛いくらいの感覚にひんひんとみっともなく喉を鳴らすと、今度は慰めるように柔らかい舌の全体で優しく舐めてくれた。

「ああ、あっ、……んあ、あ！　あっ、ああっ」

ぴちゃぴちゃとした水音が絶え間ない。どっちのものかわからない液体が、だらだらとお尻の間を伝っていく。

みんなの前で演説をしたり、落ち込んでいる私を慰めてくれたり、模範的で紳士的で私にとってかっこいいの塊みたいな人が、そんな場所に舌を這わせているなんて信じられない。

襞《ひだ》の合間までこそげるように舌が入り込んで、ちょっとぴりぴりする入口を優しく探る。だらしのない喘ぎ声はどんどん大きくなって、これ以上ないくらい張り詰めた場所をちゅうっと吸い込まれた瞬間にほとんど叫ぶみたいに胸を震わせた。

「あっ、ああ、だめ、いっちゃ、はっ、……んん〜っ！」

ざりざり、ざりざりときつく吸い込まれた場所を舌で削られる。

それと同時に中に入り込んだ大きな指からお腹側へずんとした圧迫感を与えられて、ぱちん、と溜まりに溜まった快楽がついに弾けてしまった。

「はぁっ……ん……ああ……」

ぐにゃぐにゃになった私が大きく息をついていると、ご褒美のようなキスをくれた。

「ふ、ぁ……」

「痛くないか？」

「ん、へいき、です」

慣れさせるようにゆったりと中を動く指。外を触られた時とはちょっと違う感覚に、うとうとと目を閉じる。引き攣《つ》るような感じはするけれど、二本目を増やされてもすごく痛いというわけではなかった。

「ああっ」

指がそっと中で開いて、親指が陰核をこねる。くちゅくちゅとかき混ぜられた後で、感じやすい一点をとんとんと刺激されて、通り過ぎたばかりの性感が、さっき以上の質量で急速にぶり返してくる。

「ここも少し解《ほぐ》そう」

「っ？　あ！　あ、つ……あぅ、やああっ……」

呟いた団長が空いた指を、お腹の紋の上に置く。

熱の収まりかけていたそこは団長の指先一つであっという間に赤く、熱くなって、皮膚の下、子宮に絡みついた魔法陣を通じて私のお腹の中を支配する。

ずん、ずん、と重たいリズムで触れるはずのない場所を解されて、口端からたらりと、だらしのない唾液が伝うのを団長が美味しそうに舐めた。

「んあっ、あぁっ……や、いやです」

「嫌、か？」

一本でも苦しいくらいの中に三本目が入って、ゆるゆると中をこすりながら、時々ばらばらと動く。

「君にそう言われると、少し傷つくな」

しょんぼりとした雰囲気の団長に、申し訳なさが湧いてくる。

「ご、ごめんなさっ、嫌じゃなくて、」

「嫌ではない？」

促されるままに、うんうんと頷くのを団長が、とろけそうな顔で見つめている。

「気持ちよすぎて、こわいので、あっ、ふあっ」

「ならよかった。遠慮はいらないな」

「そん、あ……い、や、いっちゃ、あああぁっ！」

中を弄られて立ち上がった陰核を内外から加減のない力で押しつぶされた。

一度昂《たかぶ》ってしまった体は嵐のような快楽になす術《すべ》もなく、シーツに縋りついた私は団長が見つめる前でまたいってしまった。

「あっ、な、んで、今、いった、いったので！」

これでまた休める。そんな甘ったれた考えの私を見透かすように愛撫が続く。

ごつごつとした指の節が、痛かったはずの入口を掠めるのが今では恐ろしく気持ちいい。

「ああ、見ていた。可愛かったよ」

眦《まなじり》を赤くした団長が、何かに耐えるように息を吐くのがたまらなくいやらしい。

「なあっ、んやっ、あああああ！」

いやいやと逃げる体を簡単に押さえつけられて、体のあちこちに噛み跡やキスマークをつけられていく。

「くるし、また、いっちゃ……あう、ふ、ふああっ……や、あああ！」

身動きが取れないように押さえつけられたまま、それからさらに三回、三度目の絶頂の時に何か恥ずかしい液体がぴゅっと噴き出したのを見てようやく解放してくれた。

「ふ……あ、あ……」

ごつごつした指の節が中から抜け出ていく。その刺激にすら甘く声を漏らしていると、ふっと笑う気配がして額がそっと合わされた。

「愛おしいな」

ぼんやりと見つめ返す私に、団長が独り言を言う。

「手放せるはずがない。悪い男に捕まったと諦めてくれ」

肌に染みついた印を撫でて甘い甘い囁きが落ちる。

「私の方が、好き」

その囁きがなんだかすごく寂しくて、私は言葉を重ねた。

「ずっと、諦めようって思ってたんです」

だって、釣り合わないから。

「でもできなくて。夢でもいいんです。だってきっと、今夜だけで一生分幸せなので」

「……困るな」

大きさの違う手が重なって、絡んで、握られる。

「これが夢なら俺はもう現実を生きられる気がしない」

入口に押し当たったものがゆっくりと中に沈み込んで、感じる痛みにぎゅっと顔を顰《しか》める。

「うっ、ん、おっき、くるし……」

息を、と言われて、はあはあと息を吐く。腰の後ろに枕を置かれて、身長差がありすぎるせいでうまく合わない視線を恨むように、私はぎゅっと大きな背にしがみついた。

一番大きなところが入口を抜けると、ちょっとだけ息がしやすくなる。もう入らないと思うのに奥の奥までどんどん入り込んでくるのが怖い。

押し込められた熱くて硬いものを喜んで、中がきゅうきゅうと甘えるようにうねるのが自分でもわかった。

「つ、顔が、見たいな」

「うあっ、く……んんぅっ……」

私以上に苦しそうな顔の団長が、私の体を簡単に膝の上に抱え上げてしまった。

向かい合って、唇の届く距離になった私へと窮屈そうに屈み込んだ団長は、圧迫感に負けてだらりと垂れた私の舌を絡め取った。

「痛むか？」

団長が気にしないように必死に首を振ると、君は優しいな、と愛おしそうに頬を撫でてくれた。

「ひゃっ！」

これ以上入らないだろうと思うのに、お尻はまだ少し浮いている。

汗ばんだお尻をそのまま掴まれて捻じ込むように左右に振られると、みっちりと食い込んだ尖った部分が襞をごりごりとかき分けてくる。それが頭が茹だりそうなくらい気持ちいい。

「ん、んあ……あ、ああ……」

「君がよさそうだと嬉しい」

真っ赤な顔をしてびくびく震える体をぎゅっと抱きしめられて、ゆるゆると腰を動かされる。自分でも触れたことのない奥まで団長に満たされて、ちょっとどうしたのかと言うくらいの幸福感が頭の中を満たしていく。

「んっ、ん……」

首に手を回して、拙《つたな》い仕草で口づけを返す。今度は歯が当たらなかったから、と達成感からへらっとした笑顔を見せると、ばちん、と大きな音を立てて腰を打ち付けられた。

「ラウラ君」

「ああっ！　あっ、あうっ、んっ、ん……！」

ずるるっと抜けていく感触が気持ちいい。ぱんっと、お仕置きでもされているような音で打ち付けられる振動が体の奥を揺らす。

ぐるっとかき回される動きの後で、腰を持ち上げられて落とされると熱いものが深々と突き刺さって、ぎゅうぎゅうと中のものを締め上げてしまう。

そうすると、硬い、ごつごつした部分が中のいいところにぐっと食い込んで身悶えするほど気持ちいい。

「ああっ……あっ、あああ！　～っ！」

「ラウラ、っ」

遠く遠く、奔流のような絶頂に投げ出された私を捕まえて、団長がとびきり甘い、誰にも教えたくないような言葉をくれる。

奥の奥、ぴったりと埋め込まれたものがどくんどくんと脈打って、それからもぐっぐっと溢れそうなものを押し返すように何度も中に楔《くさび》を押し込まれた。

「はっ……、んぅ……」

「君はいつも、俺に幸せをくれる」

二人でベッドの上に横になり、素肌を触れ合わせて、眦や頰に落ちる唇をうっとりと受け止める。

「愛している。この気持ちは生涯、鮮やかになり続けていくのだろうな」

とても照れる。団長のスーパー甘やかしタイムの罠にでれでれになっていた私が、あれ？　ちょっと長くないかな？　手つきが、ちょっとえっちじゃないですかね？　などと気づいた時にはもう遅く。

初めてにしてそのまま二回目。

初心者にはハイレベルな団長のものを再び受け止める事態に相なった。

（……団長は紳士なんかじゃない）

大分長めのもう一回戦を終えて、ベッドの上でかなり高めの腕枕をされた私は、呆然と天井を見つめていた。

この夜、あれで団長が随分手加減してくれていたことなど、この時の私には知る由もないことである。

◇

どんな夜にも朝は来るもので。

「辛くないかな。昨日は無理をさせてしまったから」

「ありがとうございます……」

エドゥアルトさん得意の朝採れハーブを使った朝食をつつきながらもごもごと返事をする。

(とんでもなかった……)

朝起きたら団長の腕の中にいて、眩しい笑顔でおはようのご挨拶をした。

それだけならまだしも、こめかみにキスなんかされながら愛の言葉や昨日のことなんかをこう、砂糖の蜂蜜がけみたいな甘さで囁かれてしまったし、ちょっといやらしめのいちゃいちゃをしながら朝の支度なんかをしてしまった。

思い出すとまた恥ずかしくなってきて、私は手元のハーブサラダに視線を落とした。夏至祭が近いからだろうか。色とりどりの食べられる花が散らしてあるそれは朝露を絡めたみたいに綺麗にドレッシングを纏っていて、とても美味しそうだ。

(ちゃんと確かめるのを忘れてしまったけれど、私と団長はお付き合いしているといっても差し支えないのだろうか)

ハーブサラダの真ん中にフォークを立てて、ちらっと団長の方を見上げる。すると合わないと思っていた視線が絡み、幸せでたまらないというような微笑みを返してくれた。

これは、かなり……。

まだ手をつけていないスープでも飲み込んだように胸の辺りがぽうっと温かくなって、締まりのない笑顔でお互いにこにこしていると、なんだか久しぶりな声がした。

「え、なに？　そういう感じ？」

「副団長！　おはようございます」

「クリストフ、早かったな」

今日も今日とて安定の美貌。例によって例の如くの朝帰りスタイル。首筋にたくさんのキスマークを散らした副団長はなぜかとても可哀想なものを見る目で私を見下ろしていた。

「早めに報告をあげたくて。ほら、俺って真面目だからさ。……外堀は埋まったみたいだね」

私が首を傾げると、副団長は諦めたような顔で団長に向かって羊皮紙の切れ端を差し出した。

「これ、お目当ての情報。といってもこの短期間じゃ店の場所まではわからなかったけど」

「いや、十分だ、無理を言ってすまなかったな」

「いいよ。どうせ遅かれ早かれ片付ける予定だったんだし。すごいよ～。その名も妖精偏愛倶楽部」

「妖精偏愛倶楽部？」

耳慣れない単語をそのまま聞き返す。

「店の名前だよ。野良の妖精を檻《おり》にみっしりと詰め込んでね。量り売りするんだって」

「それは……」

非人道的な内容に思わず眉を顰《ひそ》めた。

「あ、大丈夫大丈夫。量り売りっていっても妖精くんたちは趣味で量られてるから」

「しゅ、趣味？」

いかな妖精さんとはいえ、趣味で量り売られることなんてあるだろうか。奇妙な世界に迷い込んだ気分で私は聞き返した。

「人間に捕まってみるっていう遊びだよね。檻の中に詰め込まれる感覚とか、魔法にあんまり詳しくない人間が自分たちを捕まえて喜んだりするのとかが面白いんだってさ。暇潰しってやつ？」

今まで見てきた性癖に負けないぐらいの一風変わった趣向にあんぐりと口を開けた。

恐るべし妖精事情。

副団長の話によると、自分を買った人間のことが気に入れば大人しくついていって屋敷を荒らしまわり、気に入らなければ連れられる道中で大脱走の乱痴気騒ぎを始めるらしい。勝手に捕まえたり買ったりする人間が悪いといえばそれまでだが、中々にして邪悪である。

子供の頃、妖精に騙されて木から降りられなくなったことを思い出して、私はちょっとだけ苦い気持ちになった。

「妖精なんて悪ふざけに羽がついてるみたいなものだからね」

見た目はとても可愛らしいし、主食はミルクとビスケットというファンシーな生態の彼らだが、その実態は享楽主義の権化。面白ければなんでもいいというはた迷惑な思考から、私の故郷の村でも年に数十件は事件を起こしていた。

「だが魔法生物の売買は禁じられている。いつ妖精以外の生物へ手を広げるかもわからない。大きくなる前に叩くべきだろう」

「まあね。街の女の子たちの話だと、この辺りの貴族のおじさんっていうのは夏至祭の日に自分の屋敷の池に妖精を浮かべたがるらしい。つまり店にとってもこの時期がかき入れ時。在庫は潤沢ってわけさ」

副団長はのんびりした口調でそう言うと、エドゥアルトさんご自慢のハーブパンを一つつまんでバターを塗り出した。

「でもお店を見つけるのが難題かなあ。なんたって三日後は夏至祭だし、よその村から来る観光客も多いだろ？　それに噂《はすむ》によると――」

私の右隣。団長とは斜向かいの立派なダイニングチェアの肘掛けにもたれた副団長が、指揮棒みたいにバターナイフを振った。ものすごい行儀の悪さだ。

「せめて座って食べろ」

呆れ声を出した団長がエドゥアルトさんに追加の朝食をお願いする。

「――店主の顔が毎日変わるらしい。魔力探知をしようとしたけど、そっちも認識阻害の術式をかけられてた。これは相当腕のいい術師だね」

さてどうやって見つけようか、とちょっと楽しそうな声を出して副団長はパンにかぶりついた。

そのまま認識阻害の術式への対応策についての話し合いが始まる。

私には縁のない話であるが、指紋同様、魔力にはその人独自の波長があり、魔力の心得のある人が高次魔法を使えば、使用者の特定が可能なのだという。さらには場所やものに残った残留魔力から、術者の居場所を逆探知することすらできるらしい。あくまで団長や副団長のような腕のいい術者にかかればの話だが。

そこまで考えて、私は自分のお腹の上にそっと手を当てた。

今朝確認したばかりのそこには、団長のつけた印がくっきりと残っていた。大きさは私の手のひらぐらい。色は深い赤色をしている。

団長の魔力でつけられたそれは『避妊紋』というらしく、効果は読んで字のごとく、かけた術師以上の魔力がなければ剥がすことはできないらしい。

こんな辺境の街に団長以上の術者がそういるとは思えない。王都の宮廷魔術師さんならなんとかできるかもしれないが、彼らが　庶民のごく個人的なお悩みに乗ってくれるかどうかはまた別の話だ。

それは実質、団長以外には剥がせないということでは……？

これは、ひょっとすると第四の呪い、と呼べなくもないのでは……？

副団長の話ではないが、万が一私と団長との間で痴情がもつれたら、もしかして大変なことになるのではないだろうか。

「厄介だな」

あの時、紋を刻もうとする団長に流されて頷いてしまったけれど、これって結構大変なものなのでは？　と、人知れずお腹を撫でつけていた私は、団長の言葉に引き戻された。

「そうなんだよ。それでちょっと困って、早めに報告をあげにきたってわけなんだ」

二人が真面目に話し合っている時に、なんてことを考えていたのか。

まかりまちがって私と団長の間がもつれたとして、捨てないでください！　と縋りつくのは多分私の方だろう。億が一、私に他に結婚したい人ができたとしても、闇堕ちした団長が意地悪して避妊紋を解除してくれない、なんて、起こるはずがない。自意識過剰というものだ。

「一度ヘルマンに相談してみよう」

団長はちょっと考えるような仕草をした。

「解決策が見つかるといいが」

いつもスパスパと物事を決めていく団長がこんなに考え込むなんて、これは相当厄介な問題なのだろう。

「だよねえ。魂の色でも見られれば話は早いんだけど」

顔もわからない。魔力で探知することもできない。そんな人間をどうやって見つければいいのか。

魂、こころの内側なんて、相当高度な魔法を使っても簡単に見えるものでは……。

「あ！」

あることに思い至って、思わず声をあげてしまう。

「ラウラちゃん、そんなに大口開けてどうしたの？　虫入るよ」

閉じた方がいいよ。と副団長がのんびり言う。

「副団長、あの、ちょっと立っていただいてもいいですか？」

「いいけど……」

不思議そうな顔をして立ち上がってくれた。

「三歩ほど後ろに下がっていただいて……あ、そこで大丈夫です。ありがとうございます」

普段よく交流する人の性癖ほど知りたくないものはない。

副団長のご来訪以来、努めて礼儀正しく視線を逸らしていた私はもはや見慣れた股間のそれに焦点を合わせた。

『0　兄の婚約者の男装幼馴染をぐちゃぐちゃに寝取りたい』

「おっ、……わ、わー……」

闇を感じる。それもかなり深い。

「どうしたの？」

痴情のもつれってやつをびしばし感じる内容にしばらく絶句していると、不審そうに覗き込まれた。

「つ、つかぬことをお伺いしますが、副団長はウルリケさんとは……幼馴染だったり、されますか？」

二人が話しているところを見たことはないが、『男装』というと、どうしても書記官のウルリケさんのことが頭に浮かぶ。

いやいや、まさか。そんな偶然――

「そうだけど……それ、あの人に聞いたの？」

ありました。

笑顔そのまま、視線の圧が強くなる。ちょっと怖い。嘘だ。かなり怖い。

「実はですね！」

お兄さんの婚約者云々まで言及する勇気はあっさりと挫《くじ》け、私は強引に進めることに決めた。人当たりのいい人の闇ほど追及したくないものはない。

「私、他の人の性……格が見えるんです！」

（あっぶない）

ぎりぎりで軌道修正した私は、冷や汗を流しながらにこにこと笑顔を返した。

「性格……。へえ……それはすごいね」

第一の呪いこそバレたものの、私にはまだ第二、第三の恥ずかしい呪いが残っている。ここでぽろりをすれば今までの努力はどうなってしまうのか。

「それで？　俺の性格がどうやってあの人に繋がるの？」

「そ、れ、は……」

「それは？」

心なしかにやにやし始めた副団長。だらだらと汗を流し始める一人の愚か者こと私。

「ラウラちゃん、俺、嘘はよくないと思うなあ」

インチキ占い師っぽいことをして、こんなことができますので！　という有能アピールに成功、店主探しの任務に連れてってもらおうという性癖探偵計画は開始五秒で頓挫《とんざ》してしまった。

それもこれも私の嘘が下手すぎるせいだ。なんたる無能。

人間、見栄を張ろうとするとろくなことがない。結局、副団長の尋問に負けた私は、右手の呪いだけでなく『その人の性癖が見える』という第二の呪いについてまで洗いざらい吐かされる羽目になったのである。

それも団長の目の前で。

「うん……なんか大変なんだね……」

聞き出すだけ聞き出しておいてゆるい感じに話を引き取った副団長。団長からも特に反応がない。それはそうだろう。誰だって気まずいだろう。人によっては心の中を見られるよりも嫌かもしれない。

「店主の捜索についてだが、今後は俺の方で引き受けよう」

気まずい雰囲気を打ち破る団長の言葉に一転、ぱっと顔を輝かせた。

これは連れていってもらえる雰囲気ではないだろうか、そんな気持ちで団長をじっと見つめると、先ほどとは打って変わって視線を逸らされてしまった。

「だが、ラウラ君の参加は許可できない」

「そんな！」

目算が外れ、つい悲愴な声を出してしまう。見ず知らずの他人の性癖が見えたところでなんになる。と言われてしまえばそれまでだが、ちょっとぐらい役に立てるのではと思っていた。

「直近の仕事は終わらせていますし、ご迷惑もかけない……ように頑張ります！　街を歩くのは得意ですし、邪魔になったら置いていっていただいてもいいので、お願いします！」

ここでお留守番命令を出されてしまえば、ただの恥のかき損である。

事務官試験の時以上の必死さで私は団長の横顔をじっと見つめた。

「……駄目だ」

「どうしてもですか？」

うっかりかかってしまった呪いを解くために、たくさんの人が動いてくれている。

私だってもっとできることがしたい。

「…………駄目だ」

生来の諦めの悪さで、じーっと団長の目を見続けていると、逸らされていた瞳がちらっとこちらを向いた。

「…………ラウラ君」

じっと見る。じっと、雨に打たれた鼠のような眼差しで。

「そんな目で見ないでくれ……」

あれ？　これは、ひょっとすると押したらいけるんじゃないか？

そんな気持ちで見つめ続けていると、今度は副団長が助け舟を出してくれた。

「連れてってあげればいいじゃないか」

「クリストフ」

「これがラウラちゃんじゃないなら、使えるものは使おうって合理的判断で絶対に連れていったと思うけどな。そういうのって差別じゃないかなあ。可哀想」

おーよしよし可哀想に。と、副団長が私の頭を撫で回す。やめてほしい。

「触るな」

「うっわ、殺気」

見事にぐちゃぐちゃになってしまった髪を必死に直す横で、副団長が両手を挙げた。

「どうせ公私混同するなら楽しい方向にした方がいいって話だよ。違法売買の店主一人を捕まえるなんて、君にとっては朝飯前の犬の散歩と同じだろ？　過保護すぎると窮屈だって嫌われるよ。つまり破局。スピード離婚待ったなし」

「嫌われ……いや、俺はただ、ラウラ君のような可憐な女性を荒事に巻き込むのは避けるべきだと」

「可憐」

「可憐」

「……何か、おかしなことを言っただろうか？」

副団長と私がやまびこのように真顔で繰り返すと、団長は戸惑った様子だった。

「可憐……ね」

やめてください副団長。こっちを見ないでください。訴えるべきところに訴えますよ。

「いや、そうだな。君の美しさを可憐という一言で済ませようとしたのは、少し野暮だったかもしれない」

団長は真剣な表情で思案をし始めたようだった。

「ラウラちゃん、どうしよう。うちの団長、この一晩で頭がすごく悪くなっちゃったみたいなんだけど」

呆然とした様子で呟く副団長。燃えるように熱い顔を覆ってうなだれる私。

「……連れていってください」

「ラウラ君、何度も言うようだが、君を危険に晒すことは……」

唇を引き結んで顔を上げる。

勢いは全てに勝る。

照れ隠しとやけくそで顔を真っ赤にした私は、今度は強い視線で団長を貫いた。

「連れていってください!!」

かくして羞恥プレイに耐えられなくなった私が意固地になった結果、半ば泣き落としで任務同行の許可をもぎ取ることに成功したわけである。

ちょっと犠牲が多すぎないだろうか。

◇

ヘルマンさんが出した条件は三つ。

縁結びをすること、魔石の持ち主を探すこと、妖精を集めること。

インチキ占いのおかげでそれなりの数のカップルが生まれそうだし、魔石の持ち主も特定できた。三日後の夏至祭の夜までに妖精さえ集まれば、晴れて条件達成。泉の女神様に呪いを解いてもらえる算段だ。

一方で、一時の勢いに身を任せた人間にはよくあることだが、街へ向かう馬車の中、団長と二人きりになった私は市場へ売られる仔牛の気持ちを味わっていた。

「あの、わがままを言ってしまって、それから呪いのこと、黙っていてすみませんでした」

窓の外を眺めていた団長が私に視線を移す。

「謝らなくていい。俺が話さなくていいと言ったんだ。君はその通りにした。そうだろう？」

団長はこんな時にも逃げ道を残してくれる。

少し迷ったけれど、本当に気にしていないという顔をしてくれるから、私はなんとか頷き返すことができた。

「それより、こちらに来てくれないか？」

向かいの席の団長が手招きをする。

多少空間拡張魔法がかかっているとはいえ馬車の中だ。周りには誰もいないし手をのばせば届く距離なのに、と思いながら団長の隣に腰掛けた。

「そうじゃなくて、ここに」

ちょっと近くなった距離に簡単にどきどきしていた私は、次の瞬間、団長の膝の上に抱き上げられていた。

「わ！」

「お、重いですよ！」

「軽いよ。実を言うと、今朝からずっと距離が遠いと思っていたんだ」

そんなそんな、ずっと同じ部屋にいたじゃないですか、と軽口を叩く隙もなく、向かい合わせに抱きしめられてこめかみに口づけられる。

「そ、そ、そ」

それは、刺激が強すぎませんか。

身を強張らせて固まった私が歌の下手な野鳥みたいに同じ音を繰り返していると、団長がふっと唇を綻《ほころ》ばせた。それがちょっと悪い顔に見えるのは気のせいだろうか。

「俺は存外不真面目でおまけに嫉妬深いらしい」

副団長に触れられた髪を何度も撫でつけられて、つむじや前髪にキスをされる。

唇にされているわけでもないのに背筋にあの、ぞくぞくとした感覚がおり始めて、体の熱がどんどん上がっていくようだった。

「君の呪いについてだが、実を言うと少し見当がついていた」

「つ、そう、なんですか？」

額から瞼、頬と焦らすような口づけに、唇がむずむずする。本当に重くはないだろうか、と落ち着かなくお尻をもぞもぞさせていると腰を強く引き寄せられた。

「うあっ」

そうだよ、と性感を煽るようにわざとらしく囁かれて、昨夜執拗に嬲《なぶ》られたことを思い出したからだろうか、触れられてもいない胸がつんと尖って疼き始めたのを感じる。

スカートを押し上げられた足の間に何か大きくて硬いものが当たって、下着一枚を隔てた敏感な尖りをぐりぐりと押しつぶされた。

「あっ、んん……んぅっ」

目の前の大きな体に縋りついて、首筋に顔を埋める。

気遣うように腰を撫でる団長は、けれどそれ以上進んでくれない。

(キスしてほしい。もっと触ってほしい。だって昨日は……)

いけない思考に引きずられそうになる。

「君に居座る他人の呪いに、本当は死ぬほど妬いている、と言ったら嫌われてしまうだろうか」

鼻先が擦れあって言葉が唇を撫でた。

右手が掴まれた、と思った時にはそれがもう絡んでいて、誓いを立てるようにしっかりと指を絡ませた団長が噛みつくようなキスをした。

『ディルクさん……んっ、むっ』

もはやお馴染みの、ジジッと音を立ててブレた視界。出てきたばかりの屋敷の部屋のベッドには目隠しをした私自身が転がされていて、覆い被さる団長からの口づけに甘い吐息を漏らしていた。

いつもと違うのは、ただ見ているはずの私にも、触れられている感覚があるというところだった。

「何が見える？」

両腕をベッドに押しつけられて、施される愛撫に身を震わせているのは私自身だ。

いつもとは違う、映像の外から私に干渉してくる現実の感覚と声のせいで、まるで本当にされているかのような錯覚に陥る。

「答えなさい」

「あっ、んんっ！」

キスのせいで濡れて張りついていた下着がずらされて、節くれだった大きな指が入り込んでくる。

『かわいいよ』

昨日、何度も何度も与えられる絶頂にぐずる私をあやしていたように、目の前の団長がそんな言葉を口にする。

目隠しをした私は大きいものに何度も何度も貫かれて、まるでそれを知っているかのように指がぐちぐちと中を責め立てだした。

「腰が動いている」

「んっ、あっ、ご、ごめんなさい」

映像の中の私が、ぎゅっとおっぱいをつねられて一際高い声をあげた。

羨ましい。

胸が疼いて、腰は止まらなくて、私は瞼から離れない映像を振り切るように必死に見えない首筋に吸いついた。

「ん、んんっ、ん……だん、ちょう」

「気持ちいいのかな？」

何本入っているかなんてわからない。中をいっぱいに押し広げた指はもう動いてなんかいなくて、みっともなく腰を揺らす私をただ見られている。そんなことにすら興奮した中が、きゅうきゅうと勝手に指を締めつけるたびに重たい快楽が溜まっていく。

「どうやら俺の質問に答えるのは難しいらしい」

するりと右手から指が離れ、呪いの発動が終わって淫靡《いんび》な光景が霧散する。

間近にあった顔がちょっと困ったように眉を下げていて、私は自分が何に夢中になっていたのかをようやく思い出した。

「んっ、ごめんなさい、あっ、あ、う……」

「謝らなくていい。淫らで可愛かったよ」

おっとりとした動きで指が動き出す。それだけでのけぞるほど感じてしまった私の腕を首に絡ませると、包み込むように胸に触れてくれた。

「あの夜、君が占ってくれた俺の性癖だが、何が見えたのかとても気になるな」

勃ち上がった乳首を愛でるように、親指がその輪郭をなぞる。

「教えてくれないか？」

「は、う……」

硬い爪が尖りを押し戻すように沈み込んで、ぴんっと弾く。緩慢に繰り返される優しい拷問に、思考はばらばらと散らばって気づけば団長の尋ねるままに口を開いていた。

「い、色々」

「そんなに色々あるとは……中々恥ずかしいな」

さらりと言う団長。私の性癖はいまだ闇の中であるが、それが団長に露見した場合こんなにも堂々としていられるだろうかと頭の隅で考えて、尊敬の念すら覚えた。

「つ、依存させたいとか、閉じ込めたいとか、っ、ん、あっ、」

「……なるほど。とても魅力的だ」

嫌われてしまったかな？　と聞かれて、首を振る。

指を入れられた場所からはぐちゃぐちゃとひどい音がするのに、団長の顔は少し眦が赤いくらいで、そんなふうに全然平気に見えるのがかえって淫らだと思った。

「あっ、ん……、団長なら、なんでも、いいんです」

「……君は」

「ひゃっ、あ、あ！　ああ！」

尖りきった陰核に熱い手のひらが押し当てられてどくどく言う。充血した乳首をぎゅうっと強い力で引っ張られて、たっぷりと撫でられたざらざらの内壁をぐりぐりと押し込まれて、焦らされて膨れ上がっていた快楽がようやく解放された。

「頼むから、これ以上依存させないでくれ」

ぎゅうっと苦しいくらいに抱きしめられて、心までが溶けていく。

快楽の名残でぐったりと体を預けたままの私を団長の手が優しく身繕いしてくれる中、停止した馬車の扉が二回叩かれて街への到着を教えてくれた。

開いた扉から花の匂いがする。

夏至前の強い日差しがローグの街の石畳に照りつけて、お祭りの飾りの中で乱反射しながら私の目に飛び込んできた。すれ違う人々は忙《せわ》しなく笑顔で、誰も彼もが今年もいいお祭りになるのだと確信しているように見えた。

「夏至祭の夜、全てが終わった後は俺と共に過ごしてくれないか？」

さっきまであんなに大胆なことをしていた団長が、恥ずかしそうに聞くものだから、私は少し笑ってしまって、けれどしっかりと頷いた。

第七章　性癖探偵はじまるよ

夏至祭の近づいた城下町には、大きな花のリースを引き揚げる掛け声や屋台の煙、初夏の明るい太陽の光があたり一面にはち切れそうなくらいに満ちていた。

踊る人、歌う人、お酒を飲んで路地裏で寝っ転がっている人。

花売りの売り文句、賑やかな音楽、笑いさざめく声、声、声。

お祭りというのはどうしてこう楽しいものなのだろう。アンネリーゼさんにもらった呪い封じの手袋をしっかりとはめた私は、さっきまでの恥ずかしさも忘れて目の前の光景に目を輝かせていた。

隣には団長がいて、人混みに流されてしまいそうな私を時折庇ってくれる。

「今年はまた賑やかですね！」

「見回りで治安がよくなっているから皆も安心しているのだろう。君たちの頑張りのおかげだ」

噂をすればというか、領主様の私兵と談笑しながら、酔っ払いのおじさんを運ぶアルベルトの姿が見えた。

その他にも見慣れた騎士服の人たちがあちらこちらで働いたり休憩したりしている。

「閣下！　ラウラ殿！　おはようございます！」

お祭りの喧騒に負けない、明るい声がした。

「エルマー、早いな」

「いやあ、お恥ずかしい話ですが、勤務前に会の者と出店を偵察しておりまして」

「そうか……。仲が良いな」

「もちろん、交代後は一心不乱に職務に取り組む所存です！」

ちょっと複雑な顔をする団長にびしっと敬礼を返すエルマーさん。

ワンダフルな性癖と、普段のゆるさと、エキセントリックな人間の多さに忘れがちだが、我らが第七騎士団は騎士のみなさんの中でも近衛軍に次ぐ精鋭の集まりである。

街に繰り出せばキャーキャー言われるし、式典や鎮圧ともなれば一糸乱れぬ規律の良さを見せつけるのだが、普段から団長に対してこんなふうに畏《かしこ》まった態度を取る人は珍しい。

『０　我尻踏希望』

そんな思いからついじろじろ眺めてしまった私は、股間の性癖を見てそっと目を伏せた。

「閣下の方こそ働き詰《づ》めではありませんか？　特別任務について以来、ようやく人間らしい生活ができているらしいと、我々の間ではもっぱらの評判です」

うんうん、と私は団長の斜め後ろで頷いた。

定時退勤を常とし、週休二日、健やかな休日を過ごさせていただいている事務官と違い、団長の休暇姿なんて誰も見たことがない。

勤務体系が違うとはいえ、この前、休日に会った時も働いている様子だったし、書類の山はいつもいつも何かに吸い込まれるように消えているし、こっそり心配していたのだ。

「これもひとえにラウラ殿の功績というもの」

エルマーさんの言葉に、おおー！という歓声がかかる。

突然の雄叫《おたけ》びにびっくりして辺りを見回すが誰もいない。ただ一瞬、黄色い影がささささっと物陰や路地裏に隠れていったような気がした。

「だ、団長、あの、周りに誰かいませんか？」

すごく見られているような気がする。

「問題ない」

団長はそう断言してくれるが、決して目を合わせてくれない。

「その……、守護霊のようなものだ」

守護霊なら仕方ないのだろうか。まさか幽霊が本当に存在するとは。

「ところでラウラ殿、焼き飴の屋台が出ているのはご存知ですかな？」

「焼き飴ですか⁉」

エルマーさんは頷いた。

焼き飴。

ウルリケさんから聞いたことがある、最近王都で流行っているという珍スイーツだ。

「一昨日から店を出しているのですが、連日大盛況とのこと。ですが、今の時間なら空いていることでしょう」

「焼き飴……」

耳寄りな情報をもらった私は、魅惑のスイーツに想いを馳せた。

あのウルリケさんが褒めていたのだから間違いなく美味しいはずだ。

一体どんな味がするんだろう……

いや！　いかんいかん、今は勤務中だ。

朝食だって食べたばかりだし、ただでさえ馬車の中で後ろ暗いことをしてきたばかりじゃないか。このままでは不良事務官まっしぐらだ。

思い返すと今度はお腹の中が違う意味で疼くようで、私は慌てて首を振った。

「会長殿にはこちらを」

欲望と葛藤していた私の背後で、エルマーさんは団長に何かを手渡していた。

会長じゃなくて団長ではないだろうか？

「これは？」

「会長殿のスカーフです。先日の集会の折にも身につけておられなかったので」

「エルマー」

団長は受け取った黄色い布を開くと、嘆かわしいと言わんばかりにため息をついた。

「俺は菫色を推している。次の集会でも、そう提議するつもりだ」

「か、会長殿……」

ごくり、と唾を飲み込むエルマーさん。

どこからともなく聞こえてくるどよめき。

きりっとした顔つきの団長（かっこいい）。

状況の見えない私は、おろおろと周囲を見回した。

「破天荒を、するのか……」

「色変えだ」

「さすが会長」

「俺は！　死ぬほど！　妬ましい！」

やっぱりいる。すごい、いる。

視線をやるそばから消えていく黄色い影。すばやい。

「菫一択だ。それ以外は認めない」

団長は断固とした態度で黄色いスカーフをエルマーさんへ突き返した。

「破天荒だ」

「会長は破天荒を始めるつもりだ」

「戦争になるぞ……」

「さすがむっつり」「独占欲」「実は同担拒否だろ」「あの二人、なんか怪しくないか？」

後半はなぜか悪口を言われているような気がするが、団長のことだ。

きっと私には想像もつかない難しい事件に関わっているのだろう。

団長が無事でありますように。

姿の見えない守護霊さん（仮）のざわめきを聞きながら、私は胸の前でぎゅっと両手を握りしめた。


……ところで、破天荒ってなんですか？

◇

「美味しいです！」

これは市場調査だし、いつもの勤務時間からはまだ少し早いから。そんな団長の言葉に簡単に流されてしまった結果、平たくて薄べったい、自分の顔よりも大きな焼き飴にかぶりつくことになった私は歓喜の声をあげていた。

「気に入ったみたいだな」

「はい！　ありがとうございます！」

カラメルのほろ苦さが染み込んだ、小麦と卵の味のするサクサクの生地に溶かし込まれた様々な味の薄い飴。ステンドグラスのようにまだらにはまったそれはパリパリとしていて、目だけでなく食感も楽しい。

陽の光に透かしてみればきらきらするし、そのまま団長の方を覗いてみれば、まるで万華鏡のように色が散らばってとても綺麗だ。

口当たりの軽さが楽しくて、つい子供のようにはしゃいでしまった。

「団長も食べてみてください！」

この感動を共有したくて団長の方へ焼き飴を差し出すと、団長はちょっと驚いたような表情を浮かべていた。

「って、買ってもらった身で言うのも生意気でしたね……すみません」

そんな顔をされてしまうと、はしゃぎすぎていたことが一気に恥ずかしくなってくる。

「いや、いただこう」

屈み込んだ団長が生地の端を口に含む。その仕草が、おかしな話だけれど、はっとするほど優雅に見えて、私は団長は本当に貴族なんだな、と場違いなことを思い出していた。

大きなお菓子の陰で、団長はまるで共犯者みたいに笑ってくれる。それから私の口の端についた生地を取ってくれて、本当に優しい、掠めるようなキスを唇にしてくれた。

「あの、」

自分でもよくわからない感情が口をついて出そうになる。

そんな私と団長の間を、花冠をつけた小さな女の子たちが踊るような足取りで駆けていく。きゃあきゃあとくちぐちに騒ぐ三人の子供たちはどれも、夏至祭用の仮装をしている。お祭りの気分に浮かれた様子の三人はそのまま、私と団長の間をぐるぐると何度か回るとまばゆい光の差す広場の方へと駆け降りていってしまった。

「すまない、何か言いかけただろうか？」

「あ！　いえ！　そろそろ任務に戻らないといけませんね！」

人混みを避けた路地裏はひんやりと涼しくて、団長と分け合った残り半分の焼き飴も美味しかった。

大切な瞬間が恐ろしいほどの速さで増えていく。

それは、決して悪いことではないだろう。

「――美味《うま》いな」

「――店主を探す方法についてだが」

再び雑踏の中に繰り出すと初夏のまばゆい日差しに目が眩《くら》んだ。

ふらふらと人波に押し流されそうな私の手を団長の大きな手のひらが包み込んでくれる。

「はぐれるといけない。これは任務上の合理的判断だ」

「そう、ですね」

合理的、というにはしっかりと指が絡めとられてしまう。大きくて分厚い、ごつごつした手の感触に、心臓が宙に浮いてしまったように足元がふわふわした。

「話を戻そう。幸い夏至祭までは三日ある。少し地道な方法になるが、店の周囲を張って文字の内容と人相を比較する方法が妥当かと思う」

毎日顔が変わるのを逆手に取る方法だ。

早い話が性癖が同じなのに顔が変わってしまっている人を見つけるのだ。

複数人の性癖が奇跡的に一致する特異例も考えられるが、容疑者をあげられればまずは良しということだろう。

幸い、今回の作戦が失敗しても妖精を集める方法は、団長曰く『なくはない』らしい。

なんだか含みのあるその表情に、ちょっとどきどきしながら私は肩肘の力を抜いた。

雑踏が疎《まば》らになり、少し雰囲気の悪い裏道に差し掛かる。

湿った土の道。私を見てにやにやと笑いながら通り過ぎる傷跡だらけのおじさんと、真っ黒なローブを被った魔法使い風のお兄さんの二人組に、思わず団長の方に身を寄せた。

『0　赤ちゃんになりたい』

『0　お姫様ごっこ』

ファンシーである。また一つ、人の業を垣間見てしまった。

これも仕事です。許してくださいと、メモ帳に容姿と性癖を書き込みながら、路地を曲がってきた猫背の男性の股間をじっと見つめた。

それにしても、性癖探偵。なんと微妙な名前なんだろう。

「性癖の一致以外にも、もう一つ特定方法がある」

団長のお話を聞きながら、私の目が猫背の男性に釘付けになる。

「それって、例えば……その人の性癖が、すごくそれっぽい、とか、ですか？」

『0　妖精ちゃんを詰めて、詰めて、詰めまくりたい』

猫背の男性は不機嫌そうに私たちを一瞥すると、そそくさと反対の角を曲がっていった。

「見つけてしまったかもしれません！」

性癖探偵、完。泉の女神先生の次回作にご期待ください！

小声で大声を出すという無駄に器用な芸当を披露した私は、団長の手を引いて男性の曲がった角を指さした。

裏路地を覗き込んで、慎重に角を曲がる。整備の行き届いていない道には所々窪《くぼ》みができていて、泥で濁った水たまりが遥か上の細い青空を反射していた。

「この先はクリストフの情報にあった裏街だな」

「お店の場所も毎日変わるんでしょうか？」

「情報を掴めていないとなると、おそらくそうだろう」

怪しげな材料が山と積まれた樽や、猫が群がる生臭い木箱を見送りながら通りすがる人たちの性癖を確認していく。

「私がすぐに捕まえなかったせいで……。すみません」

猫背の男性も妖精に関する性癖を持った人も見当たらず、肩を落とす。こんなことなら性癖を確認した瞬間に背中に飛びつくべきだった。

「君はよくやってくれている」

次に見かけた時こそは！　と闘志を燃やす。魔封じの手袋をわきわきさせながらイメージトレーニングをしていると、団長がそんなふうに言ってくれた。

「理不尽な状況に追い込まれても心折られることなく、自分にできることに実直に取り組む。君のそういう部分を俺は好ましいと思っている」

「あ、ありがとう、ございます……」

なんだか過大評価されている気がしないでもないし、真正面から褒められると嬉しい反面大いに照れる。不意打ちの褒め言葉を受け止めきれなかった私は、明後日の方向に視線を向けてもごもごとお礼を言った。

た。

（あれ？）

団長のすぐ後ろ。木箱に群がっていた猫たちの中からやけに毛並みの良い一匹が離れていった。

毛足の長い綺麗な白猫は、ありついたばかりの餌に口をもぐもぐさせたり、手頃な魚をどこかへと咥え去っていく他の猫たちを小馬鹿にしたように眺めながら、悠々と歩き去っていく。

その様子にどこか引っかかるものを感じた私がそのままじっと見つめていると、白猫は手近の水溜まりを一つ、二つと飛び越えた。

水溜まりに反射した光。あっと口を開いた時にはもう駆け出していた。

「いました!!」

足に力をこめて地面を蹴りつける。大きな声に振り向いた白猫の、美しい青目がまんまるに見開かれる。

これぞイメージトレーニングの成果。ヘッドスライディングよろしく、両手をのばし、頭から白猫に飛び込んだ私は駆け出そうとする小さな体を胸の中に抱え込んだ。

「ラウラ君！」

水音がして、ほっぺたや胸元があっという間にぐしょ濡れになる。猫を潰さないようにと咄嗟に丸めた体はごろごろと路地を転がって、古樽の山にぶつかってようやく止まった。

「団長、あの」

古いとはいえ樽は樽。木材は木材。

変なふうに転がった体はあちこちが捻ったように痛い。それでも伝えなければと、どうにか言葉を絞り出す。

「猫に、性癖が！　多分さっきのやつです」

老若男女問わずに発動する厄介なこの第二の呪いでも動物の性癖を見ることはできない。

それにもかかわらずじたばたともがく白猫ちゃんのお腹に光る『妖精ちゃんを詰めて、詰めて、詰めまくりたい』の一行。水溜まりに映った光を見て思わず駆け出していたが、間違いではなかったようだ。

猫としてやり過ごすことを諦めていないらしい店主はにゃあにゃあと可愛い鳴き声をあげながら、絡みつく私の手の甲を小さな前足で押しやった。

「にゃ!?」

次の瞬間に聞こえたのは、猫とは似ても似つかない、野太い声だった。

アンネリーゼ様にもらった魔封じの手袋。そこに刻まれた魔法陣に猫の肉球が触れた途端、可愛い鳴き声は成人男性のそれに代わり、少し遅れて腕の中に抱えていた猫ちゃんがあっという間に大きく膨れ上がったのだ。

それから瞬きもしないうちに、白猫は見知らぬ成人男性の姿へと変化してしまった。

それも全裸の。

「うわああああ！」

思わず悲鳴をあげる私。

変態だ。目も当てられない、とはまさにこのことである。

「なぜだ！　俺様の高尚な魔術がなぜ解ける!?」

「な、なっ、なんで全裸なんですか！」

「猫は服を着ないからに決まっているだろう！　馬鹿が！　ヒト科の分際で俺に触れるな！　汚らわしい！」

私とて全裸の不審人物なんて一秒だって触っていたくないが、まさかここで逃すわけにもいかない。

「いやです！　絶対離しません！」

「離して構わない。逃げるようならここで斬り捨てる」

意地になってひしっと抱きついていると頭上から凍《い》てつくような声がした。

「だ、団長……？」

「ひっ……」

全裸男の首筋に抜き身の剣が当てられた。

泥の中に転がる私たちから見上げた団長は恐ろしいほど大きくて、逆光が差すせいで表情はうまく窺えない。

「魔法生物の密猟及び違法販売、公然猥褻罪に強制猥褻罪か。随分と罪を重ねたものだな」

「言いがかりだ！　前半はともかく後半はなんだ！　大体、無理矢理抱きついてきたのはこの小汚い猿の方だ、ろう、が……」

「猿？」

呟いた団長のもう片方の手が店主の目前にのびる。上を向いた手のひらが親指と中指を重ねて、ゆっくりと力を込め出した。

「あ、うそうそ！　うそだ！　嘘だって言ってるだろう！　俺が悪かった！」

団長の指先を見てなぜか怯え出した店主さん。

魔力の無い私には全く感知できないが、そこで何かが起きているのかもしれない。

「お、お、おい、なんだその魔力量は、待て、まてまてまて！　嫌だ、やめろ、この化けも……」

ぱちん、と音がした瞬間、腕の中に抱えていたはずの男の姿が霧散した。空っぽになった腕に目を白黒させる私の目の前で、団長は無言のまま長い足を持ち上げ、躊躇いもなく地面を踏みつけた。

「不愉快な男だ」

何を踏みつけたのか。団長の軍靴に目を向けると、その下からチュウチュウとか細い鳴き声がする。

苦しそうなそれに思わず手をのばすと、団長の手に止められた。

「手袋をはめたままだろう。また解けるといけない」

いつも通りの柔らかい笑みを浮かべていたけれど、なぜだろうか、その目はちっとも笑っていない気がする。

尻尾をつまみ逆さ吊りにした鼠を眺める様子は、ちょっと愉《たの》しそうですらある。もっと言うと、モーリッツさんに似た波動を感じる。

「詳しい話はこれから吐かせるとして、これが件の店主だろう。よくやってくれた。これは君の成果だ」

にこにことした団長の手のひらに握り込まれて、キュウっと悲鳴をあげる鼠さん、もとい変身術をかけられた店主さん。

「え、へへ……」

団長、もしかして、ものすごく怒ってます？　とは聞けるはずもなかった。

◇

「くそ……、なんで俺がこんな目に」

人間の姿に戻った店主さんは、エルマーさんをはじめとする応援の騎士さんたちに縛り上げられ、ふんぞりかえって悪態をついていた。

その偉そうな態度には私も眉を顰めてしまうが、一つだけよい点を挙げるとするならば、騎士道精神で誰かが服を貸してあげたので、変態な絵面にはなっていないことだ。

今私たちがいるのは捕縛地点からすぐそばの、人気《ひとけ》のない路地裏の一角で、不気味な蔦が這う正面の古ぼけた建物から、今まさに押収された妖精入りの鳥籠が続々と運び出されているところだった。

「全く、どうしてこんなことをしたんですか？」

駆けつけてくれた騎士団の一人、フーゴさんが呆れたように聞いた。

「妖精ちゃんが好きだからだ！」

「えっ……」

フーゴさんの質問は見事に藪を突いたらしい。

かっと目を見開いた店主さんは妖精の素晴らしさをうっとりと語り出した。

「これは妖精ちゃんと俺様との高尚な遊びなんだ！　醜いヒト科どもは所詮妖精ちゃんの玩具、暇に飽いた妖精ちゃんを新しい玩具の元までご案内するのが俺の使命、その過程でか細い体を硬く冷たい籠の中に詰める権利がもらえるのだ！」

「へ……へえ……それは、すごい、ですね」

『妖精ちゃんを詰めて、詰めて、詰めまくりたい』

レベルの高い話を聞いてしまったとばかりに目を逸らすのは、『気の強い女性に無視されつつ事に及びたい』フーゴさん。あえて何も言わないが、気持ちはよくわかるよ。

「なんでそんなにこいつらが好きかなぁ」

鳥籠を抱えた副団長がやって来て、わからないというように肩をすくめた。

「ディルク、一応妖精《あいつら》と話してみたけど夏至祭の件に協力してもいいってさ。『高慢ちきの泉の女神が人間に捕まるところなんて、絶対見たいに決まってる』らしい」

「そうか。交渉役をさせてすまないな」

「ほんとだよ。もうやらないからね」

鳥籠に詰められた妖精たちは、くすくすとしのび笑いをこぼしながら光る鱗粉《りんぷん》をこぼしている。

「じゃあ後はやっておくから。ラウラちゃんを駐屯所に連れてってあげなよ。全くどんな無茶をしたらそんなふうになるんだか」

大捕物のせいですっかり泥まみれになった私に、騎士団のみなさんの目が集まって、生暖かい笑顔を向けられた。

どうしてだろう。嬉しいというよりも、いたたまれない気持ちになってくる。

「事務処理の方はこちらで済ませておく。ラウラ君、あとで頼めるだろうか？」

「もちろんです！」

団長の出してくれた助け舟に飛び乗る。

何はともあれ、ヘルマンさんの言う条件はこれで全て揃った。あとは夏至祭の夜を待つだけだ。

この時の私はまさかまた彼女に会うことになるとは思ってもいなかった。

◇

井戸と更衣室を求め、駐屯所の廊下を歩いていた私の前に、可愛らしい女性が立ち塞がっていた。

「庶民。お前、まだテオドリック様の周りをうろうろしていたのね。図々しい」

かつて私の恋心の息の根を止めた女性——アマーリエ嬢は、泥まみれになった私を見ると穢らわしくてたまらないというように顔を歪ませた。

「お久しぶりです……」

彼女の名前は、アマーリエ・フォン・アウグステンブルク。老将軍閣下のお孫さんで、この国でも五本の指に入る由緒正しきお嬢様だ。

「なによ。ぽかんとした顔して。本当に鬱陶《うっとう》しいんだから」

団長と恋人関係（仮）になった今、アマーリエ様にはきちんとお話をしなくてはならない。

けれど今、この胸に走る動悸はちょっと種類が違う。

あの日、自分の気持ちをごまかしてしまった後悔とか、団長との関係に関する不安とか、そういうセンチメンタルなものではない。

そう。いつものアレである。

『0　下克上　できればお尻を　叩かれたい』

字余り。

えっ、えっ、と目をしぱしぱさせて、性癖を確認する。

間違いない。何度読んでも五七五の十七音、ならぬ五八六の語呂の良さ。

韻を踏んでいるんだか踏んでいないんだかわからないところが素人の限界だ。

シリアスさせてくれ。

「……アマーリエ様」

ロマンチックもシリアスもかき消していくこの呪い《性癖》の暴力。なんともいえない気持ちをどうにか飲み込んで、私は口を開いた。どうしても伝えなくてはならないことがあったから。

「アマーリエ様に、お伝えしなくてはならないことがあります」

そう言うと、気安く呼ばないで、ときつく睨みつけられてしまった。

「なあに？　ようやく諦める気になったの？」

「いいえ」

「じゃあ何よ」

偶然出会いはしたものの、アマーリエ様の興味はもう、私に向けられていないようだった。

「以前申し上げた言葉を撤回させてください」

訳がわからないという顔をされてしまう。

私はゆっくりと息を吸い込んで、折れてしまいそうな心をどうにか奮い立たせた。

「私は団長のおそばにいたいです」

「……お前、それがどういう意味かわかって言っているの？」

アマーリエ様から目を放さないようにゆっくりと頷く。

「はい。あの時は逃げてしまってすみませんでした」

怒るだろうな、と思った通り、アマーリエ様の顔色はみるみるうちに真っ赤になっていった。

「庶民のくせに。お前みたいな人間がテオドリック様に何をしてあげられるっていうの」

小さな拳がぎゅっと握りしめられていた。

「私なら、家柄も容姿も釣り合うし、使いきれないくらいの資産も、地位も名誉も何もかもあげられるのよ。お前とは違うの！」

その通りだと思う。どれも私には手の届かないものばかりだ。

「アマーリエ様も団長のことがお好きなんですね」

「好き？　これだから庶民は困るのよ」

好きならどうかわかってほしい、と対話をしようとした私は続く言葉に目を丸くした。

「テオドリック様はね、私と結婚するの。だってあのおじいさまがあんなに気に入っているんだから！」

「……閣下が、ですか？」

「そうよ！　私、馬鹿とは結婚したくないの。不細工も貧相も嫌。アウグステンブルク家の格を落とさず、『私』の格を落とさない、条件に合う貴族男性が一体何人いると思う？　その点、おじいさまが信用しているのなら間違いないじゃない」

予想の斜め上の答えに唖然とする。

「貴族の結婚に愛や恋なんて要らないのよ。大事なのは優秀かどうか。ふわふわ生きて、無責任に死んでいく庶民共とは違うのよ。わきまえなさい」

「嫌です」

「なんですって」

「誰が隣にいていいか、決めるのは団長だと思います。それに、私はもう、アマーリエ様に負けたくありません」

花びらのような愛らしい唇がぱくぱくと上下する。

「使いきれないくらいの資産なんてあげられないけれど、団長が動けなくなったら私が働いて養いません。地位なんてあるはずもないけれど、目が覚めて眠るまで、私はこの先ずっと毎日、あの人のことを考えていると思います」

それが何になる、と言われればきっと何にもならないだろう。どちらが幸福か、と多数決を取るならば、アマーリエ様には負けてしまうのかもしれない。

「っ、お前、頭がおかしいんじゃない！　由緒正しいアウグステンブルク家のこの私とお前とを比較すること自体が無礼だわ！」

ほっそりとした美しい手がのびて、私の肩を突き飛ばそうとした時だった。

「私の恋人を乱暴に扱うのはやめていただきたい」

耳慣れた声の主に後ろから抱きしめられて、アマーリエ様から引き離される。

「団長！」

「遅くなってすまない」

現れた団長は、唇を引き結んだ固い表情をしていた。

「まあまあ、そう怒るな」

その肩を叩いたのは、数年前から少しも姿の変わらない老将軍閣下だった。

「お嬢ちゃん、うちのお馬鹿な孫娘が迷惑をかけてすまなかったの。じゃが、もう大丈夫じゃ」

老将軍閣下の視線を辿り、再びアマーリエ様に視線を戻す。

「アマーリエ様？」

「え、えっ、え、え！」

さっきまでエネルギーの塊みたいだったアマーリエ様は老将軍閣下の背後を指さすと、雨の日の蛙《かえる》みたいな音を繰り返していた。

尋常ではないその様子に団長と私が顔を見合わせる。

その間を悠々と通り過ぎた男性は、アマーリエ様の前に立ち塞がると、心底鬱陶しいと言わんばかりにため息をついた。

「エーミール……!!」

「……さて、アマーリエお嬢様、今回で記念すべき百度目の脱走劇となるわけですが」

銀縁の眼鏡をかけたその男性が首を振ると、アマーリエ様はひっ、と小さな声をあげた。

「そろそろ私の時間外労働を増やすのを諦めてはいただけませんか？　その小さい頭には血にも肉にもならないお菓子のことしか詰まっていないのでしょうか。迷惑という言葉を知っていますか？　今度書き取りの課題にでも出しましょうか」

さらさらと語られる言葉の刃《やいば》。

浴びせられた本人であるアマーリエ様は可哀想な猫みたいに身を縮こまらせていた。

「おじいさま！　なんでエーミールなんか連れてくるのよ！」

そう八つ当たりをされても、老将軍閣下は快活な笑い声をあげただけだった。

「そりゃあ、エーミールがアマーリエちゃんの教育係だからに決まっておるじゃろう」

「教育係なんて要らない！」

「はっはっは、駄々をこねおって。無理に決まっておろう」

顔を青ざめさせたアマーリエ様が手足をじたばたとさせるのを見て、老将軍閣下は朗らかに笑っていた。

「なにせアマーリエちゃんは我が家にとって超弩級の問題児じゃからな。わしの名を使って随分好き放題やってくれておるようだし……。のう、エーミール、夏至祭に、くらーくて、じみーな部屋で、ごちそうも娯楽もない、礼儀作法の強化合宿をするのはどう思う？」

「給金次第でしょうね。休日手当てもつけて、普段の五倍はいただきます」

「おうおう、お前さんはこの可哀想な年寄りから一体いくらしぼり取れば気が済むんじゃ」

しぼり取れるだけです、と平然と言い切ったエーミールさんは、暴れまくるアマーリエ様を小脇に抱えると一礼をしてその場を去っていった。

「いや！　エーミールと一緒なんて冗談じゃないわ！　嫌！　放しなさいよ！　この庶民！　成り上がり！　エセ貴族！　お前なんか大っ嫌いよ！」

「全く……。森の獣の方がまだ可愛げがありますね」

眼鏡をずらしたエーミールさんがぼやく。

大人びて見えたアマーリエ様だったけれど、もしかすると私が考えていたよりずっとお若いのかもしれない。そして、ぽかぽかとエーミールさんを叩きまくるその姿は、どこか生き生きしているようにも見える。

「迷惑をかけてすまなかったの」

「いえ……」

俯いたままぼそぼそと返事をする。

我が発言ながら、養います、が決め台詞なのはどうかと思う。かっこ悪すぎる。

今更羞恥心が込み上げてきた私を見て、『0　わしの嫁（現在進行形）』老将軍閣下は満足そうに髭を撫でつけた。

「それにしても、お嬢ちゃんはなんといい子なんじゃ。飴ちゃんでもやらなくてはいけないの」

「やめてください」

私に代わって嫌そうに言う団長は、遠慮するな、と肩を叩かれていた。

遠慮はしていない。

「おお、それより、いいものがあったわい」

閣下の懐で温められたキャンディはちょっと嫌かもしれないな、と失礼なことを考えていると、目の前に古ぼけた鍵束がぶら下げられた。

「聞けばお嬢ちゃん、テオドリックと同棲しておるらしいの」

さっき聞き出したんじゃ、としたり顔を返される。

「いやあ、まさかあの堅物退屈つまらないの三拍子揃ったテオドリックが業務にかこつけて、想い人と同棲とは。やるのう。幸せじゃのう。腹が黒いのう」

「人聞きの悪いことを言わないでください」

珍しく不機嫌そうに答える団長。

「ほう？　人聞きが悪い？　なるほどなるほど？　人聞きが悪い？」

「……………」

同じ言葉を繰り返しながら、指先で鍵束をぐるぐるさせる閣下。その顔は輝くばかりに機嫌が良い。

「……まあ、わしは賢く優しいからの。野暮なことは言うまい。時にお嬢ちゃん、テオドリックの四代前の団長が誰だったか知っておるか？」

指折り数えて首を振る。団長が着任したばかりの頃は私も試験勉強で手一杯だったし、もしかすると先代の第七騎士団長さえあやふやかもしれない。

「わしじゃよ」

滅多に見ないくらいのどやっとした顔をして、老将軍閣下は団長に鍵束を押し付けた。

「団長官舎の邸宅の裏口からちょいと歩くと、よい湖があっての。気の利いた四代前の団長が、近くの物置小屋に立派な小舟を隠しておるのよ」

その鍵を渡してくれる、という話のようだ。

「夏至祭にはいい数の妖精が飛び回ってな。穴場ゆえ、誰も近寄らない」

わしはこれで嫁を落とした。と物言いたげな団長に武勇伝を語る閣下。

「鍵はお前にやるが、小舟はお嬢ちゃんへの礼じゃ。お前が王都に来ればもっと上等な、別のものをくれてやれるんじゃが……」

「それはお断りします」

「将軍職じゃぞ？　普通断るかの……。全く、ようやく辞められると思ったのに」

早く妻と隠居したいものじゃ、と不満そうにそうこぼすと、老将軍閣下は来た時と同じくらいあっさりと片手を振って行ってしまった。

アマーリエ様の脱走は予想外だったのかもしれないが、閣下は閣下で団長に用事があったらしい。

「よかったんですか？」

将軍職だなんて、それこそ庶民の私には想像もできないくらいだ。断ってしまってもよかったんだろうか。

「君はどう思う？」

「私ですか？」

思いもよらず聞き返されて、ちょっと考えてみる。

「私は、団長が幸せになれる場所がいいと思います」

「……そうか」

　つまらないことを聞いてしまったな、と思った。

「だからここでいいんだ」

　見つめ返されてじわじわと頬が熱くなる。

　第七騎士団を気に入っているから、という意味だろうが、昨日から今日にかけての幸せで寝ぼけた頭にはなんだか別の意味に聞こえた。

「あの、先ほどの発言についてですが」

　ごまかしついでに話を切り出してみる。こういうのは置いておけばおくほど、黒い歴史になって深夜に自分に襲いかかってくるのだ。

「ああ、君が養ってくれるという。頼もしいな」

「……忘れていただけると」

　持って生まれたスペックも、努力して手に入れたステータスも全戦全敗負け越し確定な私が何を自信満々にのたまっていたのか、と、自分で自分が恥ずかしくなってくる。

「とても嬉しかった。だが、君にそんなことはさせられないな」

　今日からは健康に気を使うことにしよう、と柔らかく笑った団長。その指先に頬を擦られてようやく、私は自分がまだ泥まみれの酷い姿であることに気がついた。

「わ、すみません！　着替えてきます！」

駆け出した私を団長の笑い声が追いかける。

そんなふうに慌ただしく準備をして、夜には信じられないくらい甘い時間を過ごしているうちに夏至祭の日はやって来たのだった。

第八章　祝ってやる。絶対にだ。

夏至祭。花の豊かな初夏の訪れ。

色とりどりの屋根の載った石積みの家々には、大小様々な花のブーケが飾られて、明るい太陽を一身に受けて誇らしげに輝いている。

お祭りの華やかな衣装を身に纏った若者たちは、気もそぞろに思いの証を載せる右耳を撫でつけて、目当ての人物が通り過ぎるのをはにかみながら待っている。

馬車の轍《わだち》のついた、目の大きな石畳にはブーケや花冠から落ちる花びらが絨毯のように広がっていて、生きた花の香りと、屋台の煙と人々の熱気でむせかえるようだった。

——と、いうのは街中の話。

愛すべき我が職場。第七騎士団辺境警備駐屯地の一角、集会所の中にはむくつけき筋肉集団がすし詰めになっていた。筋肉の放つ熱気で、ちょっと暑い。

「これより捕縛作戦の概要について説明する」

すり鉢状の集会所の底の部分には団長がいて、光魔法で映し出されたローグの森の見取り図を指し示しながらきびきびとした動作で一連の流れを説明していく。

呪いをかけられたことに関してはいまだに非公表なので、私は集会所の片隅で変装した殿下とアンネリーゼさんと一緒に他人面でその様子を見守っていた。

「実行部隊は九つに分ける。うち八つはこのように、泉を取り囲むように配置し、残る一つは遊撃部隊として囮《おとり》であるヘルマンの背後に控えさせる。部隊分けに関しては配布した資料を確認するように」

集まった騎士のみなさんが一斉に紙をめくる。

「あの男。中々優秀だな」

ヘルマンさんの魔道具を使った隠密の方法。想定する女神様の動きのパターンと対処法。その他、練り上げられた作戦を淀みのない口調で説明する団長を見て、コルネリウス殿下が呟いた。

「短期間でよくもまとめ上げたものだ。どういうわけかあの気難しい神官共もうまく説得している。まさか神的存在への捕縛許可が下りるとはな」

「こちら側に取り入れますか？」

こともなげに言うアンネリーゼ様に背筋が冷える。

どうでもいい話だが、目立たないための変装だというのになぜか二人ともお揃いの色眼鏡をかけているし、顔面から輝かしいオーラがほとばしっている。隠す気があるのかどうかが心底疑わしい。とてつもなく目立っている。

「アウグステンブルクの招喚を断るくらいの男だ。俺は無駄なことはしたくない」

そう言って殿下はつまらなそうに資料を指先で弾いたので、私はほっと胸を撫で下ろした。

「――以上だ。これより質疑応答に移る。意見のある者は挙手をしてくれ」

団長の話はいつも歯切れがいい。集会所のあちこちで手が挙がり始めるのを見て、私は慌てて質疑応答の議事録作りにとりかかった。

「私は今回舟に乗る予定ですが、実働部隊へ異動させていただけませんか？　演技とはいえ、皆が働いている時に恋人と二人で、とは、少し気が引けます」

第七部隊所属の男性がそう言うと、集まった騎士の中の何人かが頷いた。あれは確か占いの時に来ていた『脇舐め、汗だく、匂いフェチ』のお兄さんだ。無事に恋が成就したようで何よりである。

「心持ちは嬉しいが、先刻説明した通り、今回の作戦の成功の可否は諸君にかかっている」

集会所の端まで通る声。

「捕縛装置の起動には女神と泉の分断が不可欠だ」

光魔法を投影するスクリーンに、ヘルマンさんが開発した捕獲装置が映し出された。

一見ただの剣にしか見えないが、その柄《つか》には『冥府の魔石』こと、件の黒い魔石がはめ込まれている。有事の際は刃の部分が八股に展開し、魔石の力でガブリと女神様に食いついて簡易的な結界として作用するのだという。

集会の前に試運転を見学したが、哀れなスライムを呑み込む様は流氷の天使も真っ青な、まさに『捕食』といってもよい様子だった。

「捕獲装置の性能を十分に発揮するには、目標を必ず水面に誘《おび》き出さなくてはならない。女神に近づく分、実働部隊より危険な任務といえる」

団長の言葉に、異動を願い出たお兄さんの曇っていた顔が晴れていく。実働部隊の面々も同調するように頷いている。

「諸君の愛する人を危険に晒すことには私自身抵抗があるが、泉の女神は邪悪だ。貴重な魔石とヘルマンの技術力、神殿の許可証が揃った今、捕縛しなければ、無辜の民に犠牲が出るかもしれない」

協力してほしい、と呼びかけた団長に首を振る人はいなかった。


それから数刻後。

「これ、暑くね？」

「だよな。俺、上脱いでるぜ」

「天才かよ！　俺もやる！」

「やめてくださいよ！　これからご婦人方がたくさんいらっしゃるんですよ？」

　ヘルマンさんの館の前。第七騎士団のみなさんが捕縛準備のために忙しなく動き回る中、ウォルフさんとアルベルトのむきむき担当ツートップの二人はあっさりと上着を脱ぎ捨てて、呑気に筋肉の見せ合いっこなんかを始めていた。

　そんな二人を取り締まるフーゴさんだが、念のため主張させてください、ご婦人はここにもいます。ここだよ。ここにいるよ。

「全く。お前たちは我慢もできないのか？　ラウラちゃんを見習ったらどうだ」

　隊長であるヨハンさんの言葉に、三人が一斉に作戦用の衣装に着替えている私の方を振り向いた。

「……インゴラミドリウサギ」

　アルベルトがぼそっと呟いた。

「んぐっ！　ふ、アルベルトさん、ふふっ、そんなこと言っちゃ、っ、駄目ですよ」

「なあ、なんで笑ってるんだ？」

　わからないと言うふうに首を傾げるウォルフさんを置いて、ローグの森原産の珍獣の名前を答えたきり、頑《かたく》なに目を合わせようとしないアルベルトと小刻みに震え出したフーゴさん。私は恨みがましい気持ちで二人をじっと見つめ返した。

　わざと神妙な顔を作ってみせると、意外にも笑いの沸点が低いらしいフーゴさんがついにお腹を抱えて笑い出した。

「あ、その顔やめてください。ちょっ、ふふっ、真面目な顔で見ないで、あは！　あはははははは！」

「どうしたラウラ、そんな顔して。腹減ってんのかよ？　どんぐり分けてやろうか？」

「大丈夫です」

心配した様子のウォルフさんが山盛りのどんぐりを手のひらに載せてくれようとするのを丁重にお断りする。

ヨハンさん以外の四人が身につけているのは、ヘルマンさん謹製の深い緑色の衣装。

女神様の目をごまかすために葉っぱや草や魔法陣がいい感じに編み込まれているはずのそれだが、私だけは少しシルエットが変わっていた。

毛玉。蠢くもの。すなわち丸すぎる。

私とて好きで毛玉に甘んじているわけではない。衣装が大きいのだ。

ヘルマンさんは騎士団のみなさんを基準にこの隠密衣装を作ったわけで、それを寸足らずの私が無理矢理着たとなれば結果は明白。

手足は出ないし、重たいしで布地が余りに余っている。鬼の着膨れ。ちょっと歩けば転倒は不可避。下手をすればそのまま、インゴラころりんで泉の水面へダイブすること請け合いだ。

「これでわかってもらえたと思うけど、ラリラは実働部隊をクビ。転ぶと危ないだろ？」

無慈悲に告げる実働部隊隊長のヨハンさん。

我が身ながら足手まといにしかならないと判断した私はぐうの音も出ず、しょんぼりと肩を落として頷いた。

「まあまあそう落ち込まないで。まだ時間もあるし小舟の確認をお願いしてもいいか？」

「もちろんです！」

「助かるよ。と、言っても一人じゃ危ないからな……ああ、ギルベルト」

ヨハンさんはヘルマンさんの屋敷から巨大な何かを運び出そうとしている一団に向かって手を振った。

「ちょうどよかった。彼女と小舟の確認をしてくれないか。館の裏に並べてあるはずだから」

「……わかりました」

ギルは私の顔を見ないまま、行くぞ、とぶっきらぼうに声をかけた。

◇

小舟はヨハンさんの言った通り、館の裏に整然と並べられていた。

ローグの森の大樹の幹を彫り出して作った素朴な丸木舟はこの辺りではよく見かける、一般的な乗り物だ。

口数の少ないギルが手近な一つを拳で叩いたので、真似するように表面を撫でてみれば滑らかな手触りの木肌が触れた。舟の側面には赤や青の絵の具で華やかな模様がつけられていて、いかにも夏至祭らしい。

「穴が空いてないか見ればいいんだよね？」

「ああ」

表側はあんなに騒々しかったのに、裏側になると耳が痛くなるほど静かだ。

ギルと私はしばらくの間小舟を見て回り、虫食いや中腐れのないのをしっかりと確認した。

「大丈夫そうだね」

最後の舟を覗き込み終わって振り返ると、ギルとの距離がとても近いことに気がついた。

昔なら肩だって組んだし、嬉しいことがあれば抱きついたりもした。

そんな幼馴染の距離感が今はどうしてか肯定できなくて、身を引いた私の腕をギルが繋ぎ止めた。

「ギル？」

「……諦めないって、言っただろ」

胸が締め付けられるような声がして、ギルの緑の瞳が近くなる。

「お前が、俺を好きにならなくてもいい」

ギルの顔は怖いくらいに真剣だった。

「でも団長《あのひと》はやめておけ。貴族なんてお前には無理だ」

「だってお前、めちゃくちゃ食うし、がさつだし、考えなしな上に、寝相なんか見れたもんじゃないだろ」

「無理って……」

そう言って、笑うのを失敗したみたいな顔をするから、私は何も言えなくなった。

「うちの羊にはいまだに舐められてるし、いつだって馬鹿みたいに大騒ぎするし、ちょっと目を離せば面倒ごとに巻き込まれる。変なところで自信がなくて、泣いたと思えば笑ってる」

肩を滑った腕が正面から私を抱きしめる。その力があんまり強いから、私は胸が苦しい理由が、ちゃんと見つけられなくなってしまったのだと思う。

「そういうやつがさ、自分が一番偉いって勘違いしてるやつらに囲まれて、嫌なことを山ほど言われて、それでもお前、いつもみたいに無理して笑うんだろ。耐えられないよ。俺は、そんなの」

幼馴染の関係がいつまでも続くと思っていたのは、きっと、私の方だった。

「貴族なんかお前には似合わない。お前が不幸になる。だから俺はお前のことを諦められないんだ」

好きだ、とその唇が囁く。

「ならないよ」

「ラウラ……」

ギルの言う通り、これから先、言葉を飲み込まなくてはならない場面はいくつもあるのだろう。傷つくこともあるかもしれない。

「ありがとう。ギル。でも、不幸になんてならないよ。だって私、団長が笑ってくれるだけで何百倍も嬉しいし、そばにいるだけで信じられないくらい幸せになるの。それに私がしぶといの、ギルが一番、よく知っているでしょう？」

魔力無しの平民が事務官にだってなれたくらいだよ、と言うと、ぎゅっと、腕の力が強くなった。

「私の学習能力は中々のものだから、いつか貴族にだって勝てる日が来るかもしれないし」

「それはないだろ」

即否定とはさすがは私の幼馴染だ。親愛と腹いせをこめてぽんぽん、と背中を叩くと、ギルはゆっくりと腕を解いてくれた。

「後悔しないか？」

「しない」

「お前……、ちょっとは考えろよ」

呆れたようにそう言って、私の髪をぐしゃぐしゃにかき混ぜた。

「お前が村を出ていった時、焦ったんだ。お前は俺がいなくても生きられるんだって気づかされた。お前は強いよ」

「ギル……」

「振られて戻ってくるなら早くしろ。俺がいつまでもお前のことを好きだと思うなよ」

そう言ってくれたのはきっとギルの優しさなんだと思う。

赤い髪が夕焼けに溶けていくのを見て、私は自分がどこかとてつもなく遠くへ来てしまったような気がした。

◇

「――これより作戦を開始する」

名残のような夕焼けも消えた宵の口。篝火《かがりび》が焚かれた広場の真ん中で団長がみんなに目配せをした。

隊の大多数を占めていた実行部隊のみなさんの姿は既になく、残っているのは囮役の男女のペアと、数名の遊撃部隊、作戦の要のヘルマンさんと、その船に乗り込むことになった余り物の私だけだ。

被害者の会の同志である殿下とアンネリーゼさんはというと、あのやる気のない変装をしたまま囮役の一団に交ざって泉に乗り込むことにしたらしい。

「いいですか、みなさん。くれぐれもいつも通り恥ずかしげもなくいちゃいちゃとしてくださいね。彼女はあれで妙に目ざといところがありますから」

囮役のみなさんに呼びかけるヘルマンさん。その目の奥は全く笑っていない。

「ないとは思いますが、思春期の男女のように人の目を恥ずかしがって今回の作戦を台無しにしたら、僕はどんな報復……いえ、どんなに取り乱すかわかりません。いいですね？」

ちょっと照れ臭そうにしていた第七騎士団の団内恋愛組のみなさんは、ヘルマンさんの言葉に真っ青な顔でこくこく頷いた。スライムスープはみんなのトラウマだ。

「よろしい。特に黒い手袋が似合うお二人。あなたたちは顔が割れているんですから、振る舞いにはくれぐれも気をつけてください」

釘を刺された私と殿下はお互いの健闘を祈るように目を合わせた。

「では小舟に乗り込んでください。順番に転送していきます」

超がつくほどの高難易度の魔法を涼しい顔で使いこなして、ヘルマンさんが囮役のみなさんを泉の上へと転送していく。楽しそうに待つ人、不安そうに手を握り合うカップル、早くも人目を憚らない様子になっているカップル……！　は殿下とアンネリーゼさんだ。お熱い。

「これで最後ですね。ではラウラさんはこれを被ってください」

「これは？」

木彫りの熊に見える。

「木彫りの熊です」

木彫りの熊だった。

ボートの上に鎮座する、人ほどの大きさもある木彫りの熊。中は空洞で意外なほど軽い木彫りの熊。つるつるとした表面の加工精度こそ卓越して高いが、点と点と点でできた目と口に、極めつけの下がり眉毛。なんともいえないゆるい表情にヘルマンさんの不得意分野を知ることができる、れっきとした木彫りの熊だ。

「夏至祭の舟に三人で乗っていたら変でしょう」

「二人と一匹が乗っていても十分変だと思いますが……」

「おや、アラクマサン・オマチナンシーの文化をご存知でない？」

ご存知ないです。

それに、お待ちになるのはお嬢さんではないのだろうか、と考えてみる。

首を振る私を教養のない人間を見るような目で見たヘルマンさんは、指を一振りするとあっという間に美女の姿へと変化した。

「むしろ、僕の方がその中に入りたいんですよ。アラクマサンは縁起物ですからね。それをラウラさんが団長と恋人役をするのが、どーーしても嫌だというから譲って差し上げたんでしょう」

「嫌だったのか？」

「ち、違いますよ！」

静かに傷つく団長に向かって慌てて両手を振る。

「それは、ヘルマンさんが私にだけ特殊な条件を出してくるからじゃないですか！」

「顔が見えたら困るので、ちょっと膝の上に乗ってこう、がばっとしていてくださいと言っただけじゃないですか。殿下と護衛騎士の方は二つ返事でしたよ」

がばっ！　だけではない。ちゅっ！　も、ぺろっ！　もあった。選択肢がないならまだしも、絶対にだめだ。色々思い出してしまうからだめだ。特にお膝の上に乗ったりするのはよくない。

「俺は構わないが」

「喜んで被らせていただきます！」

ちょっと残念そうな団長から目を逸らして、アラクマサンなる木彫りの熊の下に潜り込む。膝を抱えて座り込めば熊さんの胸のところに空けられた穴から団長と、こちらに背を向けて座り込む美女ヘルマンさんが見えた。

「それでは移動します」

ちょっとくらくらくる浮遊感があったのは本当に一瞬のことで、瞬きをした後にはもう周りの景色が変わっていた。

月灯りが輪郭だけをなぞる真っ暗な森の中、インクを垂らしたような水面に舟の影がいくつも浮かんでいる。

人の声はしなくて、舟の軋む音だけが響いている中に、りん、と鈴に似た音色がした。

はじめはひとつ、重ねてふたつ、みっつよっつ、いつつと、残響は光になって、次々に浮かび上がる。

妖精が灯す橙色の暖《だいだい》かな光が、どこか遠くの舟から水面に滑り落ちていく。

無秩序な光の群れは鏡のような水面を滑っては上へ、くるくる回っては下へ揺れ動く。踊っているのだと思った。

「わあ、素敵！」

すぐそばで誰かが歓声をあげた。それを皮切りにざわめきだす人の声。

妖精の羽が奏でる金属質な音。空の灯りをそのまま映す水面は底が抜けた穴のように深く、まるで宙に浮いているような錯覚すら覚えた。

「――美しいな」

ヘルマンさんの肩越しに団長と目が合って、その優しい笑顔にちょっぴり甘酸っぱい気分になった。

「クマ？」

「なんでクマ？」

「しっ！　見ちゃいけません」

台無しである。ロマンチックな光景には不適切なゆるいクマの登場に、周囲が今度は別の意味でざわつきだす。

馴染めてない。馴染めてないですよヘルマンさん！

目立ってますよ！

みんなアラクマサンをご存知ない。クマの下で顔色を失くし始めた私とは対照的に美女ヘルマンさんはどこ吹く風で水面を見つめ、団長は相変わらず私を見つめてにこにこしている。器が大きい。大好きである。

「うふふっ」

そんな泉のざわめきと華々しい光景に呼応するように、聞き覚えのある楽しげな笑い声が響き出した。

「お間抜けな人間たちにも、やーっと、泉《ここ》の良さがわかったってわけね！」

泉の中心。その水面がせり上がって人型をとり始める。上半身だけを完成させて両手で頬杖をついた格好の女神様は、それはそれは得意げににまにまと笑っていた。

「そうよねそうよね。湖なんてくだらない。それなのに毎年毎年、ばっかみたいにみんなあっちに集まって。私の泉の方が百倍綺麗で楽しいに決まってるんだから！　あ、そうだ」

いーこと考えついちゃった！　と両腕を上げて伸び上がる女神様。すごく嫌な予感がする。

例によって。

「うっふっふー。今日の私は機嫌がいいからー、お願いを叶えてあげる。誰にしようかなー」

自分の周りに浮かぶ小舟を自由気ままに動かしながら、辺りを見回し始めた女神様。

囮役のみなさんはさすがの胆力で、突然不規則な動きを始めた小舟にも動じることなく、女神様を刺激しないように落ち着いて事の成り行きを見守っていた。

もっと言うなら、アラクマサン《わたし》を発見した時の方がよほどざわついていたと思う。

「あら？」

哀れな犠牲者を探す女神様の前でヘルマンさん（女装）の腕が挙がった。

「いい夜ですね、女神様」

ヘルマンさんがそう言うと、ぱしゃん、と小さな水柱が遠くで上がって、女神様の姿がかき消えた。

「あなた、今、手を挙げたわね。見たわ！」

また水柱が立って、私たちの乗る小舟の縁に女神様が頬杖をつく。

「ええ、挙げました」

飄々と言い切る美女ヘルマンさん。その美貌の裏に件の、大きな大きな感情を隠し持っているようにはとても思えない。

「誰だか知らないけれど、面白いわ！　いい心がけじゃない！」

くすくすと笑う女神様。その背後で団長の手が、そうと気づかれないように剣にかかったのを固唾を呑んで見つめていると、女神様の視線がふいにこちらを向いた。

「…………」

「…………何これ」

女神様の透き通った眉間にぎゅっと皺が寄って、どくどくと心臓が高鳴った。

「不細工なアラクマサンね。作った子、才能ないんじゃない？」

「……そうですか」

謎の文化アラクマサンは女神様には通じるものだったらしい。

目に映すのも嫌だ、とばかりに首を振った女神様に、プライドを傷つけられたらしいヘルマンさんの手が背中の後ろでぎゅっと握り締められる。

自信作、だったんですね。

「ちょうどいいから私が消してあげる！　ああ、気にしないで。お願いを叶えてあげるおまけ。ああ、私って本当になんて優しいのかしら！」

言うなり、両手を挙げる女神様、泉の水がその上に渦を巻きながら集まって凝縮されていく。

「え？」

よくわからないけれど、ものすごくまずい気がする。けれどここで逃げ出して正体が露見してしまえば、これまでのみなさんの努力は水の泡だ。

「まずいですね」

動けないままでいる私を見て、ヘルマンさんが呟く。

泉から伸び上がった女神様は、創り出した水球を今にも投げようと後ろに振りかぶった。

「どうやら、これまでのようだ」

団長の声は静かだった。

団長の手元の鋼が煌《きら》めいて、きゃあ、とも、ぎゃあ、ともつかない悲鳴が女神様の喉から出た。

「捕縛開始」

続けられた宣告と共に、目にも留まらぬ速さで泉の水面と繋がっていた女神様の足元が両断されて、その体が転々と水面を転がっていく。

「な、なに？　なんなのよ!?」

つい先ほどまでは自分の一部であった水面から引き剥がされたことに、女神様は明らかに混乱していた。

「泉の女神——ユトゥルナ・ローグ・フェローニア。五百年の長きにわたり、ローグの民に害なし続けたその所業。今ここで贖《つぐな》ってもらおう」

剣を構えた団長が女神様を見据え、真名を唱える。

柄にはめ込まれた魔石のせいか、団長が握るその刀身は魔力の無い私にもわかるほどの禍々しい気配を放っていた。

仮にも捕縛する側だというのに、どちらかといえば団長の方が悪役に見えるような、ちょっぴりダークな気配を漂わせているのはここだけの秘密である。

「意味わかんない！　ちょっと、どうして戻れないのよ！」

小舟に乗った囮役の騎士さんたちも戦闘態勢に入り、劣勢を悟った女神様は泉の中に戻ろうと水面を拳で叩くけれど、波立つ泉は硝子《ガラス》でできているかのように女神様を拒絶した。

「なんで私が戻れないの！　主人は私なのよ！　水の精、お前たち何をぼーっとしているの！開けてったら。開けてよ！　それか出てきなさい！」

「──惨めですねえ」

ほとんど恐慌状態の女神様が水面の向こうの水の精たちに呼びかける。ヘルマンさんはそのすぐそばに小舟を滑らせると、楽しくてたまらないというようにくつくつと笑い出した。

「……お前、なんなの？」

女神様の言葉に応えるように、変身が解けていつも通りのヘルマンさんが現れた。

けれど、女神様の表情はほとんど動かなかった。ただ未知の、恐ろしいものを見るような目でヘルマンさんと団長を交互に見比べている。

「誰？　お前」

「あなたなら、そう言ってくれると思っていましたよ」

ヘルマンさんの目がすうっと細くなる。

「まあ、いいでしょう。話す機会はこれからたくさんありますから。それこそ、死ぬほど」

「ひっ……」

「その通りだ。積もる話は後にしてくれ」

丸木舟の舳先《へさき》に立っていた団長が水面に一歩を踏み出す。詠唱もないまま、その足は波打つ水面を踏みしめて一歩、また一歩と女神様に近づいていく。

「これより貴殿の身柄、及び魂を捕縛する。その身柄は第七騎士団技術長官ヘルマン・デア・シュヴァルツヴァルツの預かりとなり、大神殿の審判にかけられることになる」

「ひっ……」

うまく魔法陣を編めないらしい女神様がじりじりと後ろに這いずっていく。

「ああ……、彼女のあの顔。僕がやりたかったなあ……。僕も剣を鍛えておけばよかった。いいなあ……」

ぶつぶつと呟くヘルマンさん。そのぴかぴか光る性癖の真下が、ちょっとアレなことになっているのはご想像の通りで、女神様の今後が危ぶまれる。

「なんで私が人間なんかに裁かれなきゃいけないの！　私はみんなを喜ばせてあげようとしただけじゃない……。ひどいわ……！」

わっと顔を覆う女神様を見てちょっと可哀想になる。

「喜ばせる？」

団長の背中からは怒気が溢れ出していた。

「そうよ！　この前だって、ここに来た子が『恋人が欲しい』って言うから、三つも！　祝福をしてあげたのよ！　その子だってすっごい喜んでたんだから。こんなことされる筋合いはないわ」

そうなんですか？　とこちらを見るヘルマンさん。ぶんぶんと首を振る私。

嘘はよくない。嘘はやめよう。

少しだけ焦ったが、女神様が保身のためにあんまり強気に言い張るものだから、その瞳から全然涙が出ていないことにみんな気がついてしまった。

「三つ？」

アッ、団長が不思議そうに首を傾げている。

オカズの回数に関する呪いだけは絶対、少なくとも団長にだけはばれたくない私は、クマの中であわあわと慌てふためいた。

「喜ばせたいというのならば、なぜあのような回りくどい呪いをかける」

団長は私の呪いについて問いただすよりも、話を先に進めることを選んでくれたらしい。

「そんなの、」

（あれ……？）

しょんぼりと肩をすくめた女神様が、後ろ手で何かをしているのが私の角度から見えた。

「面白いからに決まってるじゃない！」

「危ない！」

考えるよりも先に悲鳴のような声が私の喉をついて出た。

宙を舞うアラクマサンは、女神様が放った水の刃に当たって粉々に砕け散る。

さらばアラクマサン。ごめんなさいアラクマサン。

火事場の馬鹿力で自分の背丈よりも大きな木彫りのクマを投げつけた私は、既に剣を構えていた団長に気がついて、ほっとすると同時に、振り抜いた勢いのまま泉の中へ落下した。

「ラウラ君！」

「だ！　大丈夫です！　それよりも捕まえてください！」

こういう時にもがくのはよくない。騎士団の水泳訓練を思い出しながらそう言うと、私を信頼してくれたのか、団長は怒り心頭といった様子で、しかし女神様へ向き直ってくれた。

それから剣を掲げて何か呪文のような言葉を紡ぎ出す。

「禍々しいですね。そして、いつ見ても素晴らしい魔力です」

モーリッツさんの声がして、襟首を掴まれた私は、サシャも乗っている丸木舟の上に引き上げられた。

引き上げてくれたモーリッツさんに倣い、水上の二人の方へ振り返ると、凍てつくような眼差しを向ける団長の足元で、八つに裂けた黒い剣、と言う名の捕獲装置に捕まってじたばたともがいている女神様が見てとれた。

「ラウラ、大丈夫？」

サシャが自分の膝掛けを私の肩にかけてくれる。

「ありがとう、サシャ。モーリッツさんも、助かりました」

「いえ、面白かったですよ」

モーリッツさんは、泣きべそをかきながらヘルマンさんに回収される女神様を愉しそうな目で眺めていた。

「無茶しないでね、ラウラ。心配だよ……」

サシャは優しく声をかけて、寒さに震える私を抱きしめてくれた。

無力化された女神様が、岸にある巨大な装置の中に放り込まれたのを見届けると、集まっていた騎士団の面々から、わっと歓声があがった。

「団長！　万歳！」

「ラウラた、……さんもよくやったぞ！」

「ヘルマン殿の手に堕ちるとは、女神様もお気の毒に……」

かくして女神様の捕縛は無事に完了し、ねぎらいも兼ねて後始末を買って出たご機嫌なヘルマンさんと団長の計らいで、騎士団のみなさんはめいめい自分たちの夏至祭へと繰り出していったのである。

あとで気がついたことだが、これは解呪に伴って私や殿下の呪いの内容が他の人に露見しないように、という団長の気遣いでもあったのだった。

◇

静かになったヘルマンさんのお屋敷。珍品がずらりと並んだ応接室の真ん中には黒い塗料で複雑な形の魔法陣が描かれていた。

その真ん中に座らされた女神様はというと、不貞腐れた表情で胡座《あぐら》をかいていた。

「早く帰りたいし、まどろっこしい前置きはなしにしよう。まずは、殿下とラウラちゃんにかけた呪いを解いてほしいんだけど」

副団長が和やかに切り出した。

額の血管をぷちっとしていそうな殿下とそれを見て鼻息を荒くしているアンネリーゼさん、一触即発の空気を漂わせる団長、ずっと楽しそうなヘルマンさんに居心地の悪そうなこの私という、地獄絵図な集会なので正直とても助かる。

「さてと……」

「呪いですって？」

触手がみっちり詰まった謎装置から解放された女神様は、尊大な態度を取り戻していた。

「可哀想だから助けてあげたんじゃない。呪いじゃなくて祝福よ」

ぷん、とそっぽを向く女神様を見て、怒髪天をついた殿下が剣の柄に手をかけた。

「この害獣が……」

「殿下、どうかお気を鎮めてください。私が興奮します」

慣れた仕草でその肩を捕まえるアンネリーゼさん。真面目なのか不真面目なのか、最近ではよくわからない。

「何が『助けてあげた』だ！　お前のせいで、俺は、俺は兄上のあんな秘密を……！」

「『みんなが信用できない。兄上の本心が知りたい』って言ったのはそっちでしょ。だからちゃーんと見えるようにしてあげたのに　体何が不満なのよ！」

「俺は本心が見たいと言ったんだ！　自慰のネタが知りたいなどとは言っていない！」

怒り心頭。

ぶるぶると震え出した殿下は大きめの林檎のように顔を赤くしていた。

「ぷぷぷっ」

開き直ってしまったのか、致命的に空気が読めないのか、殿下の表情を見てくすくすと笑い転げる女神様。

「あなたの周りの人は何を考えていたのかしら？　それを見てどう思ったのかしら？　その騎士ちゃんともすーっかり仲良くなっちゃって、これって全部全部私のおかげよね！」

ねえねえ、今、どんな気持ち？　感謝してる？　としつこく繰り返す女神様。

その様子には被害者の会の一員として、私にもむかむかくるものがあった。

「ねえ、私の可愛い子」

そんな私の視線に気がついたのか、女神様の矛先がこちらに向いた。

「素敵な恋人はできたのかしら？　毎日毎日あれだけ私の力を使ってたんだもの、もちろんできてるわよね？　相手はあの赤毛くん？　それともこっちの身の程知らずの方かしら。これも私のおかげよね」

そう言って、ふふん、と胸を反らせる。

「ね？　ぜーんぶ私のおかげなのよ。ちゃんとお願いを叶えてるの。みんなちゃんと幸せになってるの。それをなによ、こんなところに連れてきて。せっかくのお祭りが台無しじゃない」

さっさと帰してよ、と、己の身の潔白を訴える女神様。

本当に少しも悪いと思っていないのか、わざと話を逸らしているのか、ややこしいことに地味に話が通じていない。

どうしたものかと頭を抱えていると、女神様のお膝のすぐそばに団長の黒い魔剣が突き刺さった。

「ひっ！」

「放言は聞き飽きた。呪いを解け。これは警告だ」

先ほどまでは意気揚々と自分の無実を訴えていた女神様だったが、少しでも身じろぎすれば触れてしまいそうな剣、そしてそれにはめ込まれた魔石を見て、怯えた素振りで膝を抱え込んだ。

「そ、そんなに怒らなくったって、いいじゃないのよぅ……」

ちろりと団長の方を見上げた女神様は、何か恐ろしいものを見てしまったらしい。

さっと視線を逸らして床をいじいじと弄り始めた。

「あの……もし、ね。もしも、もしもなんだけど。実は、解けないって言ったら、ど、どうするのかしら……」

半透明の女神様はそう言ってだらだらと冷や汗、ならぬ冷や水を流し始める。

「解けない!?」

それまでそれなりに穏やかに事の次第を見守っていた私の口から、元気のいいニワトリみたいな声が飛び出した。

「困ります！」

「あ！　あっ、あー、違うのよ！　解けそうで解けない、少し解ける祝福っていうか、なくはないかもしれないっていうか！　だからちょっと、その剣やめて！　こっちに向けないで！　ちょっと、止めてよ！　この男野蛮だわ！　あなた騙《だま》されてるわよ！」

「団長？」

そんなゆるい仕様の祝福があってたまるものか。

女神様のあまりの慌てぶりに、窺うような視線を向ける。振り向いた団長はいつも通りの笑顔を返してくれた。

団長は野蛮なんかじゃないぞ。全く、誤解にもほどがある。

「永続魔法ですか」

ヘルマンさんの方から厄介ですねとでも言わんばかりの声がした。

「だってだって、解けちゃったら面白くないじゃない！　なんでも長持ちする方がいいのよ！　かけ直すのが面倒くさいでしょ！」

「解けない……、俺は、一生、このまま……。他人の自慰のオカズなんぞを……」

「殿下……ああ、なんとおいたわしい……」

衝撃の真実に魂の抜けた殿下を受け止めるアンネリーゼさん。その顔は今にも涎を垂らさんばかりにとろけている。

「どうにかならないんですか？」

藁《わら》にも縋る気持ちでヘルマンさんを見る。

性癖覗き見生活に慣れてきてしまった節があるこの頃だが、それはそれ、これはこれ。

人間関係崩壊のリスクのある呪いを抱えて生きていくのは辛すぎるし、なにより迂闊な私のこと、このままでは隠し通してきた第三の呪いが団長に露見する日はそう遠くない。

墓場まで持っていくには重すぎるこの秘密をさっさと投げ捨ててしまいたい。

「なりますよ」

すわ絶望か、という雰囲気が流れる中、ヘルマンさんはあっさりと言い切った。

「お二人の両目や腕に刻まれた術式は消えませんが、現在勝手に行われている魔力の供給を断てばいいのです。そうすればいかな永続魔法といえども燃料のない魔道具同然。そこに在るだけで動かないがらくたです」

「い、嫌……！　それだけは嫌！」

何を察したのか、一歩一歩、自分の方へ近づくヘルマンさんに顔を青ざめさせる女神様。

「僕の愛しいユトゥルナ・ローグ・フェローニア。この時をずっと待っていたんですよ。あなたに屈辱を味わわされたあの日からずっと、ね」

ちょっと危ない目つきをするヘルマンさん。先刻同様、その股間はとっても大変態、じゃない、大変なことになっていて、圧縮された魔力が、魔力無しの私でも目視できるくらいにばちばちと、音を立てながら空気中を飛び跳ねている。

耐性のない私が思わず団長のそばに身を寄せると、団長は庇うように私を背中に隠してくれた。

「『ちょっとしょぼい魔法が使えるだけの猿』でしたっけ？『百回産まれ直してもお前なんかが魔術を極められるわけがない』とも言われましたね。ああ、思い出すだけで魂が震えるようです」

王国一の変人であり、稀代《きたい》の大魔術師、ご実家も大層な名家でエリート中のエリートと言っても過言ではないヘルマンさんは、実はかなり根に持つタイプだったらしい。

「知らないわよ！　そんなの、いちいち覚えてないもの。覚えていたとしてもお前が雑魚雑魚の負け犬なのが悪いんでしょ」

火に油、どころか火山口に怒れるドラゴンを放り込むような言動に、今だけは絶対に黙っておいた方がいい、とこっそり首を振って見せるが、女神様の目には入らなかったようだ。

「もちろんそうでしょうとも。でも、そんな僕に負ける貴女って一体なんなんでしょうねえ」

にやにや笑ったヘルマンさんが舌を出す。魔石から溢れる魔力を飲み干し続けたヘルマンさん。その舌には冥府の魔石と同じ、黒色の魔法陣が刻まれていた。

「おしまいですよ女神様。大丈夫。貴女の魔力がかき消えてただの人になったとしても、僕だけは、ずっと、そばにいて愛してあげますからね」

ぱちん、と指が一つ鳴って、女神様が石のように凍りつく。その上で身を屈めたヘルマンさんは舌の上で転がすように短い呪文を唱えると、女神様の唇に噛み付くようなキスをした。

「……」

「…………」

逃げることもできない女神様は、ヘルマンさんの舌を受け入れ続ける。

ある者は退屈そうに、ある者は冷静な視線で、室内にいる全員が二人の様子を見守っていた。

「…………」

あと、何かな。

そういえば部屋の隅っこに色違いのスライムが三匹、ぷるぷる震えている。悪いスライムじゃないといいな。

「…………………」

……いや、長くないですかね。

情景描写で間を稼ぐのにも限界があるというものだ。

目下、団長の手で経験値を爆発的に積まされているとはいえ、初心者中の初心者である私にとって、間近で見る他人のラブシーンは中々に刺激が強い。

目を逸らしてもいいんじゃないかな？　と思い始めた頃、女神様の異変に気がついた。

「んっ、や、ぁ……、」

苦しそうに眉を寄せるその頬に血色がある。透明だった髪は銀に、瞳は青に、肌は抜けるように白く、腫れぼったくなった唇の血色が鮮やかだ。

「……ああ、やっとだ」

女神は消え、魔法陣の中には美しい女の子がいて、力のない体をぐったりとヘルマンさんに預けていた。

「あの、女神様は大丈夫なんでしょうか？　酷いことしたりしませんよね？」

鈍い私からしてもヘルマンさんの執着心は相当なものに見える。

「もちろんです。僕は無理矢理とか、力ずくというものが大嫌いですからね」

スライムスープ事件の主犯はかく語りき。

『生意気な泉の女神をわからセックスで快楽堕ちさせる』が性癖な人が言っても全く信用がないな、と、いつもの通りに目の前の男性の股間を注視しようとした私は、驚きで目を見開いた。

「消えてる……？」

ない。ヘルマンさんにも、副団長にもない。

殿下やアンネリーゼさんのものも見えない。

まさか、と思った私は団長の背中に飛びついて、背後からその股間をじっと覗き込んだ。

「文字がない！」

時に眩しく、時に……やっぱり眩しく、私の網膜と羞恥心を焼き続けていたみんなの股間の光る文字。燦然と輝くそれが消えて、ごく一般的な、懐かしい股間が目の前にこんにちはしていた。

「すごい……！」

「ラウラ君、その、悪いが」

「わ……！　わー！　ごめんなさい！」

自分がとんでもない格好でとんでもない部分を凝視していたことに気がついて、ぱっと飛び退《しさ》った。

けれど、もう一つだけ、どうしても確認せずにはいられない。

「あの、手を握らせてください」

アンネリーゼさんにもらった黒い手袋を外して差し出された団長の手を握る。

「普通だ……！　普通です！」

温かくて大きな団長の手。もちろん卑猥な映像など流れない。

「解けました！　やった！　やりましたー　ありがとうございます！　すごく嬉しいです！」

握ったままの大好きなそれに頬を擦り寄せて、広げられた腕の中に飛び込む。

「よかった。君が嬉しいなら俺は幸せだ」

はしゃぐ私を抱きしめて、団長が心の底から嬉しそうに言ってくれる。

「猥褻が治った！」

離れたところから殿下の声も聞こえてきて、しばらくの間、部屋の中は喜びではちきれんばかりだった。

「ハッピーエンドみたいだし、そろそろ帰ってもいいかな……」

きゃあきゃあと大騒ぎする私たちを見て、副団長が白けたようにこぼした。

「そうですね。さっさと帰っていただきましょう」

女神様を抱きかかえたヘルマンさんが副団長に賛成する。

「彼女の魔力は僕が全て奪いました。体に刻まれた永続魔法は解除できませんが、よほどの量の魔力を流さない限り、まず問題ないでしょう」

さらりととんでもないことを言うヘルマンさん。この通り、と出された舌には黒い魔法陣が刻まれていて、時折青く輝いていた。

「魔力の無いラウラさんは……まあ、ひとまずは大丈夫でしょう。殿下の方は、ご自身の魔力の扱いに気をつけてください。術式に魔力が流れ込めば、その時点で発動します」

「俺は落ちこぼれだからな。なけなしの魔力を操作する術には長《た》けている」

「殿下……」

卑屈にも聞こえる言い方をした殿下だったけれど、その顔はどこか晴れやかだった。

「それに俺にはアンがいる。そうだろう?」

人間嫌いだった殿下の、全幅の信頼を寄せる言葉に、アンネリーゼさんは跪いて騎士の礼をとった。

「この命、尽きるまで」

それを聞いた殿下は本当に嬉しそうに破顔した。

第九章　せめて今は

魔法で制御された舟は滑るように湖面を進んでいく。夜もふけ、遊び疲れた妖精たちがふらふらと寝ぼけたように、優しく辺りを照らしていた。

「よく似合っている」

「ありがとう、ございます」

団長がくれた夏至祭の白いワンピース。胸の下で切り返しのついたそれはうっとりするぐらいに着心地がいい。足首まであるスカートの裾には白い糸で花や蔦の模様の刺繍がしてあって、上品な可愛さがある。

月明かりの下、いつもとは違う、式典用の白い騎士服に身を包んだ団長は眩しいくらいに格好いい。二人きりの湖はガラスのドームで閉じられたように静かだった。

「君とこうして夏至祭を共に過ごすのが俺の夢だった、と言うと、君は笑うかな」

長い指先が私の髪の毛を弄ぶ。

その言葉が嬉しくて、すっかり赤くなってしまった私の頬を、そのまま優しく撫でてくれた。くすぐったさに目を閉じた私の唇に、長い口づけが落ちる。

子供の頃は、どうしてキスなんかするのだろうと思っていた。

でも今は、その理由がよくわかる。

「君といると張り詰めたものが解けるような気持ちになる」

長い触れ合いでとろけてしまった私の体を抱きしめて、団長が囁いた。

「手放したくない。そんなことになれば、きっと俺は、君の幸せを祈れない」

少し掠れた声で囁かれる団長の言葉は、いつもよりずっと力がない。

愛は祈りだと聞いたことがある。目の前の人を手放したくないと思う気持ちは、きっとその感情からは一番遠い場所に置いてある欲望だ。

私は、今自分を抱きしめているのは、頼れる上司でも、みんなの騎士団長でもないのだとわかった。責任感が強くて、ちょっと真面目すぎて、自分自身以外のみんなに優しい、私の大好きな人だ。

「いいですよ」

団長はみんなに優しい。けれど、そんなふうに優しさを配ってばかりいたら、手元には何も残らないんじゃないかと、私はいつも心配になる。

「私はそれが嬉しいんですから」

私なんかの気持ちではとても足りないとは思うけれど。

広い背中を抱きしめて、団長は真面目ですね、とからかうような言葉を口にすると、また強く抱きしめられた。

長い間抱きしめあっていた後、少し恥ずかしそうに身を離した団長は、こほん、と一つ咳払いをした。

「……君の格好についてだが、夏至祭の支度としては不足があると思わないか？」

「不足ですか？」

何か失敗をしてしまっただろうかと慌てて自分の体を見下ろした。

「いや、そうじゃない。すまない、少し回りくどい言い方をしてしまった」

気恥ずかしそうな団長が、キスで乱れていた私の髪を耳にかけてくれた。

「これを贈りたかったんだ。……ずっと」

差し出された白い包みが開かれるのを、私はじっと見つめていた。

「朽ちない想いを、君に」

大小様々な菫の花と、白と黄の小花が寄せられた髪飾り。エナメルの細工でできた枯れることのない花が月明かりを受けてきらきらと輝いていた。

「永遠を誓おう」

——想いを受け入れるのならば右に、受け入れられないのであれば左の耳に。

答えはもう、ずっと前から決まっている。

燃えるように熱い頬を押さえた私は、夏至祭の伝承に倣うように右耳を団長に向けて差し出した。

◇

「んっ……、ぁ、」

柔らかいシーツに優しく押さえつけられて、何度も確かめるように唇に温かいものが触れる。

ひとまとめにされた手首はびくりともしなくて、ぞくぞくとした刺激を逃しきれない私は、はあはあと熱い息を吐き出しながら、舌に吸いつかれる感触や上顎をくすぐるもどかしい刺激に身悶えていた。

「花は残さず食べただろうか」

指の背が頬をなぞって、白い式典服をはだけた団長が呟く。唇を割り、歯列を割って入り込んだ指先が、激しいキスでじんじんと痺れたような舌をくちくちとかき混ぜた。

「君が毎年、彼と夏至祭へ出かけるのを見るたびに、狂おしいほど、嫉妬していた」

奥へ奥へ、奥の歯をなぞられる。溢れ出した唾液を舐めとって、ぎらぎらと欲に満ちた瞳が私を見つめる。

『――気をつけて行ってきなさい』

夏至祭の日、業務を終えた私を見送る団長の言葉はいつも同じだった。

団長に花をもらえる日なんてくるはずがない。ちょっとだけざらついた気持ちで退勤の挨拶をする私に、楽しんできなさい、と穏やかに笑いかけて、迎えにきたギルに駆け寄るのを優しい目で見送っていた。そう思っていた。

「君の中を、俺で満たしたかった。どの花も、君に触れさせたくはなかった。俺は、君を独占したいんだ」

「んっ、ぁ……あ」

身に余るくらいの言葉にぼうっとなる。

大きな手のひらが、白い布地を撫でて足の間に入り込む。毎夜いじめられる胸の先は触られてもいないのにじんじんと尖っていて、下着越しにもわかるくらいにこりこりと芯が通っていた。

「っ、だんちょ、あ！　やあぁ！」

「悪い子だ」

触ってほしい。いつもみたいに吸って、形が変わるくらいに噛んでほしい。

知らず、ねだるように背を反らせた私を団長が優しく叱りつける。

「寝台《ここ》では名前で呼ぶ約束だろう？」

「ご、ごめんなさっ、あ、んっ、ああっ……」

忍び込んだ指先が、とろとろにとけた場所のすぐ上、真っ赤に腫れ上がった快楽の芽をぐりぐりと押しつぶす。強すぎる刺激は熱に似ている。火傷しそうなくらいの熱さにじたばたともがく私を見て、団長は前髪をかきあげた。

「ああ、まずいな……」

「あ、っ、は、ディルク、さん？」

ばちばちとした快楽の手前でぴたりと止められた指に、どうにか息を吐く。

窺うような視線を向ける私に、団長はにっこりと笑ってみせた。

頭の中で警報がけたたましく鳴りたてる。

「君が可愛くて、酷くしたくなる」

「やっ、あっ、んん～っ！　んんっ、あ、ああっ」

常にはない荒々しさで下着をむしりとると、体の脇に膝を押し付けられた。秘部を全て見られてしまう恥ずかしい格好に赤面するのも束の間、熱い舌が避妊魔法の紋を通って、ぐしょぐしょに濡れた場所をべろりと舐め上げた。

「かわいい」

「ふ、ぅっ……っ」

舌をのばした団長が、形の良い目を弓なりにさせてどろどろに甘い笑顔をくれる。

肉厚な舌が焦らすように敏感な場所を掠めるのが気持ちいい。

――もっと。

いつもは簡単にもらえるはずの強い刺激だけがもらえない。つ、と触れるか触れないかの場所を滑る舌先がもどかしくて……もっと舐めてほしくて、今にも動いてしまいそうな腰を必死に押し留めた。

「ここは、嫌いかな」

「んぅ！　っ、……あっ、あ、あ！」

甘い声。充血した尖りをぢゅっと吸い上げられる稲妻のような快楽に目が眩みそうになる。

幅広の舌が敏感な裏側から、皮を押し上げるようにざりざりと快楽の芽の中を嬲る。

「あ、あ、んっ、――っ！」

とろみのある水に浸かっているような感覚の中、ばちばちとした刺激に身を任せようとした途端、またあっさりと取り上げられてしまった。

「あぅ……、な、んで……」

「きちんと言わなくてはわからない」

かあっと顔を赤らめた私を見て、団長は愉しそうに太腿に舌を這わせた。

その後も襞の間を丁寧に舐めたり、潮の道をこりこりといじめるのに、あとちょっとのところでぴたりと止まる。

「ひ、っ、あ、も、くるし……」

いつもはたくさん可愛がってくれる胸は服の下でずっと放置されたまま。

ひくひくと、おかしくなりそうなぐらい濡れている場所は手慰みのように時折指を入れられるだけ。

お腹の後ろ側をとんとんされる刺激に上り詰めそうになれば、あっさりと引き抜かれてしまう。

苦しくて、もどかしくて、どうにかなってしまいそうだ。

「言ってごらん。気持ちがいいのは悪いことじゃないだろう？」

こういう時の団長は少し意地悪だ。指や言葉は優しいけれど、私が求めるのを待っているような気がする。

膝の上に抱き上げられると、距離が近くなってどきどきする。そのまま悪魔の囁きのような言葉が鼓膜に直接吹き込まれて、いつもより少し掠れた大好きな声に胸が熱くなった。

「…………」

無言のまま、ちらり、と団長を見上げると、とろけそうなキスをくれた。

「……くるしくて、んっ、あ」

繰り返される口づけの合間になんとか声を絞り出す。

「続けて」

そう促してくれるけれど、口づけは、止める気がないというようにどんどん激しくなっていく。

「さ、触って、っ、ください」

「触るだけでいいのかな？」

「やっ、あ……」

一度も触れられていなかった胸元に大きな手が忍び入る。持ち上げるように外に出された右胸を優しく揉みしだかれて、舐めて、と言わんばかりに真っ赤になった乳首をかりかりと引っ掛けられた。待ちわびていた刺激に腰ががくがくと崩れて、いい匂いのする首元に縋りつく。

「答えられないなら、止めておこうか？」

「んっ、〜〜っ、いや、です」

ぴん、ぴん、と緩慢に弄ばれる胸先。それがいつまでもはっきりしない私に仕置きをするように、不意にぎゅっと引っ張られて、大好きな人に抱きしめられて、理性なんてもう、一欠片も残っていなかった。

「……ごりごりって、噛んで、ほしいです」

無遠慮に口にした私に、含み笑いが返される。

「噛むだけか？」

では今晩はそうして過ごそう、と絶望的な囁きをされて、やっとの思いで首を振る。

「ふ、っ、やっ、やあ……」

「揺れているな」

キスをされて、指を挿し入れられて、ベッドの上はぐちゃぐちゃとした音と淫靡な空気でむせ返りそうだ。時折、入口を引っ掛けるようにばらばらと動く指先に翻弄《ほんろう》されて、気がつけばまるで自慰をするように団長の手に腰を擦り付けていた。

「ごめ、んなさい、でも、きもちよくて、っ、……したいです」

言ってしまえばもう止まらなくて、でも恥ずかしいから顔は見られなくて、形の良い耳に唇を近づけると子供同士がするひそひそ話のように囁いた。

「いつもみたいにいっぱい触って、舐めてほしい、です……。ひどく、されたいです」

「…………」

幻滅しないでほしいと祈りながら、腕がまわらないほど厚い胸板をぎゅうぎゅうと抱きしめる。黙ってしまったことが不安で、甘えるように耳元にキスをした時、夏至祭の衣装がふんわりと浮き上がった。

「……ん、ああっ！」

ばちん、と大きな音がして、持ち上げられたお尻が落ちていく。暴力的な質量の快楽がお腹の中から喉までを貫いて、ごつごつとした背中に思わず爪を立ててしまう。

「……本当に、気が狂いそうだ」

大きな手で痕がつきそうなくらいにお尻を鷲掴《わしづか》み、まるで玩具を扱うように、私の体を持ち上げては叩きつけるように膝の上に落とす。

さっきまで足りない足りないと疼いていた蜜穴は、ようやく押し入ってきた剛直に嬉しそうにまとわりついて、私の意思とは反対の強すぎる快楽を頭の中にどんどん送り込んでくる。

「あっ、んっ、んぅ、あ、あ、ああああ――！」

「っ、狭いな」

散々舐められてどくどくと脈打つほど膨れ上がった陰核を指先でぐっとつぶされて、お預けをくらっていた快楽の残滓《ざんし》があっという間に噴き出した。

「あっ、う？　ん、ん〜〜っ！」

「ああ……。かわいいな」

絶頂を取り上げられ続けていたから、我慢できなくなった体がおかしくなってしまったのかもしれない。与えられた刺激を貪欲に取り込んで、甘い絶頂が止まらなくなってしまった私を団長がうっとりと眺める。

「噛んでほしい、だったかな」

「んっ、っ、やあぁっ！」

閾値を超えた快楽に嫌がって首を振る私を易々《やすやす》と押さえつけて、白い歯が胸の先に噛み付いた。

「やっ、や、ああんっ、ん……、んぅ……」

硬い歯が膨れ上がった場所を押し戻すように食い締めて、視界が白く欠けていく。

尖った乳首は私の体の他の場所と比べると異質なくらいに赤い。その場所へ、あの上品な団長が音を立てて美味しそうにむしゃぶりつくのがたまらなく淫らで、背徳的で、そんなことにもどうしようもなく感じてしまう。

「君は、いつも少し、甘い匂いがするな」

噛んで、舐めて、片方が終わったかと思えばもう片方。団長は過ぎた快楽に体の芯が抜けてしまった私を、お腹の減った狼のような目で見た。入りっぱなしだったものが、ずるりと抜けて、避妊紋に指が乗せられる。

「それに小さい。抱きつぶしてしまいそうだ」

顔が見えないな、と残念そうに呟いた団長は私の足首をベッドの上に押しつけると、短い呪文を囁いた。

「あっ、熱、いっ、ふ、あ、ああっ、ん――――！」

避妊紋は熱を持って、お腹の中を焼き尽くしてしまいそうな温度が、穿《うが》たれる中を握りしめるように包み込む。常識では考えられないような快楽に、きゅっと喉を鳴らした私を、団長はまるで痛ましいものでも見るような顔で見つめていた。

「……すまない」

胸を焦がしそうな呟きが落ちる。その昏《くら》い瞳が泣けるほど愛おしい。

——結局、未来の約束も、胸が苦しいほどの愛の言葉も、他の人みんなが認める立場なんかもなくったって、少し不器用で、真面目で、他人のために何もかも我慢できるようなどこまでも優しいこの人が好きで、好きで。私なんかに夢中になってくれるその姿が愛おしくて眩しくて、それ以外に何も要らないのだと思う。

「ぁ、あっ、う、」

とん、とん、とん、と穿たれる熱。きゅうきゅうと子宮を締め付ける魔力の帯。内側と、外側から責められるありえない感覚。のけ反った背中をめちゃくちゃに抱きしめられて、頬にキスを落とされた。

「愛しているんだ、っ、」

「——っ！」

胸が苦しいくらい抱きしめられて、どくんどくんと脈打つ飛沫を受け止めた時には、もう、わかっていた。

「……君がいなければ夜も明けない。俺の浅ましい思いを、どうか、赦《ゆる》してくれ」

奪うようなキスをされて、奥へ奥へ、送り込むような動作を執拗に繰り返されるから、手足を絡めて、目につくところ全部に唇を返す。

「大好きです」

きっと大好きで、全部愛している。この人が生涯幸せに暮らせるのならば、命なんか要らないくらいだと思う。

思いの重さでいうならば、私だってきっと十分に重たい。いつも完璧なこの人の、くしゃりと歪んだ表情を目の奥に刻みつけたいと願うくらいなのだから。


――でも、何ごとにも限度があると思います。


「も、むり、っ、……」

握りしめたシーツだけを頼りに、枕元へと這いずる。二回、出されてしまった中からはまだあったかいものが、おもらしをしているのでは、というほど絶え間なくとろとろとこぼれ落ちていく。

「ひゃ、っ」

大きな手のひらが肩にかかって、逃げだそうとした体があっという間にずるずると引き戻される。ふーっと息を吐いた団長は手負いの獣のように熱くて、私を閉じ込める腕は鉄のように硬い。

「――逃げるな」

「あ、あうっ、ご、ごめんなさっ、」

くしゃくしゃになったシーツの中、ボリュームのない小さいお尻だけを鷲掴むように持ち上げられて、出したばかりだというのにさっきよりも逞しいくらいな熱くて硬いものを無理矢理にねじ込まれた。

「あ、あ――、っ～～！」

隙間などないくらいにはまり込んだそれが、襞という襞にみっちりと埋め込まれて、ぞりぞり、ぬこぬこと抜き挿しされる。それが本当に、溺れるほどに気持ちよくて、死んでしまいそうなくらいに頭と胸がいっぱいになる。

「っ……ラウラ、っ」

団長は大きい。体格差のある熱い体に背後から押しつぶされて、支配されるような感覚に足がぴん、とのびる。頭のずっと上の方についた逞しい腕が、何かを耐えるように握られた後、部屋中に響き渡るほど激しく、角度をつけた楔を何度も穿たれる。

「い、ああっ、あっ、あ！　あ、だ、め、いっ、いっちゃ、っ、ん、ん、あああああっ」

一番気持ちいい場所にぐりぐりと擦りつけては、子宮ごと突き上げられ、大きく張り出した何かがこそげるように私の中を無茶苦茶に引っ掻いていく。

嵐のような抽挿に頭が真っ白になる。だらしなく垂れた唾液がぽたぽたと敷布に染みを作った。

「愛している……」

団長はそう言うと、快楽に目が眩んで震えるだけになった私を無遠慮に抱きながら、お腹に刻まれた避妊紋をもどかしそうに親指で擦り上げた。

絶倫。

増え続ける数字は伊達《だて》ではなかった。

結局、その後も三回、お腹が膨れ上がるのではないかというほど抱かれてしまった私は、ぜえぜえと肩で息をしながら天井と対面していた。

(死んでしまう……)

ぽっこりと膨らんだお腹に手を当てて、愛欲、とか、爛《ただ》れた生活、とか。そんな言葉をぐるぐると巡らせる。

「ありがとう。とても綺麗で素敵だった」

私の体の後始末をしてくれながら、こめかみへの優しいキスや、惜しげもなく甘い言葉をくれる団長は私とは反対に心なしかつやつやとしていて、その輝きもいつも以上、二割増しは堅い。

そう、ぴかぴかと……。特に下腹部のあたりが……。

「な！」

ここまでくればさすがに朝チュンをしても許されるだろうと、呑気に微睡《まどろ》み始めていた私は、ぴかぴかと光る名状しがたい例のあの場所を見て、信じられない思いで跳ね起きた。

「ラウラ君？」

「ディルクさん、その……それ……」

ぶるぶると震える指先で股間のあたりを指さすと、団長は照れたようにはにかんだ。

「すまない……。今日は疲れているようだから、加減しようとは思ったんだが……」

違います。はにかむ団長はとても素敵だが、そうじゃない。

いや、六回もぎゅうぎゅうに愛されたのに、まだまだ元気なそれを見て驚く気持ちはもちろんある。加減とは？　と辞書を引きたくなる気持ちもある。

初めて正面から相対するそれの大きさと形にはびっくりするし、お腹に浮かぶ呪い文字のせいでなんだか後光がさしているような状態にはつっこみたい気持ちがむくむくと……そう、むくむくと湧き上がってくるけれど、そうじゃない。そして言葉選びに他意はない。

「せ、性癖が、」

見えているし、変わっている。

「ラウラ君？」

『５５４　ラウラ・クライン』

祝、復活。帰ってきた女神の呪いリターンズ。

なぜに名前。なぜにリターンする。端的になっているのが逆に怖い。

リニューアルされてシンプルになった性癖と世界一嬉しくない再会を果たした私は、訳のわからない状況に大いに混乱し、慰める団長の膝の上でべそをかく羽目になった。

古来、精液とは魔力の塊である。

そして、この国で一、二を争うほどの実力の騎士であると同時に、優秀な魔術師である団長は、貴族というお家柄のせいもあり常人の何倍もの濃度の魔力をその身に秘めている。

いくら魔力無しの私でも、女神や避妊紋同様、誰かから魔力をもらえば刻まれた魔法が発動する。魔力の操作方法を知らない分、対策の打ちようがないのが厄介だ。

過剰な魔力は女神様に作られた回路に勝手に流れ込む。

『それでも常識の範囲内であれば、影響はないはずなんですけどね』

そう話してくれたのは後日相談に応じてくれたヘルマンさんで、わかりますよね？　と言わんばかりに言葉に含みを持たせていた。

……つまるところが、えっちのしすぎというわけである。

真っ白な灰になった私が、なんとか開き直ったのはこれからしばらく経ってのこと。

性癖探偵として微力ながら騎士団のお役に立ったり、団長の数字が日々微増することに頭を悩ませたり、すったもんだの挙句、呪いの完全解呪を目指して婚約中の団長と共に隣国の怪しげな秘境に足を踏み入れることになるのは、それからさらに先のことである。

――せめてもの慰めとして、今はただ、心の底から笑ってほしい。

おまけのエピローグ　縁結びの顛末《てんまつ》は

「ちょっと、ラウラ」

「わっ、ジルケさん!?」

お昼ご飯を食べ終え、午後の執務までお昼寝でもしようかと考えていたある日。駐屯所の廊下を歩いていた私は、小さな腕にぐいと掴まれ、空き部屋に連れ込まれてしまった。

私を連れ込んだ張本人、事務官の先輩で無敵の天才少女ジルケさんは、手近のソファに私を座らせると、少しむくれた様子で私を見下ろした。

「どうしたんですか？　あっ、お弁当とお金を忘れてしまったとか……？」

それならこの不機嫌顔も頷ける。

「違うわよ！　ラウラじゃないんだから」

ここは一つお昼ご飯をごちそうしようとポケットをごそごそやっていると、キッとジルケさんが目をつり上げた。

「私は、実はお財布を忘れたことはありません」

なぜならお昼にお腹が空くと困るからだ。

どうですか。偉いでしょう！　と胸を反らせた私に、いよいよジルケさんの機嫌が悪くなってくる。

「もう！　そうじゃなくて！　……って、こと！」

「え？　すみません、もう一度言っていただけますか？」

肝心の部分を聞き取れなくてジルケさんの方に耳を寄せる。

「～っ！　だから！　なんで私のことは占ってくれなかったのってこと！」

不意に出された大声とその内容に私は目を白黒させた。

「えっと、ジルケさん、私に占ってほしかったんですか？」

そう尋ねるとジルケさんはこっくりと頷いた。

「ラウラだけは……、一緒だと思ってたのに」

「え？　ジ、ジルケさん？」

(な、泣いてる？)

じわじわと目の端に涙をこみ上げさせたジルケさんが、大きな声を出してごめんなさい、と言いながらぎゅっと抱きついてきた。感情が強い分、素直なのが彼女の長所である。

先輩とはいえ、三つも年下で小柄なジルケさんは、正直とても愛らしい。過ぎた毒舌もむしろ可愛く感じているくらいだ。そんなジルケさんに泣かれて、私はおろおろと身も世もなく動揺していた。

「なんで恋人作っちゃうのよ！　ラウラだけは私とおんなじで、ずっと独り身だと思ってたのに〜っ！　みんな、私のことを置いてって、仲間外れにして……っ」

べそべそと本格的に泣きべそをかき始めたジルケさん。

「仲間外れにしたわけじゃないんですよ！　そ、それに、ジルケさんは男性にモテモテじゃないですか！　私の占いなんかなくったって……」

「嘘だもん」

「嘘？」

「お茶会の話とか、全部嘘！　恋人なんていたことないの！　見栄張ってたの！」

お茶会で最も赤裸々に男女関係の話をしていたジルケさんの秘密にあんぐりと口を開けた。

曰く、十歳の頃から事務官として働いているジルケさんは、騎士団のみなさんにとって孫や娘、良くて妹としてしか見てもらえないらしい。

初恋もその次の恋も無惨に散り、仲良しの女性事務官であるレアさんにも小馬鹿にされてしまった（本人談）ジルケさんは、いつしか経験豊富な女の子のふりをするようになったのだとか。

「ツエリもサシャも婚約したっていうし……」

手近のソファに腰掛け、私の肩に頭を預けるジルケさんの背中を撫でながら、急遽《きゅうきょ》始まったお悩み相談に乗っていた。

話題の的、最近のツェリ様は光り輝かんばかりに美しい。実は王都から派遣されたローグ領の監査役だったというドミニクさんは、今はもっぱら領主様の館に出入りしている。夕方頃になると駐屯所に報告を上げにくるドミニクさんに、いつぞや、ツェリ様が膝に乗って甘えている場面を目撃したことがある。目が合ったドミニクさんにしーっと指を立てられたので、賢明な私はその光景を見なかったことにした。

みんな大好きモーリッツさんはというと、サシャとの婚約と時を同じくして門番から第二部隊の副隊長に昇進した。ちなみにその第一部隊の部隊長はというと、第一部隊から転属した上、いつの間にかちゃっかりニコラさんの恋人に収まっていたヨハンさんである。

サディスト二人が率いる第二部隊は『怒らせてはいけない』と最近の第七騎士団では恐怖の対象になっている。

サシャの幸せオーラは日に日に増していき、にこにことした笑顔で鬼のような仕事量を平然とこなしては定時に帰っていく。ツェリ様同様、恋をして一層可愛くなったサシャだが、どんなに可愛くても今のところ、言い寄る人は誰もいないらしい。騎士団の風紀がよくて何よりである。横恋慕や略奪愛はいけない。

ニコラさんは駐屯所の近くでヨハンさんと同棲を始めたらしい。俯くことが多かったニコラさんだが、最近では目に見えて表情が明るく、ヨハンさんの性癖を気にしていた私はほっと胸を撫で下ろしていた。

……ただ、以前、駐屯所のお風呂で偶然一緒になった時。物陰でこそこそと着替えるニコラさんが、ものすごい下着を身につけていたことについても、ツェリ様の秘密同様、私の胸に秘めておきたい。

「アデーレも最近、ずっと有給取ってるし」

その言葉に、びくりと身じろぎをする私。

「あ、あ……、アデーレさんは、休暇だそうですね！　骨休めは大事ですね！」

声を裏返させた私を、ジルケさんがじとっとした目で見つめてくる。

「ウォルフでしょ？　ラウラの占いは効果が抜群だって、廊下を転げ回って宣伝してたの見たんだから」

何をやっているんだウォルフさん。

そして転げ回る、というのが誇張表現ではないところがウォルフさんのすごさである。

どうりでジルケさんのみならず、最近占いをしてほしいという人が殺到しているわけだ。おかげでこれまで恋愛の「れ」の字もなかった私が、今や周囲の人々の恋愛事情の大体を把握させられている。

しかも、占いの際にみんなが身の上話や相談でぽろぽろ口を滑らせるので、今や結構な情報通でもある。領主様の屋敷の警備が甘い時間なんかも知ってしまっていて、いつか大きな秘密を握って消されてしまうのではないかと戦々恐々としている。

「『アデーレに産休を取らせてください』ってお願いしにいって、団長の執務室のドアを叩き壊したのもすごい噂」

あれは酷かった。アデーレさんが別にまだ妊娠なんてしていないところがまた怖い。ウォルフさんは三ヶ月後に仔狼ができるので、と断言していたが、獣人には何か感じるものがあるのか、それともウォルフさんのよくできた妄想なのか。

ヤンデレ狼もとい、ウォルフさんに捕まってしまったアデーレさんに責任を感じた私は、団長の仔竜を借りて定期的にアデーレさんと文通をしている。

合理的な性格のアデーレさんから返ってくる手紙はいつも大変シンプルだが、大丈夫ですか？　の問いかけには、大丈夫ですという言葉が、幸せですか？　の言葉には幸せですという言葉が返ってくるので、ひとまず安心している。ちなみにウォルフさんのことが好きですか？という問いかけには、いつもの定期便から一日遅れて『愛しています』の言葉が返ってきた。

「副団長とウルリケもなんか怪しいし。レアは最近部屋に入れてくれないし」

寂しかったんですね、と抱きしめると、ジルケさんは私の胸にほっぺたを寄せて甘えてきた。ジルケさんのこういうところが可愛いのだ。

副団長とウルリケさんは最近一緒にいる姿を見かける。大抵の場合、深刻そうな顔で語り合っているので迂闊に声をかけられないが、そうでなくても二人の間には独特の空気感があって、普通の人では入り込めないような雰囲気がある。

それにしてもレアさんとは、喧嘩でもしたのだろうか？

そう聞くと、違うと首を振られた。レアさんは名前の通り事務官の中でもレアな人で、かつてジルケさんの教育係をしていた人だ。ウルリケさんよりさらに背が高く、ハスキーボイスが魅力的な美女である。

「お泊まりもさせてくれないのよ。いつもは部屋でだらだらしてるだけなのに、最近なんかこそこそしてるし、夏至祭りにも一緒に行ってくれなかったし、つまんないの」

ジルケさんの不機嫌は結局のところ、レアさんが相手をしてくれない寂しさに集約されるらしい。

魔力の量も多く、ツェリ様に続いて仕事ができるジルケさんだが、まだまだ可愛い女の子だ。ぷくっと頬を膨らませている様子は、妹のようにも思える。

「……ねえ、ラウラ、怒ってない？」

頭を撫で撫でしていると、しばらくは満足そうに目を細めていたジルケさんが不安そうに瞳を揺らした。

「怒る？　何がですか？」

「嘘ついて、みんなと一緒にラウラのことからかったから……」

なんだそのことか、と私は笑顔で首を振った。

「怒ってないですよ」

面白いんだもの。の一言でからかわれることの多い私だが、みなさんとはちゃんと仲が良いし、ただのじゃれ合いである。構われて少し嬉しい気持ちもあるので別に嫌じゃない。

それはそれとしてその都度、不当な扱いには抗議させていただくが。

「それより、私だけが異常にモテなかったわけじゃないとわかって安心しました！」

そう言うとジルケさんはふいっと視線を逸らした。

「ジルケさん？」

「この際言うけど……、ラウラがモテないのは、団長のせいだったんだからね。対象外の私とは全然違うんだから」

首を傾げると、深いため息を返された。

「ラウラのにぶちん。あーあ、奥手の団長だからって安心してたのに」

「にぶっ!?」

突然の罵倒。不本意である。

「そもそもラウラが他人の好意に気がつかなすぎなの！　ちょっとそれっぽい雰囲気を出されても『わあ、親切な人だな〜。優しいな〜。距離が近いのかな〜』で終わっちゃうし」

「そんなこと、ありましたっけ？」

「あるの！　そんなふうにしてるうちに団長とか幼馴染くんが牽制して詰め寄るから、みんな声をかけなくなったのよ。最近のラウラファンどもの廃人ぶりったら目も当てられないんだから」

「ふぁ、ファン……？」

ぽかんと口を開けると、ジルケさんはこれだから、とまたため息をついた。

「もう！　ラウラだってちっちゃいくせに、私と何が違うの！　このすべ肌と可愛い笑顔のせい⁉」

「あぶぶ、や、やめてください、ジルケさん！」

ほっぺたを撫でくられて、逃げた私がソファの上に横倒しになる。

「それとも、この服に隠れたおっきいおっぱいのせい？　も～！　羨ましいんだから！　この、この！　最近また大きくなったんじゃない？」

「ひゃっ、ちょ、ちょっと、だめですよ！　あっ……あはははは！」

横倒しになった身体に馬乗りになったジルケさんが、もみもみと人様のおっぱいを何度か揉みしだいた後でくすぐりを仕掛けてくる。

たまらず声をあげた私が、みっともなく喘いでいると、不意に空き部屋のドアが叩きつけるように押し開かれた。

「これは……、何をしているのか、聞いてもいいだろうか」

「あの、えっと、これは……」

ちょっとびっくりするような勢いで入ってきた団長は、子供のようにじゃれ合う私たちを見て驚いている様子だった。

「あー、えーと、私、失礼しまーす……」

逃げられた。

私の上に馬乗りになって身体を好き勝手していたジルケさんは、怒られると思ったのだろうか、団長の姿を認めるなり、そそくさと部屋を出ていってしまった。

ジルケさんの裏切り者。出ていく彼女を恨めしげに見つめると、(うらない。まってる)と唇をぱくぱくされた。ちゃっかりしている。

「……仲がいいのは結構だと思うが、声の大きさには少し気をつけた方がいい」

「すみません……」

起き上がって、閉まる扉を見送っていた私の前に団長の影が差す。

「君の可愛い声が漏れていた。それにボタンも取れている」

「ひゃっ、あ、あの!?」

つ、と胸の稜線《りょうせん》を辿った指先が、取れてしまっていたボタンの隙間から入り込んだ。そのまま胸の敏感な部分をこりこりと転がされて、あっという間にいやらしい気持ちになってくる。

革張りのソファが静かに軋んで、足の間に団長の膝が入り込んだかと思うと、ぐりぐりと、朝にもたっぷりいじめられたばかりの一番敏感な部分を刺激されてしまう。

「やっ、あっ、ぁう……」

「他の男に聞かれたらと思うと、俺は我慢ができそうにない」

開いてしまった口に待ちかねていたような熱い唇が重なった。舌を絡められて、そっと唇を食まれて、くちゅくちゅと、はしたない音が頭の中を反響する。

「ん、んぅ、あ、ふ……」

くったりと力が抜けてしまった私と団長の間に銀の糸がかかって、ぷつりと途切れた。濡れた唇を親指で拭う団長はぞっとするほど艶めいていて、私はまだ、この美しい人と自分が恋人であるなんてなんだか信じられない気持ちだった。

「今日はあと二回だ」

団長の言葉に、ぼんやりと顔を上げる。いつもは私が果てるまでは触ってくれる団長が、今日は途中で止めてしまう。中途半端にされた身体が疼いてたまらなかった。

「あと二回、口づけをしたら、その場で、俺の気が済むまで君を抱くことにする」

言ったそばからちゅっと口づけられて、私は思わず自分の唇を押さえた。

「あと一回、だな？」

ふっと笑う表情は意地悪で。

三度目のキスはもらえないまま、私の服を整えると、団長は部屋を出ていってしまった。

午後の業務は気もそぞろ。涼しい顔で執務をする団長をちらちらと気にしながら、火照った身体からどうにか気を逸らせて、一日の仕事を終えることができた。

その後、結局寝る前まで放置された私が、我慢できなくなって自分からキスをして、いつもの何倍も意地悪な団長に喉が嗄《か》れるまで抱かれる羽目になるのだが、ここで語るには濃密すぎる一夜だったので、どうか割愛させてほしい。

団長は私が思うよりもずっとヤキモチ焼きなのかもしれない。

番外編　冬至祭

団長と恋人になってからもうすぐ半年という頃。

「旦那様は来週の夕刻にお戻りになられるとのことです」

朝ごはんをいただいていた私に、エドゥアルトさんがそう声をかけてくれて、思わず目を輝かせた。

夏至祭の後、同棲を解消し宿舎に戻ったのも束の間。様々な偶然が重なり、気づけばまた団長の官舎で暮らすことになってしまっていた。

エドゥアルトさんたちもとても親切だし、この生活に不満なんて口が裂けても言えないが、どうしてこうなったのか？　と経緯を思い返そうとしてもうまくいかない。

恋人とはいえ、下っ端事務官の身分でさすがに図々しくはないだろうか、と何度か宿舎に戻る提案をしているのに、いつの間にか話がたち消えてしまう。

団長はくだらないものから真面目なものまで、私の相談をいつも聞いてくれるが、こと同棲の話になると、気づかない間に話がすり替わっていたり、ことごとく別の事件が起こるのだ。

全くタイミングが悪い。

「練習していたケーキとホットワイン、無駄にならなくてよかったですね」

「はい！　みなさんにはお世話になりました」

王都へ向かう団長を見送ってからひと月半。夏至祭や収穫祭の後始末のせいで戻りが遅くなっていると聞いて、今年は無理かもしれないな、と諦めていたけれど明後日はちょうど冬至の日だ。一緒に過ごせるなんてこれ以上幸せなことはない。

春の聖人祭、夏の夏至祭、秋の収穫祭に冬の冬至祭と、この国には四つの大きなお祭りがあるが、明日の冬至祭はその中でも穏やかなお祭りだ。

寒い冬を乗りきるため、恋人や家族と共に木苺のソースがかかった豚料理などのごちそうを食べる。食後には暖炉の前に集まって、ケーキと一緒に、蜂蜜とスパイスの入った甘いホットワインを飲んで身体を温めるのが定番だ。夜になると枕元に置いた蜂蜜の小瓶と交換に、精霊が贈り物を置いていってくれる、という伝承もあり、子供たちにとってはプレゼントをもらえる楽しい日でもある。

「スポンジも潰れなくなりましたし」

「クリームもカチコチじゃありませんし」

「……その節はご面倒をおかけしました」

マルクスさんとマリアンさんがからかうように笑っている。実家仕込みのホットワイン作りの腕前はともかくとして、平民にとってやや贅沢品なケーキに関しては経験値がだいぶ足りていなかった。

「しょ、しょうがないですよ！　どこの御令嬢もはじめはこんなものです」

ケーキの形は前衛芸術みたいでしたけど、ワインは絶品でしたよ！　とエドゥアルトさんの優しいフォローが入る。

「……ありがとう、ございます」

前衛芸術……、なるほど……。

家庭的、とはおよそ真逆の性質をいく私がなぜエドゥアルトさんにお任せせず、難易度の高い手作りケーキに自ら着手したのかというと、それが貴族のみなさんの習慣だったからだ。

エドゥアルトさん曰く、百何十年前、ある王女様が婚約者の男性のためにケーキを手作りしたことが美談として伝わっているのが起源とか。

以来、貴族にとって冬至祭は意中の人に手作りケーキを贈る日となったのだという。

砂糖問屋、生乳問屋をはじめ、青果、小麦、その他諸々黒い大人たちの利権も絡まって、今となっては冬至祭に婚約者からケーキの一つももらえなかった男性は、たった一人の愛する人にもモテられない甲斐性なしとして後ろ指をさされ、出来のいいケーキをもらった人はサロンなる社交場の話題になるくらいの熱狂ぶりらしい。

サロンの話題はともかくとして、私の不始末で団長が後ろ指をさされるような事態は避けたい。そして、どうせなら美味しく食べてほしい。

そういうわけで、貴族の習慣を知らない私を心配したエドゥアルトさんからこのお話をいただいた後、早速、慣れないケーキ作りに励むこととなった次第である。

エドゥアルトさんが材料費を出してくれるというのを断ったのもあり、地味に財布が痛かったのだが、団長の笑顔のためならどうということはない。

「ワインに入れるシナモンが切れてしまったので、あとで買いに行ってこようと思います」

「それなら僕が行きますよ。ラウラさんは僕に執事のお仕事をさせてくれないんですから」

敬語もやめてください、僕は使用人なんですから、とエドゥアルトさんが不満げに口を尖らせた。

「ありがとうございます。でも、サシャと約束をしているので」

それなら仕方ないですね、と執事のお仕事に生きがいを見出《みいだ》しているエドゥアルトさんは残念そうに呟いた。

「あの、エドゥアルトさん」

「はい？　なんでしょうか？」

私は開いていた口をぱくぱくと開けたり閉めたりした後で、結局黙り込んだ。

「なんでもないです……」

――恋人のいる男性が自慰をするのはどういう時ですか？

なんて、マルクスさんやマリアンさんがいるこの場で聞けるはずもなく、私は残りの朝ごはんを平らげた。

やっぱり、サシャに聞こう。

「それ、欲求不満」

「う……、そうだよね……」

ずばりと言い切られて、私は頭を抱え込んだ。

冬季休暇に入り、事務官はじめ巡回担当の騎士さん以外の第七騎士団の面々は里帰りや余暇を楽しんでいる。

モーリッツさんと婚約したばかりのサシャは私と同じくローグに残ることにしたらしく、お目当てのスパイスを買い込んだ私と向かい合ってココアに口をつけていた。

「そういうことが、全然ないわけじゃないんでしょう？」

可愛らしいカフェの片隅で、人目を気にしたサシャが、団長との行為について遠回しに聞いてくれる。

「うん……」

ある。ものすごくある。あるのに増え続けているのが怖いのだ。

「どのくらい？」

サシャの顔が近づき、こそこそと囁きかけられる。その真っ白な首には金のプレートのついた天鵞絨の黒いチョーカーが巻いてある。

このところ、魔力の補給（比喩）がないために性癖が見えなくなっている私だが、意味深なアクセサリーから、ちょっと気まずい気持ちで目を逸らした。

「今は、ないけど、その、一緒にいた時は……、駄目な時以外、毎日必ず」

サシャはちょっと目を丸くした。

「何回？」

経験豊富で秘密を守ってくれる親友ほど頼れるものはない。

相談を始めた時からずっと熱いほっぺたを押さえながら、私は誰も見ていないことを確かめて、小さく片手を挙げた。

「ごっ、！」

「しー！」

いつも冷静なサシャにしては珍しく、ひっくり返った声が飛び出した。周囲の人の目が集まったのを悟った私は慌ててその口元を塞いだ。

「………団長って、というか、それで幸せそうなラウラも、その、すごいね」

ちょっと引き気味なサシャの言葉に、私はとうとう両手で顔を覆ってしまった。

モーリッツさんのこともあるし、こっそり同志だと思っていたサシャから見ても五回はやっぱり多いらしい。

だから、五回というのは覚えてられる限りの話で、多い時はもっとどうのこうのあるとか、というか正直後半は数なんか数えていられないとか、そういう余計な情報に関しては決して口を割るまいと心に決めた。

「それでも駄目ってことは……ラウラ、ちゃんとお返ししてるの？」

「お返し？」

贈り物と自慰の回数になんの繋がりがあるのか。

心当たりがなくて、きょとんとした表情を返すとサシャがわかってないな、というふうにぎゅっと眉間に皺を寄せた。

「全部相手にやらせてない？　する時に、ベッドに寝っ転がってるだけだったり」

「えっ……」

「やりたいようにやらせてあげてるから、十分だと思っていたり……」

駄目なの？　とおろおろし始めた私を見て、だと思った、とサシャがため息をついた。

「ラウラ。ラウラみたいな子のこと、世間でなんていうか知ってる？」

今でこそ首輪をつけているものの、かつての恋多き女の子であるサシャは、私に向かってぴしりと人差し指を突きつけた。

「丸太って言うんだよ」

「ま、丸太……？」

「ベッドに寝転んでしてもらうだけなんて、駄目だよ。面白くないし、相手に飽きられちゃってもいいの？」

恐ろしい想定を突きつけられて、ぶんぶんと首を振る。

「やっ、やだ！」

団長と両想いになって以来、私は随分欲張りになってしまったようだった。

溺れるほどの愛情に慣れた後で、それを取り上げられてしまったらもう息もできないような気がする。

「――だったら、決まり」

にっこり笑ったサシャは仕事での辣腕《らつわん》ぶりを遺憾なく発揮し、宿舎でのお泊まり会の算段をつけると、顔を青ざめさせた私に『ご奉仕』のスパルタ教育を施し始めたのだった。

とりあえず、特訓で散々咥えさせられたせいで、長い食べ物はしばらく見たくない。

翌朝、寝不足にしょぼしょぼと目を瞬かせた私は、向こう三ヶ月は長い食べ物を避け続けるほどのトラウマを抱えていた。

持つべきものは経験豊富で口が堅く、容赦のない友人である。

◇

テオドリック・フォン・クラウゼヴィッツは王宮に用意された己の執務室の中で静かに両目を閉じていた。

西日の差す窓辺。照らされた秀麗な横顔は眠っているようにも見えるが、利き手の指が苛々と机の天板に打ち付けられていることからそうでないとわかる。

彼に相対する近衛騎士は、室内に漂う異様な緊張感にごくりと生唾を飲み込んだ。

……ほんと、帰りたい。

心の底から。立場を異にせよ、両者の思いは一つだった。

「連絡ありがとう。閣下への対応は俺の方でしておくから、君は戻ってくれて構わない」

王都逗留《とうりゅう》の延長。老将軍閣下の嫌がらせに近い命令を受け取ってなお、そう穏やかに口にするテオドリックに近衛騎士はひそかに胸を撫で下ろした。

「面倒な役割をさせてしまって申し訳なかった」

「いえ！　その……」

自分の跡を継がせたい老将軍がなんと言おうと、冬至祭には絶対にローグに帰って愛しい恋人の顔を見る。

「その、自分は！　団長閣下とラウラたそを応援しておりますので！」

そう決めていたテオドリックは、近衛騎士の言葉に虚を衝《つ》かれて、束の間黙り込んだ。

「イエロー、改め、スミレ色担当のラウラたそと団長閣下の、お互いを支え合うそのお姿は尊く……」

すごく、聞き覚えがある。

「では、君も？」

頼むから、そうじゃありませんように。

そう祈りながら聞いたテオドリックは、どこか誇らしげにも見える様子で頷いた彼に、内心で肩を落とした。

侮りがたし、友の会の影響力。

いつの間にかずぶずぶの関係になってしまっていた組織のことを思い浮かべて、テオドリックは複雑な気持ちになった。

この日までテオドリックは、友の会の盛り上がりはてっきり、辺境の地に未婚の若い男性騎士が大量に押し込められた結果に起きた奇妙な風習だとばかり思っていた。

それが、まさか王都にも勢力が伸びているとは……。

何が彼らをそうさせるのか、研究をしたら新しい発見があるかもしれない。

でも、どうでもいいな。

あんまり興味がないな、と思ったテオドリックは、深く考えるのをやめ、友の会の謎はさらに深まることとなった。そしてこの世の誰も、そんなことには興味がないので、今後も謎は謎のままである。

「将軍閣下の横暴が続くようでしたら、我々王都支部は直談判もありうる覚悟であります！」

署名もこれこの通り、と差し出されたテオドリックは、自分と彼女の関係が知らず騎士団の注目の的になっていることに苦い感情を抱きつつも、これはこれで牽制になっていいか……と、思い直した。

いつも平等で紳士的な彼が自分付きの事務官を過保護に溺愛する策略家であり、夏至祭以来、彼女との同棲解消をありとあらゆる手で拒んでいることについては、恋人のラウラ・クライン本人を除いて、騎士団の誰もが知るところであった。

（絶対に、帰ろう）

にこにこっとしたラウラの笑顔を思い出してしまったテオドリックはそう決意を固めていた。

これ以上引き止められるなら決闘も、退職さえも辞さない。

押し付けられた事務作業を凄まじい速さで処理したテオドリックは、帰還予定日の冬至祭の日に笑顔で自分を出迎えてくれる恋人を夢想し、心を慰めていた。

◇

『王都はローグよりも暖かいが、君がいないだけで何倍も寒く感じる――』

すっかり住み着いてしまった部屋の窓辺で、私は飽きもせず封筒を開いていた。

（早く会いたい）

子供の頃から使っているお気に入りの小箱の中には、団長が送ってくれたたくさんの手紙と、それに同封された小さな贈り物がしまわれている。私の宝物だ。

その中にある、王都の風景を題材にした切り絵や細密画を並べ、団長は今、こんな景色の中で暮らしているのだろうな、と柄にもなく物思いに耽ってみる。

会って話がしたい。抱きしめておかえりなさい、って言いたい。

団長が王都に行ってしまってからめっきり多くなったため息をついて、私は机の上に突っ伏した。

このままでは大好きな声でさえ忘れてしまいそうだ。

「――ラウラ様、エドゥアルトさんの仕込みが終わったようですよ」

「は、はいっ！」

落ち込んでいた私は、マリアンさんに扉の向こうから声をかけられて、慌てて起き上がった。読んでいた手紙を綺麗に整えて、布張りの小さな箱にそっとしまうと、出しておいたエプロンを手早く身につける。

「なんでもまたホットワインを作られるとか」

部屋を出ると、待ち受けていたマリアンさんが手伝いを申し出てくれた。

「はい。今度は試作品じゃなくて、冬至のお祭りと年越し用にたくさん作っておこうと思うんです。もしお邪魔でなければ、みなさんの分もお作りしたいのですが……」

「是非お願いいたします」

マリアンさんはぱっと顔を輝かせて、悪戯そうに笑った。

「実のところ、そう言っていただけると思ってお手伝いを申し出たんですよ」

扁平足フェチ、妖艶な雰囲気のマリアンさんは屋敷一の酒豪でもある。

「ラウラ様のケーキはやや珍しい雰囲気ですが、ワインは本当に美味しかった」

「……ケーキも作ります」

お言葉に甘えて、マリアンさんにはワインの鍋を一生懸命かき回していただこう。


エドゥアルトさんのお城、お屋敷自慢の大きなキッチンは今日もピカピカに磨き上げられていた。作業台の片隅には、明日の冬至祭りのごちそうのため、泥を落として綺麗にされた根菜やハーブなどの食材がいくつも積み上げられている。

ホットワインを作る時には、渋みが出ないよう熟成していない若い年次のものを使う。

実家では煮立たせてアルコールを飛ばしていたのだが、今回は悪巧みがあるのと、お酒好きの人が多いのとで温度が上がりすぎないよう慎重に火加減を管理していく。この上で、少しだけ、香りのいい蒸留酒を足す予定だ。

目の細かい布袋にシナモンやナツメグなどのスパイスを詰めて、舌触りが悪くならないように布口を縫い合わせ、蜂蜜と一緒に大鍋に入れた。煮詰めると雑味が出るので、レモンは飲む時に添えて出す。

「いい香りですね」

蜂蜜が固まらないよう、ぐるぐると大鍋をかき回し続けるマリアンさんが嬉しそうに目を細めてくれた。

手順は簡単だが、スパイスは我が実家クライン家秘伝の配合だ。代々が甘党なので、やや甘めのレシピだが、団長の好みに合わせて、今回は少しだけ蜂蜜を抑えている。

「冷えたら布で濾《こ》して瓶詰めにしましょう。軽く温めて、フルーツを添えればすぐに飲めると思います」

手際のよいマリアンさんは、瓶詰め用の空き瓶と予備の材料も用意してくれたらしい。流し場の横に逆さ干しになった瓶と、ワインやスパイスの山を確認する。

酒豪のマリアンさんらしくかなりの量があるので、自分の材料で作った、団長に贈る分のワインを先に取り分けておいて、さらに大鍋にいっぱい、みなさんやご近所さんの分を作ることにする。

スパイス袋をせっせと縫った後は、マリアンさんに作業をおまかせし、ケーキ作りに取りかかった。

「よかった！」

火の入ったオーブンは、前髪を焦がしそうなほど熱い。

じりじりと感じる熱をよそに、目をしぱしぱさせながら覗き込んだ私は、練習通りにスポンジが膨らんでいるのを見てほっと胸を撫で下ろした。

「飾りつけはどうされるのですか？」

「僕もとっても気になります」

つまみ食い、ならぬつまみ飲みをしにきたマルクスさんが、洗い物を引き取ってくれながら首を傾げ、シャツの袖を捲ってワイン詰め作業に従事していたマリアンさんもからかうように声をかけてきた。

「似顔絵、は、不評だったので」

「あれは、面白かったですね」

「ウケ狙い……失礼、笑っていただきたいならいいと思いますがね」

間髪容れずに頷かれて、う、と黙り込む。

ゆるすぎる表情の団長の似顔絵（推定）を目にした時には、優しいエドゥアルトさんですら、さっと目を逸らして肩を震わせ始めたので、私は二度とやらないことに決めた。

「旦那様よりは上手でしたよ」

「旦那様の絵は心が不安定になりますからね」

「健康に悪いです」

「子供が泣きます」

「呪いの絵」

「絵になった呪い」

いつも通り、マルクスさんとマリアンさんが交互に話す。

「そ、そんなに、ですか？」

それは逆に見てみたい気がする。

そういえば、団長が絵を描いているのを見たことがない。完璧だと思っていた団長の、まさかの不得意分野になぜだか胸がときめいた。

「——羊のケーキにしようと思います」

今度絶対見せてもらおう、と、心のメモ帳に書き留めて、スポンジを冷ますために休憩を取った後で、泡立てた生クリームを取り出した。

「おや、これは中々」

「可愛いですね。練習の成果です」

苺を挟んで下塗りをした土台の上にもこもことクリームを絞り出していく。

絵の才能はないが、一定の感覚でクリームを絞るくらいのことはできるし、羊なら故郷で散々観察してきた。

最後にチョコプレートを載せれば、やや不恰好ながらも、もこもこの生クリームの毛皮を纏い、黒い顔をした羊の完成である。多少生クリーム過多になってしまったが許してあげてほしい。

「できました！」

おおー、とマルクスさんとマリアンさんが感心したように手をパチパチ叩いてくれた。

「魔動冷蔵庫で冷やしておきましょう」

「エドゥアルトさんには接近禁止令も出しておきますね」

ぺっしゃんこにされてはたまりませんから、と、マリアンさんが小さい方の冷蔵庫にケーキをしまってくれた。

「そういえば、先ほど、サシャ嬢から荷物が届いていましたよ」

「サシャから、ですか？」

お部屋に届けておきましたから、とマルクスさんが教えてくれたので、片付けを終えた私は自分の部屋に戻ることにした。


「こ、これは……」

『高かったから、絶対に着てね。あとで事情聴取するから。着なかったら許さない』

圧力を感じるメッセージカードが添えられた箱の中には、空いちゃいけない場所に穴が空いたり、透けちゃいけない場所が全部透けてたりする下着がデザイン違いで三組、ラッピングされていた。

セクシーなのとキュートなのと、どっちがいいのか。

迷うなあ、というどころの話ではない。

◇

「ラウラ様ー！　そろそろ旦那様がご到着のようです！」

「は、はあい！　今！　今行きます！」

エドゥアルトさんの声が扉の向こうからして、私は飛び上がってばたばたとベッドの上の服をかき集めた。

団長到着の今日まで、サシャがくれた下着の試着大会をしていたなんて絶対に知られたくない。

これはサシャの趣味が過ぎないか？　という犬耳極悪尻尾（大体お察しの通りの装着方法です）付きのワンちゃん下着に、カップが浅すぎておっぱいがまろびでそう、というか出てる透け透けセクシー下着、最後に、一見勝負下着の域を出なさそうに見えて、リボン付きの切れ目が際どい三箇所についているラブリー下着。

地獄の三択を強いられた私は、泣く泣く、見た目だけは一番まともなラブリー下着を選びとった。

えっちなのは恥ずかしいが、サシャは怒るとものすごく怖い。嘘も必ず見抜くので、着たふりなんかは通用しないだろう。

おろしたての服を着て、最後に鏡を確認する。

ひと月半が気が遠くなるほど長かった。ちょっとでも可愛いと思ってほしくて、慣れない美容法にも手を出したり、ツェリ様やサシャにメイクやお肌のお手入れ方法を教わった。

その甲斐もあって、お肌はすべすべしてきたし、唇も荒れなくなったし、髪質もサラサラになった、ような気がする。……ケーキの試食のせいでちょっと太ったのは痛かったが。

目指すは団長の欲求不満解消。そして、増え続けるカウンターを見続ける日々からの脱却だ。

『丸太卒業は、浮気防止にもなるの』

団長やモーリッツ様はそんなことしないと思うけれど、と前置きをしたサシャの言葉を思い出す。

『慣れたら結構楽しいよ？　好きな人が喜んでくれるのって、いいし。体力温存にもなるし。だから、はいラウラ、ソーセージもう一本』

『ん、む〜！』

鬼教官サシャによる地獄の特訓まで思い出した私は、思わず可哀想な自分の喉を撫でた。

玄関ホールに置かれたソファの上で、団長の到着を今か今かと待ち受けていた私は、近づいてくる馬車の音に椅子から飛び上がった。

本当は外で待っていたかったのに、『たまには執事らしいことをさせてください。旦那様の大切な方を外で待たせているなんてできません！』とエドゥアルトさんに泣きつかれてしまったのだ。

自意識過剰な思春期の頃のように身だしなみを整えて、エドゥアルトさんの賑やかな声に耳を澄ませる。扉に近づいた私は、開いた拍子に鼻先がぶつかりそうなほど近くに立っていたことに気がついて、慌てて三歩、後ろに下がった。

まもなくして開かれた扉に、ぱっと表情が明るくなるのを自分でも感じていた。

「おかえりなさい！」

ほんの少しの時間が、どんなに長かったことか。

「ただいま、ラウラ君。――会いたかった」

「私も、会いたかったです」

胸が詰まりそうなほど抱きしめてくれるのに甘えて、ぎゅうぎゅうと抱きしめ返す。

「また、綺麗になった。こんなに長い間、君の時間を見逃していたなんて、悔しいな」

左右の頬に口づけられてから、そっと唇が重なった。

「あのう……、お料理が冷めちゃうのですが……」

「！　す、すみません……」

久しぶりのキスにうっかり耽溺《たんでき》していた私は、申し訳なさそうなエドゥアルトさんの言葉にマルクスさん、マリアンさん、エドゥアルトさんを小突くのはやめてあげてください。

慌てて団長から身を離した。

◇

冬至祭のごちそうは素晴らしかった。

しっとりとしたローストポークには、エドゥアルトさん特製のラズベリーソースがかかっていて、ジューシーなのにさっぱりといただけた。ほくほくの根菜がことこと煮込まれたポトフも美味しかったし、なにより、団長と一緒なのがいい。

食事の後は冬至祭の慣例に従ってヒイラギや赤い木の実を使って飾りつけをした寝室で、暖炉にあたりながら、他愛のない話をする。

家族が多い家では遊戯盤やカードで遊んだりもする時間だけれど、今日ははしゃぐよりも、手を繋いで静かに話をしていたい気分だった。

「少し、待っていてくださいね」

団長がしてくれる王都の面白い話に夢中になっていた私は、トントン、と扉を叩かれたのを合図に立ち上がった。

「運ばせてしまってすみません……」

廊下に出ると、銀色のワゴンを押したマルクスさんが待っていてくれた。

「これが仕事ですから。ラウラさんも今のうちに人を使うのに慣れた方がいいかと」

そう言って、エドゥアルトさんは近寄らせませんでしたからね、とドーム型の蓋を開けてくれる。

もこもこのクリームで覆われた羊は無事に横たわっていて、私はほっと息をついて、蓋を戻した。

「今夜から三日間、僕ら三人は旦那様の計らいで休暇をいただきましたので、少しくらい、大きな声で羽目を外しても、問題はありませんよ」

普段の落ち着きのなさが原因だろうが、随分と騒がしい人間だと思われているらしい。

「さすがにこの歳ではしゃぎ回ったりしませんよ」

マルクスさんの言葉に笑顔で答えると、おわかりになっていないようで、と首を振られてしまった。

マルクスさんに休暇前の挨拶をして、耐熱性のデカンタにたっぷり入った熱々のワインをこぼさないようにそうっとワゴンを押す。

暖炉前のソファに座っていた団長は、私の様子に気がつくと、すぐに後を引き取って、バルコニー横の小机に手際よくテーブルセットをしてくれた。

「ありがとうございます」

おもてなしするはずが、お世話を焼かれてしまった。口をつけるのを恐縮してしまうくらい優雅な見た目のゴブレット。渡されたそれを受け取ると、甘酸っぱい匂いがした。

「いい香りだな。君が作ったのか？」

レモンの輪切りの浮かんだ水面を、団長が優しい目で見つめる。

「実家の秘伝の味なんです。お口に合うかわかりませんが」

杯を重ねて、口をつける。

「んぐっ！」

大人っぽく口に含もうとした私は、あまりの度の強さにむせてしまった。

「ラウラ君？」

「いえ、だいじょうぶです！」

咳《せ》き込みそうになるのをどうにか堪えて、笑顔を返す。

「……美味しいが、随分度が強くないだろうか？」

言わずともアルコールにむせたことがわかってしまったらしい団長が、気遣うように首を傾げる。

「そ、そ、そうですかね……？」

『これからすることが恥ずかしすぎて、お酒の力を借りるために度数を上げています』なんて、まさか口が裂けても言えるはずがない。

「わ！　私はこれくらいが好きなのですが」

「それは、知らなかったな」

ちょっと心配そうな表情をする団長だったが、冬至祭ということもあってか見守ることに決めてくれたらしい。

「もう一つ、贈り物があるんですよ！」

じゃーん、と効果音をつけて、ケーキにかぶせていた銀の蓋を開ける。

「これは……」

「冬至祭のケーキです！　エドゥアルトさんに聞いて、実はこっそり研究してました。とはいえ、すごく自信作というわけではないんですが……」

完成した時はいい感じだと思った羊のケーキだけれど、エドゥアルトさんの華やかなごちそうを見た後だとちょっとくたびれて見える。

きっと今まで多くの貴族の女性にケーキをもらってきたであろう団長のことを考えると、なんだか随分子供っぽいものを作ってしまったような気がして、私は早々に羊くんにさよならを言うことにした。

「見た目はあんまりですが、味は大丈夫だと思うので！　今、取り分けますね」

「そんなことはない。君らしくて可愛いよ」

「かわ……」

団長の贔屓目《ひいきめ》が始まって、ぱくぱくと口を動かした。

久しぶりの甘やかされは中々恥ずかしいものがある。

「こんなに素敵な贈り物をもらえるとは思わなかった。ありがとう。とても嬉しいよ」

その言葉にぱっと心が明るくなる。

つい、にこにこしながらケーキを切り分ける私を、団長は嬉しそうに見ていた。

これは教訓だが、動物型のケーキは不器用な人間が切り分けると、悪魔の晩餐のような可哀想な様相になるのでご注意いただきたい。

◇

「美味しかったですねえ……」

いい頃合いに冷めてきたホットワインに口をつけて、団長の膝の上に乗っていた私はその胸元に頬を擦り寄せた。

スパイスのきいたワインは甘酸っぱくて、冬のいいところを集めたみたいな鮮やかな味がする。

「ディルクさんって、大きいですよね。悪い熊みたいです。すごい」

「……ラウラ君、飲みすぎじゃないかな？」

ぎゅうっと広い背中に腕を回して、にこにこへらへらしだした私から団長がこっそりとゴブレットを取り上げる。酔っ払いは刺激してはいけないのだ。

「そんなことは、ないとおもいますけど」

団長の膝の上に乗っかって、ぽかぽかと温かい気持ちで微睡んでいた私は、下りそうになる瞼を擦りながら、何度か頭を振った。

だめだ、眠い。

杜撰《ずさん》な作戦が完全に裏目に出てしまった。

うんうん、と回らない頭で作戦を立て直していた私は、あとでわかったことだが、この時点ではもう、手がつけられないくらい、酔っ払ってしまっていたらしい。

「無理はしなくていい。今日はもう休もう。君のおかげで楽しかった」

「わ、」

浮遊感がしたかと思うと、私を軽々と抱き上げた団長がベッドまで運んで寝かせてくれた。

「おやすみ」

ふかふかの布団をかけてぽんぽん、とお腹のあたりを軽く叩いてくれる。

いつもは優しいなあ、と幸せな気持ちで受け入れる私だけれど、絡み酒とでもいうのだろうか、今夜ばかりはむっとした気持ちになってしまった。

「いやです」

後片付けをしようと、こちらに背を向けた団長の服の裾を掴む。

「すぐに戻るよ」

「子供扱いしないでください」

「そういうわけじゃないんだが……」

宥めるような口調に、かえって反発心が湧いてしまった私に、団長が困ったような顔をした。

「君がそんなふうに言うのは珍しいな」

そう言って、ベッドに戻ってくると、なぜか嬉しそうに頭を撫でる団長。

「やっぱり。してるじゃないですか」

「そう見えるかな」

むっと口を尖らせた私の顎をすくって、柔らかい口づけをくれる。アルコールのせいかいつもより熱い唇は、柔らかくて甘い、蜂蜜の味がした。

「嬉しいのかもしれないな。君はいつもわがままを言わないから」

長い指先が頬を滑って、愛おしげに私の頬を撫でた。

「そんなことないと思います」

私ほど欲望に忠実に生きている人間も珍しいと思っている。ツェリ様には何度、呆れ顔を返されたことか。

「なら、俺にだけ言ってくれないのかな。それは、かなり妬けるな」

取り上げた私の空っぽの左手薬指に、まるで主張するように口づける。

いつもならその無敵のイケメン力に裸足で逃げ出すか、布団の中に潜り込んで出られなくなる私だが、今日ばかりは勝手が違った。

「じゃあ、わがまま、言ってもいいですか？」

「もちろん」

団長は私の言葉に驚いた様子だったけれど、すぐに嬉しそうに破顔した。

酒は百薬の長である。

アルコールという名の駄目な方向の加勢を得た私は、頭の隅っこに取り残された理性がぶんぶん首を振るのにも構わず、次の瞬間、豪快に服を脱ぎ捨てた。

「なっ、………………」

「ディルクさん。今日は、動いちゃだめ、ですよ？」

室内着が床に落ちても、ベッドの縁に腰掛けていた団長は微動だにもしなかった。

ひどく混乱した様子で卑猥な下着姿になった私を見つめている様子に、ふふふ、と悪戯が成功したような気持ちになって、その大きな体を無遠慮にベッドの上に押し倒した。

――まずは口、そして上に乗ること。

サシャから授けられた特命を思い出しながら、スラックスを触る。が、すぐに慌てたように大きな手が重なった。

「ら、ラウラ君！　待ってくれないか」

「だめです」

珍しく動揺している団長を可愛く思いながら、ふわふわした頭でどうにか下を脱がそうと躍起になっていると、焦れた様子の団長にぎゅうと抱きしめられてしまった。

「ふあっ」

「………………！」

その拍子に大事な場所に空いた下着のスリットを留めるリボンの、その結び目がこりり、と敏感な場所に食い込んで、甘い声が出た。

「………………理由を、聞かせてくれないか？」

一枚の板のようになってしまった団長が、絞り出すようにそう言った。

「りゆう？」

ちょっと時間が経って本格的に酔いが回ってきた私は、団長の背中に腕を回して首を傾げた。

「その、下着と、君が積極的なことについて。……もちろん嬉しいんだが」

ああ、そのことか！　と単純になった頭が納得した。

やめておけ。今すぐやめろ。やめるのだ。

脳内の私の制止が聞こえるはずもなく、現在進行形の恥知らずな私は、団長の襟足を弄びながら言わなくてもいいことを口にした。

「……ディルクさんが、ひとりでするから」

不満そうにこぼす自分の口をえいっとやって一思いに黙らせたい。

「お付き合いしてからも増えてるので、よっきゅうふまん、なのかなって」

「なにが、かな？」

いっそ不自然なくらい、努めて穏やかな表情でこちらを覗き込む団長に、私（酩酊《めいてい》）は、それはもう元気に、はきはき答えた。

「ディルクさんが私をオカズにした回数です」

パチパチと、暖炉の薪の爆《は》ぜる音だけが響いていた。

無言のまま、真っ青な顔で立ち上がり、不穏な様子で愛剣を手にした団長を止めるだけの理性が残っていて、本当によかったと思う。

◇

「――女神様の呪いはこれが最後です」

「そうか、わかったから、手を離してくれないか」

「だめです！」

油断すれば剣を握りにいこうとする大きな手を掴まえてにぎにぎする。

「そうとは知らず、不快な思いをさせてすまなかった」

自分が自慰をした回数が私に知られていた、という事実は団長をかなり動揺させたらしい。

性癖は見られても『恥ずかしいな……』で済んでいたのになぜ、と思わなくもないが、団長なりに、恋人になる前から散々私をオカズにしていたことに、大きな罪悪感を抱いていたらしい。

魔力（意味深）を摂取していないため、現在の数字は確認できないが、王都に行く前には5554回からじわじわ増えて、5600回と少しはあった。

意外と数が増えてないな、とお思いかもしれないが、忘れてほしくない。その間、毎晩推定五回。私がへろへろになるくらいのアレがあったことを。化け物かな。

脳内のサシャが『ラウラも同類』と喋っているような気がするけれど、それは無視する。

「気にしてません、それがあったから、色々と勇気が出たのかなって思いますし」

「ラウラ君……しかし、」

顔色の冴えない団長に、ここはすぱっと吹っ切れていただこうと、私は提案をすることにした。

「じゃあ、お仕置きさせてください。私がこれからお願いすること全部守ってくださいね」

「……それでは償いにならないような気もするが」

君のお願いならこんな時でなくともなんでも聞いてしまうな、といつもの天然が返されては、恥知らずえっちな下着一枚状態の私でもさすがに赤くなる。

それをごまかすようにこんこん、と咳をした。

「まずは……せてください」

ぼそぼそと呟く私に耳を近づける団長。

「舐めさせてください」

だがこの酔っ払い。ろくな提案をしない。

いや、このためにお酒を飲んで勢いをつけたのだが。

見つめ合った団長の耳は、今まで見たことがないくらい赤く染まっていた。

ベッドの上、団長の頭にお尻を向ける格好で四つん這いに覆い被さる。そのまま、お尻だけ上げたちょっとみっともない格好で晒された部分に鼻先を近づけた。

「わあ……」

いつも団長がしてくれるのに夢中になっているうちに終わってしまうから間近で見たことはなかったが、不思議な形だと思った。先っぽはつるりとしていて、他は太い血管が通っていてぼこぼこしている。

何より驚くのはその大きさで、口どころか、いつもお腹の中に入っているのが信じられないくらいだ。サシャがくれたソーセージよりも大きい。

練習が通用する予感がしない大きさを見ても、相変わらずふわふわとしている私はどうしようかな、と呑気に頭を悩ませていた。

「ラウラ君、その、下着から見えているんだが……」

肩越しに振り返ると、顔を赤くした団長が、切れ目の入った部分を熱っぽい目で見つめているのが目に入った。

「ごめんなさい。嫌、でしたか？」

四つん這いになった私が、媚びるようにお尻を振ると、さっと顔を逸らされた。一瞬落ち込んだが、ぎらぎらとした団長の目がぐっしょりと濡れた部分をじっと見つめていることに気がついて、お腹がきゅんと疼いた。

「そ、れは……」

そのまま言い淀む団長に、嫌いじゃないんだ！　と大胆になった私が懐いた猫のように腰を上げて、お腹に顔を擦り付けると、いつの間にか背後は静かになってしまった。

また一回り大きくなったそれの先っぽにちゅっと口づけると、腹筋の綺麗なお腹が胸の下でびくり、とする。

「ん……」

それになんとなく勇気が出て今度は、れっ、と舌を精一杯伸ばして下から上までをなんとか舐め上げた。

ちょっとしょっぱくて、すごく硬くて、先っぽだけはぷにぷにする。聞いていたよりも変な味なんてしない。どっちかというと、団長の匂いが濃くて胸がどきどきする。

「っ、……！」

気持ちよくなってほしくて、ぺろぺろと表面を満遍なく舐める。顎が外れてしまいそうな大きさに、口の中に含む勇気が出てこないともいえる。

「あったかい、です。あ、また……」

また一回り大きくなって、反り返ったそれに頬を擦り付ける。ぷっくりと染みてきた先走りで顔をべたべたにしながら、あむあむと裏側を食むと、ようやく押し殺したような吐息が一つ、太腿の裏に当たった。

ちらり、と背後を見ると、片手で顔を覆った団長が眦を真っ赤に染めている。その視線は下着の切れ目と私の顔とを熱っぽく見つめている。

団長に見えるように、あーんと口をめいっぱい開けた後で、向き直ったそれをぱっくりと口に含んだ。

「む、ぅ……」

「ラウラ、君」

だめだ。ふわついた頭でもそう悟りそうなほど、口の大きさが足りていない。

先っぽにちゅうちゅう吸いつくのが精一杯。時々、喉奥まで入れてみようとおっかなびっくり首を動かしても、歯を当ててしまうのが怖くて思い切れない。

「ぷ、は、あ……。んっ、む」

「……っ！」

躊躇いながら吸いつく私に焦れたように、団長が腰を突き上げた。

「むぐ！　ん〜っ！」

力強い楔が自身のものを咥え込んだ私の喉奥まで詰め込まれる。

かっと頭に熱が上った私が唇を窄《すぼ》めて一生懸命ごくごくと喉を動かしていると、上顎を撫でた楔が口の中の敏感な場所に触れた。

「んあっ！」

苦しいような、おかしなことに、ちょっと気持ちいいような感覚に鼻から声が抜けた。

「え？　ひゃ、ああっ！」

ふわっと、体が浮いて腰が乱暴に引き寄せられた。かと思うと、熱く湿ったものが下着越しに大切な場所に触れて、ぬるついた舌が、淫らな切れ目から入り込む。

「やっ、やぁ……、だめって、いってるのに、んっ、ああっ」

ぱくんと口の中に咥えられた秘部が熱い。嫌がる私を容易《たやす》く押さえ込んだ団長が、まるで一年振りのごちそうを食べるみたいに、襞の隙間までを丁寧に舐めていく。

「んあ、あ、ぅ、あ、ああ……」

ころころと口の中で転がされた硬い結び目が、吸い上げられてぷっくりと尖った陰核に時々、わざとらしくぶつけられて、いやらしい下着を身につけていることを咎められているような気分になる。

結び目の、布の重なってゴツゴツした部分が陰核の裏筋をざらざらと擦り上げると、女の子が出しちゃいけないような声が出て、なのに舌の動きはどんどんひどくなってしまう。弱い場所を転がす強すぎる刺激に、堪え性のない入り口がひくひくと疼いて、溢れる愛液をかき集めるように入れられた舌をきゅうっと締め上げた。

「あっ――、ふあああああ！」

久しぶりの愛撫にすぐに達してしまった体を、団長が持ち上げてぎゅうっと抱きしめた。

絶頂の名残で震える身体を抱きしめて、つむじや目元に口づけをくれる。

「ん、ディルクさん……」

「……すまない、乱暴なことをした。酒を過ごした女性にすることではないな」

団長はすっかり茹で上がった私の身体を見下ろすと、自己嫌悪に襲われたような様子で自身の顔を覆っていた。

「下手でごめんなさい」

ちょっとしょんぼりとした気持ちでそう言って、しょっぱさの残る唇をぺろりと舐めてみる。

「そんなことはない、が……、今日はもう寝ないか？」

「だめです」

「だが……」

残念ながら今日の彼には決定権というものがないのである。人権はちょっとある。

暴君的思考に支配されながら唇を舐める私をじっと見つめる団長に、行儀が悪かっただろうか、と反省する。

「じゃあ、次、ですね」

「次……」

頷き返すと、少し絶望的な表情を返された。

「今度は動いちゃだめ、ですよ？」

「……ああ」

本当にわかっているんだろうか、とちょっと疑いの眼差しを向けると、目を逸らされてしまった。

「やぶったら、もっとひどいお仕置きをします」

「もっと？」

ごつごつとしたお腹に手を置いてそう言う。団長は少し戸惑った様子だった。

「参考までに、内容を聞いてもいいだろうか」

実際のところ何も考えていなかった私は少し困る。

「……三日間、口をきかない、とか？」

「絶対に破らないと約束しよう。恐ろしいことを言わないでくれ」

団長の目はとても真剣だった。


「んっ、あ、れ……？」

油断すればぴょこん、とお腹まで反り返ってしまう熱いものを手に持って、触られてもいないのにぐしょぐしょになった場所に当てようとするがうまく入らない。

「これ、ほどかないと」

不思議に思っている私の手首に、ショーツの切れ目を留める濡れた紐が当たった。

困ったことに、両手は塞がっている。思考力の落ちた頭では一旦手を離す、とか腰を持ち上げる、とかいう当たり前のことが思い浮かばなくて、しばらく腰をもじつかせた後で、目の前の恋人に甘えることにした。

「これ、ほどかないと挿れられなくて……、ほどいてくれますか？」

酔っ払いは群れた羊より恥知らずだ。

両手を後ろ手について、足を左右に開く。手が離せるなら自分で解けばいいじゃない、と言えるのは正常な思考を持つ人間までで、目下黒歴史量産中の私には、到底無理な話だった。

「これも、罰、か？」

「ばつ？」

ぽーっとなった頭で一生懸命考える。

「いや……、いいんだ。君の言う通りにしよう」

濡れて内腿に張りついたリボンを、震える指先がつまむ。

「ふ、あ、ほかは触っちゃだめですよ？　きょうはもうなにもしちゃだめなので」

大事な大事なプレゼントでも開けるようにそっと引かれて、ぺしょりとリボンが落ちた。そのまま割れ目に近づいてくる指先をきゅっと握って捕まえる。

「だーめ、です。いいですね？」

「だめ、か？」

「だめです」

ねだるように握り返される手を振り解く。

「それとも約束を破りますか？」

すなわち、三日間口をきかないということである。正直、三日も団長とおしゃべりできなくなるなんて、私の方が先に音をあげるに決まっていると思うが、お酒ですっかり賢くなった私はそんなことにも気がつかずにお仕置きをちらつかせた。

それだけにとどまらず、団長の眉間にぎゅっと皺が寄るのを見て、酔っ払いの私はさらにとんでもないことを始めた。

「すごい、ほんとうに、切れちゃってるんですね？　あ……、ん、」

解けた切れ目に指をかけて確かめるように開くと、蜜がとろりとこぼれ落ちた。

「ぴったりはりついてます……」

散々舐められて唾液と愛液でぐしょぐしょになった部分。無頓着に広げたそこにまた、焼き付くような団長の視線が注がれて、とくとくと心臓の音が激しくなってくる。

「どこに挿れたらいいですか？」

くちゅくちゅいうのが気になって、あわいに指を這わせる。ぷっくりと膨らんだ敏感すぎる芽から、いつもさらさらの水が出るまで舌でしつこくいじめられるこりこりした小さな穴、その下にあると思った場所は中々見つけられなくて、もどかしい気持ちで触るのを、団長がじっと見おろしていた。

「小さいな……」

「ディルクさん？」

見つめ返すが視線は合わない。大きな喉仏がごくり、と上下したのが見えた。

「そこで、指を立てて」

「ここ、ですか？」

染み付いた従順さから、濡れそぼったそこに恐る恐る指を立てていく。

「あっ、う、なか、あついです」

ゆっくりと力を入れていくと、ぐっとそれが沈み込んだ。

「お腹側を撫でてごらん」

甘い声に従うまま指のお腹を滑らせると、ざらざらとしたところがあって、たまらないような感覚に体が震える。

「かわいい。気持ちがいいみたいだな」

夢中になっている、と指が止まらないのを揶揄されて、頬が熱くなる。

主導権を握られそうになって焦った私は、今度こそ、と、再び腰を浮かせて、どくどくと脈打つほどに大きくなったものを入り口に押し当てた。

「ここ？　ふっ、ああ！　ん、きもちい……」

「っ、焦らすのは、やめてくれないか、っ」

ぬるぬるになった部分ではうまく狙いが定まらなくて、ずるりと滑ったものが、ぱんぱんに充血した陰核をすり潰してお腹の避妊紋を撫で上げた。

「でも、これ、きもちいい、っ、です。ん、んぅ、ああっ、あ――っ！」

即物的な官能に屈服した私が、団長の身体の上でうつ伏せになって、みっともなく腰を擦り付ける。そのたびに硬く尖ったかえしの部分がぐりぐりと快楽の芽を押しつぶして、久しぶりの感覚にいきやすくなった体はあっという間に達してしまった。

そんな私の様子を見て、団長が片手で顔を覆う。

「ディルクさん？　おこってますか？」

さすがに悪いことをしてしまった、と、許しを乞うためにちゅっと、顎先や首元に口づけるが、ますます上を向かれてしまった。

「下着とか、えっちなの、きらいでしたか？」

「…………嫌いなはずがない」

たっぷりと沈黙をとってから落とされた呟きにようやく気分が上向く。

「可愛いすぎて、……おかしくなりそうだ。どこで覚えてきたのかだけ、教えてくれないか？不安でたまらない」

覆われてしまったせいでうまく顔を見ることができない。それを残念に思いながら、勇気が出てきた私は、気を引くために右胸のリボンに手をかけて、するりと解いた。

「サシャが、丸太だと、きらわれちゃうって。だから、ディルクさんが欲求不満なの、ぜんぶ、私にしてほしいです」

みてください、とおねだりして、こりこりに尖った乳首を自分でこねる。

「俺は、君のことになると抑制が利かなくなるから」

指の間からぎらぎらとした視線が突き刺さる。

「呪いのせいとはいえ、恥を晒してしまったことは、謝ろう、だが……」

「私も、ディルクさんのことほしい、です。さわられるの、すきです」

三度目の正直、とばかりに熱い塊を入り口に押し当てた。

「だから、止めなくていいって、約束しましたよね？」

欲しがるように先端に吸いつく入り口。身を起こした団長とすぐそばで視線が合って、どちらからともいえないキスをした。

ヘルマンさんから呪いが戻った理由を聞かされた日、私を気遣って行為を止めようと提案してくれた団長を引き止めたのは私だった。

「きもちいいのも好きって言ったら、げんめつしますか？」

「……しない。俺は、君に夢中だって、何度言えば伝わるかな」

よかった、と笑いかける。甘ったるいキスをして、ゆるゆると腰を落としていく。

「あ、う……、おっきい、は、ぁ……！」

押し広げられる感覚を、どうにか堪え、一番太いところをぐっと押し込んだ。

「ひゃ、あっ、っ！　ん！」

凶器みたいにとんがった部分が、入り口の弱いところに引っかかってしまって、おどおどと腰が震え出した。抜こうとすればいけない場所を刺激するし、奥にいこうとすると久しぶりの行為にすっかり甘ったれた襞が形を確かめるようにきゅうきゅうとまとわりついて、それが熱くて、硬くて、おかしくなりそうだ。

「続けて」

「やっ、う、うごけなっ」

「なぜ？」

きもちよすぎるから。

頭が苦しいくらいの感覚から、緩慢な動きのままぼたぼたと涙をこぼす私に、団長が掠れた声で優しく命令する。

「今日は、俺から触ってはいけないんだろう？　それとも、もうやめるか？」

ここまでの頑張りを全部ふいにしてしまいたくなるような誘惑の言葉に、ぶるぶると首を振る。

はあっとため息をついた団長に、焦った私は逞しい腹筋に手を当てて、膝を立てたみっともない格好のまま、自重に任せてお尻を落とした。

「あっ――！　っ〜！」

異物感がこつん、と奥に押し当たってわなわなと唇が震える。

「ラウラ君？」

目をちかちかさせて、身動きがとれなくなった私の下着についた、左胸の最後のリボンを、団長が悪戯につまむ。触ったら駄目なのに、と抗議しようにも、唇は息切れをするのが精一杯で、しゅるり、とそれが解かれるのをなす術もなく見ていた。

「もう十分頑張っただろう。俺はもう、我慢の限界なんだが……」

リボンが解けただけで飛び出した、つん、ととんがった先端をカリカリと引っ掛けながら、言葉とは正反対の余裕そうな表情で苦笑いする。その目だけが怖いくらいにぎらぎら光って見えて、お腹の底がきゅん、と疼いて、気持ちよさだけが加速していった。

「交代しようか？」

問いかけにぶるぶると首を振る。

「じぶん、でするの」

どっと汗をかいた腕に力を入れて、ぬっ、と音がしそうなほど大きい楔をゆっくりと抜いていく。

「あ、う……、ふぁ、」

今にも達してしまいそうな質量に負けそうになりながら、ゆっくりゆっくり腰を持ち上げる。見栄えにばかりこだわった下着の布はぺったりと張り付いたまま肌を透かしていて、ひどい有り様だ。

「……ずるをしてはいけないな」

「あぁっ！」

小指の長さの半分も進まずにのろのろしている腰を、骨張った大きな手が掴んで、一気に引き下ろした。

「あ、あ……」

「ここまで、きちんと挿れて」

とん、とお尻が硬いお腹につく。そのまま、許容量の超えた中をさらに、ごりごり、と奥の奥をねぶるようにこねられて、突き上げられて、避妊紋のついたお腹がぼこぼこと持ち上がる。

はくはくと口を震わせたまま、半ば茫然《ぼうぜん》自失の私を愛おしそうに見つめた団長は、感触を確かめるように両手でお尻を包み込んだ後で、ぐっと体を宙に持ち上げた。

「〜〜っ！」

巨大なものが引き抜かれるぬっとした感触と、襞の一つまでを擦りたてる硬さに簡単に頭が真っ白になる。

「ここまで。きちんと引かないと、いつものようになれないだろう？」

「やあっ、そこ、だめ、あっ、あん！」

寸前まで引き抜かれた逞しいものに入り口をぐるりとかき混ぜられて、びくびくと背筋が跳ねる。

「続けて」

頭の中がぐちゃぐちゃになりそうなくらいの快楽が恐ろしい。

ゆるゆると腰を下ろすと、硬く突き出た部分が、お腹の中のざらざらで一番弱いところを残らず押し込んでしまう。気持ちよすぎて辛いけれど、これで引こうとすると、傘になった部分が中を残らず引っ掻き回すのでもっと辛い。

足の力を抜けば、子宮が持ち上がりそうなほど奥を突かれる。入り口まで頑張って抜いても、その時に限って団長がうっかり身じろぎするから、神経の集まったところを引っ掛けられて頭が真っ白になってしまう。

「も、で、できな……あっ！　あああっ、ん、ぅぅ」

結局、五回も往復せずに諦めた私は、ガクガクと震える足から力を抜いて、ぺたんとお尻をつけてしまった。

やっと全部収まった熱いものが、まるでそれだけが生きているみたいにどくどくしていて、その微かな刺激だけで、私は甘い絶頂を繰り返し感じていた。

「頑張ったな。もう、諦めるか？」

優しい言葉にこくこくと頷く。

「じゃあ、俺が触れてもかまわないだろう」

さっきまで散々悪戯をしておいて、しれっとそんなことを言う。

「君に触れたい」

その言葉にもう一度だけ頷くと、ぐるりと視界が回って、ベッドの上に柔らかく押し付けられた。

「君が早く諦めてくれてよかった」

「ディルク、さん？」

「そろそろ理性の限界だったんだ。歯止めは……もう利かないな」

ベッドの、天蓋の留め具が引かれて、囲うように布地が落ちてくる。暗くなった天蓋の中、団長は魔動灯を浮かべると、鬱陶しそうに残りの衣服を脱ぎ捨てていく。

「禁欲後にこの格好は酷いな。可愛すぎる」

「ひゃあっ、んっ！」

ぎゅうっと両方の乳首をつままれて、叱りつけるようにちょっと乱暴な力で引っ張られる。

「大事なところだけ開いてる。俺に犯してほしくて着てくれたのかな。触ってもないのにぐしょぐしょに濡れていたから、はじめから犯されるのを期待してた？　玄関でそのまま抱いた方が親切だったかな」

品行方正な団長の口から次々こぼれ落ちる卑猥な言葉に、肯定するように中がきゅうっと収縮する。指の先まで赤くなった私に、ふっと表情をゆるめて熱くなった耳元に囁きかける。

「淫らだな。いやらしい」

「やあっ、ああっ！　あ――っ！」

みちみちに広がった、繋がった部分をぐるりと撫でられて、真っ赤に腫れ上がった陰核をぐりぐりと押しつぶされる。視界が真っ白になって背中をのけぞらせた私が気をやっているうちに、力の抜けた手はひとまとめに天蓋の留め具で縛り上げられてしまった。

「これで、やっと逃げられない。俺だけの、君だ」

大きな手が私の視界を隠す。

「ああっ、う……！　あっ、あんっ、んっ、う！　や！」

ばちん、と一際大きな音がして、容赦のない抽挿が始まった。

あんなに恐る恐る挿れていたものが、ばつんばつんと激しい動作でむちゃくちゃに中を擦り立てる。快楽を逃がそうとしても身動きなんて一つも取れなくて、逞しい腕の中でよがり狂うことしかできなかった。

◇

「水を」

「ありがとう、ございます」

掠れた声でお礼を言って、団長の差し出してくれた果実水に口をつける。

酔いはもうすっかり醒めていて、事後の気だるさに甘えた私は、団長が水気を切った温かい布であちこちを拭いてくれるのにうっとり目を細めていた。大きな肩に体を預けるとすごく安心する。

「次は……」

けほっと咳が出る。心配そうな顔つきの団長が頭を撫でてくれる。

「次はもっと頑張りますね」

サシャのミッションはどっちもきちんと達成できなかった。へなちょこな結果を受けて、私は今まで団長の行為に甘えきりだったことを心底反省していた。主体的に行う夜の行為がこんなに大変なことだとは思わなかった。丸太が嫌がられるのも頷ける。

「次もあるのか……」

「嫌、ですか？」

「いや、とても嬉しい。ぜひそうしてくれ」

美女ならともかく私なんか、と調子に乗ったことを後悔しそうになっていると、団長が真剣な目で言う。

優しい……のか？　いや、薄々感じていたが、これはひょっとすると、むっつりすけべというやつではないか？　いつか、ギルが言っていた言葉が蘇る。

恋人になってから、私の中の団長の聖人像はかなり崩れているが、それがとても愛おしいのは秘密である。

「とても魅力的な提案だが、俺がやりすぎてしまうから。君に無理はしてほしくない」

「飽きたりしませんか？」

「飽きるわけがない、と何度言えば伝わるかな」

「でも、オカズ……」

うっ、と言葉につまる団長。

「……我慢は、していた。君に無理をさせるのが嫌で、ほどほどに努めていたから」

ほどほど。

ん？　ほどほど？

「だが、いつも君だけだ。君以外見えない。回数と内容が少し異常なのは自分でも理解している。君を見ていると大切なのに、時々、酷いことをしたくなる」

団長は手首にうっすらと残った縛り痕を後悔するように撫でた。

「丸太でも？」

「そんなこと、一度も思ったことはない。君の良さそうな顔を見ていると、それだけで満たされる。君はかわいいから」

そんなこと、と思ったけれど、口でしている時に団長が動揺しているのは確かにかなり楽しかった。

「それに……」

「それに？」

団長は躊躇うような顔をした。

「俺の腕の中で、何もできずに身を委ねている君を見ていると、とても……気分が盛り上がる」

つまり、むらむらするんですね。

言葉遣いは紳士的だが、団長はやはりモーリッツさんたち同様、サディストの気がある予感がする。それでいいのか第七騎士団。

「私も、もしかしたら同じかもしれません」

サディストのくだりはともかくとして、好きな人の、いつもと違う反応を見るのは少し楽しい。

「俺の方は、見ていて面白いものでもないと思うんだが」

少し困った顔をする団長。

『そんなことないです。可愛いです』と口をついて出そうになったが、静かににこにこしておいた。

「春になったら、一緒に王都へ来てくれないか？　堅苦しいのは嫌かもしれないが、家族に君を紹介したいんだ」

「もちろんです！　それまで、たくさん勉強しておかないといけませんね」

来年の夏至祭も、その先の冬至祭も、団長と一緒に過ごすことができるなんて、去年の私は夢にも思っていなかった。

「おかえりなさい、ディルクさん」

「ただいま、ラウラ君」

向かい合わせになって、二人でくすくす笑いながら、温かい腕の中で眠る。

翌朝、呪いはばっちり発動し、久しぶりにご対面する股間の数字は６０００回まで増えていた。

………王都では禁欲してたって、言ってませんでしたっけ？　あれ？　幻聴？

書き下ろし番外編
幸せでありますように

第三部隊長付き事務官、サシャ・ルドニラの親友は隙がありすぎる。

「ラウラ。その手首のやつ、なに？」

収穫祭の後片付けもひと段落した晩秋。不定期で開いている城下町のカフェでの乙女恋愛会議に、のこのこぽやぽやと現れた親友、ラウラ・クラインの手首に光る一粒石をサシャは見逃さなかった。

「えっと、これは……。団長が……」

ラウラが赤くなって俯いたのをいいことに、カフェのテーブルに置かれた腕をじろじろ見る。

白金のチェーンはその鎖の目がこの距離では確認できないほど細やかで、吸い付くように親友の腕に巻き付いている。鎖に連なる上品な一粒石は婚約指輪に嵌められていてもおかしくないくらい貴重なものだし、その上で明らかに一級品のカットをされていて、陽光の中できらきらと輝いている。

本気すぎる。

サシャも魔法が得意な方ではないが、そんな自分から見たって、石に何重もの複雑な呪いがかけられていることは明らかだ。ぶっちゃけるとちょっと引く。ちょっと引くが、サシャにとっては彼女のご主人様同様、一番大切な人の一人であるラウラの幸福そうな様子を祝わない道理はない。

「よかったね。何か約束したの？」

「うん、結婚しようって、言ってくれて」

「おめでとう」

むしろまだ言われてなかったのか、と突っ込みたくなる気持ちを抑えて、サシャはお祝いのケーキを奢ってあげることにした。嬉しそうにもじもじするラウラは可愛いので、これはその対価だ。

聞けばまだ二人の間だけの約束で、正式な婚約ではないとのことだったが、あの団長にとってはどちらも変わらないだろうな、とサシャはラウラが心配になった。付き合った時点でラウラの未来は確固たるものになってしまっているに違いない。

「あのね、ラウラ」

「なに？」

にへら、にへら、とても表現しようか、この世で一番幸せです。と書いてある顔でケーキをぱくついているラウラに、サシャは珍しく躊躇する。

恋愛のやり方や関係性は当事者の自由だ。サシャだってご主人様であるモーリッツと中々に背徳的な関係を結んでいるから、それは身に染みている。第三者に何か指摘されたところで黙っていてほしいとしか思わないだろう。

「困ったことがあったらいつでも言ってね」

「うん！　ありがとう。サシャ」

言えない。こんなに呑気な様子で甘いものを堪能している親友に話せるはずがない。

そして言ってもあんまり信じないと思う。

団長がラウラが考えてるよりも何百倍過保護で、彼女を溺愛していて、ことラウラに関しては人間味があって腹黒いところがあることは第七騎士団の一部団員の知るところである。

サシャはまだ二人が結ばれる前、食い意地の張っているラウラが、ローグ城下のあるパン屋に足繁く通っていた時のことを思い出していた。

◇

「パン屋？」

「そう！　すっごく美味しいお店を見つけたんだ。これ、サシャにおすそ分け」

朝、官舎から執務棟に向かう道すがら、追いかけてきたラウラはまだ温かい紙袋をサシャの胸元に押し付けた。

「あのね、濃い味付けのトマトパスタが挟まったやつが美味しくて……」

「パンなんだよね？」

パンだけど麺なの。びっくりするよね。でも美味しいんだ」

パンに麺？　小麦出身の主食同士の思わぬ再会。本人たちもびっくりしているに違いない。

寝相こそ悪いものの、朝から元気がありあまっているラウラは、どうしてもサシャに食べてもらいたいと一走りして焼きたてのものを買ってきてくれたらしい。

「あと、バケットがね、すごく硬いんだけど、美味しいハムと美味しいチーズが挟まってて、美味しいんだ」

「美味しいんだね」

わかってくれましたか、とばかりに頷く親友に毒気が抜かれる。業務開始前に決済済みの必要書類を団長の執務室に取りに行こうと、サシャはラウラと共に団長の執務室に入る。

「毎日通ってるの？」

「ここ最近は毎日かな。大好きになっちゃって、暇さえあれば頭がいっぱいで」

パンのことで。

「はじめはこんなの絶対入らないって思って好きだから我慢してたのに、段々癖になっちゃった」

カチコチのハムサンドが。口の中に。

「そしたら毎日どんどん欲しくなって、最近もしかしてって……」

思い悩んだ様子で意味深にお腹を撫でるラウラ。

太ったんだね。わかるよ。

「それもあって私はこれからも通いたいけど、もう迷惑かなって。今まで幸せをもらった分、迷惑はかけたくないし」

太ったからパン断ちしたいし、人気店だから自分ばっかりたくさん買うのはどうかと要らない気を回しているらしい。

なんか言い回しがえっちじゃないかな、と思いつつ、初心な親友が狙って下ネタを話すはずがない、とサシャが考え直した時、後ろでけたたましい音が鳴った。

「団長！　おはようございます！」

入り口に置いてあった置物をうっかり蹴り飛ばしてしまったらしい団長が、呆然とした様子で立ち尽くしている。

一目で異常な雰囲気を察知したサシャに対して、お尻にぶんぶんと振られる尻尾が幻視できそうなラウラが団長に駆け寄っていく。

「ラウラ君、今の話は？」

明らかに顔色が悪い団長に対し、ぎこちない様子でお腹を押さえるラウラ。

サシャは確信した。この部屋で今、とんでもなく面白いすれ違いが爆誕したことを。

「聞かれてしまったんですね」

憧れの団長に太ったことを知られる（誤解）のは、さすがのラウラでも恥ずかしいらしい。

「お耳汚しをしてしまってすみません。後先考えず欲に、溺れて……どうしても自分が止められなくて」

食欲にね。嫉妬深い彼女の幼馴染のせいもあって、男性の気配が一向に見当たらないラウラがちょっと際どい（誤解）ことを言うたびに、団長はショックを受けているようだった。こんなラウラは解釈違いだという気持ちは、サシャにも理解できる。

どうしよう。面白い。面白いけど、噴火直前の活火山の気配を感じる。もう、すぐそこに。

サシャは面白がるべきなのか、止めるべきなのか躊躇ってしまった。

「——君のせいじゃない」

向かい合うラウラの両手を握る団長。相変わらず誤解は続いているようだが、平静を取り戻したようにも見える。もちろんそれは気のせいだった。

「君をこんなふうに一人で悩ませるなんて、おかしいのはその相手の方だ」

「えっ」

うちの可愛い書記官がパンで太ったのは、売ったパン屋が悪い。

ラウラ視点では、とんでもないやばいクレーマーのようなことを言い出した団長に、さすがの団長信者のラウラも束の間、思考停止したようだった。

「そ、そんなことはないですよ！　悪いのは私ですから。こうなるってわかってて勧められるがままに……断れなくて……」

店員さんに勧められるがままにおすすめのパンをたくさん買ってしまったのだろう。

「向こうは君の身体を気遣いもしなかった、と？」

ちょっと想像の余地が強い気もするが、団長視点ではいかにも無責任な快楽を貪って、なんの対策もしなかった男（そんな男はいない）と、それでも彼を庇おうとする一途なラウラ（そんなラウラはいない）に聞こえるという地獄。

「私が勝手に好きだっただけなので！　むしろこうなるぐらいたくさん食べさせてもらって幸せだったので！」

「食べっ……」

純粋だったラウラの直球の表現に愕然とする団長。直球は直球だ。読んで字の通り、『パンを食べた』それだけだ。飲み込んで、パン屋のハムサンド。誤解する方が悪い。

「私の責任ですから、私一人でがんばります」

団長の顔から、すっと表情が抜け落ちていく。

「――……ラウラ君、君はそんなにその男のことを？　君を変えたのはその男なのか？」

「男って、パン屋さんのことですか？」

「パン屋。そうか……ああ、それで最近は昼食に同じものばかりを」

お気づきになっていましたか、みたいな呑気な照れ顔をするラウラ。目の前でもくもくと湧いている暗黒オーラに気づいているんだろうか。

「すごく素敵なんです。朝と晩に二回、足繁く通ってしまっていて」

「通わせている、と？」

クレーム第二弾。パン屋に通うのは当然なことである。みんなやっている。

「でも、たまに官舎の辺りまで来てくれることがありますよ！　他の人のところも巡ってるからあんまりたくさんの時間は独占できないんですけれども」

そういえばお店の宣伝がてら、官舎の前に移動販売の荷車が来ていたことがあった。

「は？」

ずっしりと重たくなった空気。ちょっと才能なんじゃないかというぐらい誤解を招く発言を重ねるラウラに、団長の中では『溺愛するラウラがどこの馬の骨ともしれないパン屋の男に、好き勝手に弄ばれた挙句、男は浮気三昧。都合の良い女性としての扱いを受けている』というストーリーがついに完成したらしい。おめでとうございます。サシャはもう唇がぷるぷるするのを止められない。何でもいいからこの機会にくっついてしまえばいいのに。

「鈍かったな。己の愚かしさに吐き気がする」

「あの、団長?」

言葉の治安が悪くなってきた団長に異常を感じ取ったのか、ラウラが一歩下がろうとする。その肩が押さえつけられるのが見えた。

「君がどんなに変わっても俺は気にしない。嫌われてもそばにいてくれるだけでいいんだ」

ほっぺたから爪の先までみるみる赤くなっていくラウラ。その表情に一瞬、影が差したような気がした。

「そのお腹の子は俺と一緒に育てよう」

「そ、育て? それは困りますが!」

ラウラは脂肪を育てたいとは思わない部類の人間だった。

「大丈夫、半分は君だと思えば愛せる」

「……えっ? 半分ですか?」

むにむにと下腹をつまむラウラ。お、これは確かにちょっとまんまるくなってるな、とサシャは思った。

「全部私だと思うんですけれども。……あれ？　何か、何か悪いものでも憑いているんでしょうか!?　お腹に」

「ラウラ君……いや、混乱するのも無理はない」

　パンを食べすぎただけなのに。

　訳がわからないままに色々な恐怖に晒されている親友は、あわあわと本格的にうろたえている。そんなラウラを、団長は痛ましいものを見る目で見ていた。

「だが男に未練があるわけではないならよかった。塵《それ》の始末は俺がつけておこう。これから、すぐにでも」

　ほどなく晴れやかな笑みを浮かべ、腰元の剣に手をのばす団長に、呑気もののラウラもようやく何か誤解が生じていると気がついたらしい。

「団長、なぜ剣を!?　ウワーッ！　ま、待ってくださーい！」

　それから殺意に満ちた団長の誤解が解け、ラウラの取り憑かれ疑惑が晴れたのは、そろそろ仕事場に戻りたいサシャが口を挟んだ就業時間直前のことだった。

「誤解を招く言い回しをしてしまい、誠に申し訳ありませんでした……」

　愛に生きる女、という誤解にようやく気がついたラウラはそろそろ火がつくんじゃないかというほど真っ赤になって縮んでいた。

「いや、こちらこそ申し訳なかった。俺はてっきり……、なんだ。よかった。パンの食べ過ぎか……。それは、そうか」

口元を押さえて自責の念に駆られている様子の団長。とてもほっとした様子だが、『パンの食べ過ぎ』という言葉に、ラウラはついに頭を抱えていた。

「美味しい、美味しいパンなんです！」

いっぱい買ってきたので団長も食べましょう！　とサシャの手元から紙袋が取り上げられる。

「ラウラ、それ私の」

いつもご機嫌なラウラには珍しく、キッとこちらを睨みつけた。

「半分没収！　面白がって、もう！」

パンはラウラが夢中になるのがわかるくらい美味しかったし、今ではサシャも足繁くお店に通っている。

(――まあ、ラウラがいいならなんでもいいよね)

収穫祭の夜のことを噛み締めているのか、十秒に一回ブレスレットに目をやってはにこにこするラウラは正直ちょっとウザい。

でも、いつからだろうか団長のことを諦めて、自分には手が届かないものだと勝手に決めつけていたラウラが、今は影もなく晴れやかに笑っている。今はそれでいいと思う。

「ラウラ、多分ラウラが思ってるより団長はラウラのことが好きだよ」

だってあの時、団長はラウラの相手がどうしようもないクズだと誤解して、ほんの少し、表情を緩めたのだ。恋敵を排除するには格好の大義名分だし、相手に穴があるなら二人の間につけ込むのは簡単だ。

だって、誰が相手だろうと、認められるはずないのだから。

サシャだってぽかぽかとしたラウラとは違う側の人間だ。多分、自分以上に仲の良い親友が現れて、ラウラがそちらにかまけるようになったら面白くないし、居心地の良いこの場所を取り戻そうとするだろう。そして団長のそれはサシャとは比較にならないほどにきっと重たい。

サシャの発言にしばし固まっていたラウラは、じきに照れた様子で頷いた。

「うん、でも、それは……多分そうだと思う。ちょっと図々しいかもだけど」

（ふーん）

気がついたのは最近才能を開花させたらしい『占い』の力だろうか。

「今日は相談事、ないの？」

ラウラに対して執着している団長に、いつでも道を踏み外せるポテンシャルがあることは恐らく間違いがないが、平和な今はこの恋愛初心者の親友を転がすのがひたすら面白い。

思ったよりも奔放な夜の生活を送らされているらしいラウラから閨事に関する相談を受けるようになったのはそれから程なくで、親友を取られた気分のサシャが積極的に入れ知恵をして遊ぶようになるまでも時間がかからなかった。どうやらそういうのは自分で全部したいらしい団長と、ラウラを挟んでの遠隔的な小競り合いが始まったのもすぐのことである。

間に挟まるラウラのみが桃色な意味での被害を被ることになるのだが、まあ、彼女は彼女で意外に体力があるらしいし、きっと問題はないだろう。

サシャ・ルドミラはラウラ・クラインに感謝している。

この辺境の地にやって来て、本当は不安で押しつぶされそうだった。外面が良くてそういうことを表に出せない自分の手を、一緒に頑張ろうね、とラウラがとってくれたことがどれだけ救いになっただろう。

幸せでありますように。そんな思いを込めて、サシャは彼女のほっぺたを優しく摘み上げた。

ロイヤルキス文庫 moreをお買い上げいただきありがとうございます。
先生方へのファンレター、ご感想は
ロイヤルキス文庫編集部へお送りください。

〒102-0073 東京都千代田区九段北3-2-5 5F
株式会社Jパブリッシング ロイヤルキス文庫編集部
「木陰 侘先生」係 ／ 「旭炬先生」係

✦ロイヤルキス文庫HP✦ http://www.j-publishing.co.jp/tullkiss/

自分がオカズにされた回数が見える呪いと紳士な絶倫騎士団長

2023年8月30日 初版発行

著者 木陰 侘

発行人 藤居幸嗣

発行所 株式会社Jパブリッシング
〒102-0073 東京都千代田区九段北3-2-5 5F
TEL 03-3288-7907
FAX 03-3288-7880

印刷所 中央精版印刷株式会社

定価はカバーに表示してあります。
万一、乱丁・落丁本がございましたら小社までお送り下さい。

ISBN978-4-86669-600-3 Printed in JAPAN